LES PLUS QU'HUMAINS

THEODORE STURGEON

THEODORE STURGEON

LES PLUS QU'HUMAINS

TRADUIT DE L'AMÉRICAIN
PAR MICHEL CHRESTIEN

ÉDITIONS J'AI LU

Collection créée et dirigée
par Jacques Sadoul

Titre original :

MORE THAN HUMAN

1

L'IDIOT DE LA FABLE

L'Idiot habitait un univers noir et gris que déchiraient parfois l'éclair blanc de la faim et le coup de fouet de la peur. Ses vêtements en lambeaux laissaient voir ses tibias en lame de sabre et, sous sa veste déchirée, ses côtes qui saillaient comme des doigts. L'Idiot était de haute taille, mais plat comme une limande ; dans son visage mort, ses yeux étaient calmes.

Les hommes le fuyaient, les femmes l'ignoraient, les enfants s'arrêtaient pour le regarder. Mais cela ne paraissait pas l'atteindre. L'Idiot n'attendait rien de personne. Quand il avait faim, il mangeait, comme il pouvait, s'il pouvait. Et il lui arrivait de sauter un repas. Mais, en général, les uns ou les autres pourvoyaient à sa subsistance. Pourquoi ? Il n'en savait rien et ne posait jamais la question. Simplement, il était là et il attendait. Non, il ne mendiait pas. Si le regard de quelqu'un croisait le sien, une pièce lui tombait dans la main, ou un morceau de pain, ou un fruit. Il mangeait. Et son bienfaiteur fuyait en hâte, ému sans comprendre. Parfois, on lui parlait. Ou on parlait de lui. L'Idiot entendait, mais les sons n'avaient pour lui aucun sens.

Il vivait quelque part, « à l'intérieur ». En lui, le lien ténu qui unit la conscience et l'univers était rompu. Non que l'Idiot eût mauvaise vue : il savait distinguer les diverses nuances du sourire ; mais la sympathie, tout comme l'ironie d'autrui, le laissait froid : le contact ne se faisait pas.

Il connaissait la peur, juste assez pour survivre. Mais il était incapable de prévoir. Le bâton qui se levait, la pierre qui fendait l'air le trouvaient sans méfiance. Toutefois, dès qu'il était atteint, il réagissait : il prenait la fuite. Il filait dès le premier coup et ne s'arrêtait qu'une fois hors d'atteinte. C'est ainsi qu'il échappait aux orages, aux hommes, aux chiens, aux voitures, à la faim.

Il n'avait pas de goûts personnels. Le hasard l'avait placé dans une région sauvage où les lieux habités étaient rares, de sorte qu'il ne quittait guère la forêt.

A quatre reprises, on l'avait mis en prison : cela lui avait été indifférent et, à sa sortie, il était pareil à lui-même. Une fois, il avait été battu par un des internés ; une autre fois, et plus durement, par un gardien. Les deux autres fois, il avait eu faim. Tant qu'on le nourrissait et qu'on le laissait tranquille, il mangeait et il restait. Quand sonnait l'heure de la fuite, il filait sans réfléchir, confiant à son corps le soin de sa liberté. A l'occasion d'une de ses évasions, l'Idiot s'était trouvé nez à nez avec un gardien : les iris de l'Idiot s'étaient mis à tourner, tourner — de véritables rouets. Les portes de la prison s'étaient ouvertes, l'Idiot était parti. Et le gardien avait couru faire autre chose, n'importe quoi, pour oublier le trouble qui s'emparait de lui.

L'Idiot était un animal, purement et simplement. Parmi les hommes, il est dégradant de figurer au rang des bêtes. Mais l'Idiot vivait rarement parmi les hommes. Et, dans les forêts, son état d'animal lui donnait de la grandeur. Il tuait comme une bête, sans joie ni haine. Comme une bête, encore, il mangeait ; ce qu'il pouvait ; ce qu'il lui fallait ; jamais davantage. Il dormait d'un sommeil léger, mais de tout son corps.

Il avait atteint une maturité animale qui ne lui permettait plus les jeux de chatons ou de jeunes chiots ; du même coup lui avaient été interdits la joie et l'humour. Son « spectre » s'étendait de la satisfaction à la terreur.

Il avait vingt-cinq ans. Il lui restait d'autres émotions à découvrir.

Des émotions qui étaient en lui comme le noyau dans le fruit, comme le jaune dans l'œuf. Un germe passif mais vivant, en éveil ; une force animale mais sublimée, qui échappait au contrôle de l'Idiot lui-même. Lorsque l'Idiot avait trop faim, il sentait cette force intérieure diminuer, rétrécir en quelque sorte. Le jour où l'Idiot mourrait, cette force disparaîtrait avec lui, car elle portait en elle ses propres limites, et c'étaient celles de la vie.

D'ailleurs, cette force était dépourvue de fonction spécifique ; elle se contentait de recevoir et d'enregistrer, sans qu'interviennent des mots ou un code, mais avec une fidélité absolue. Elle prenait tout et ne donnait rien.

Le monde extérieur comportait, pour les sens spécialisés de l'Idiot, un murmure, des messages. La force qu'il portait en lui s'imprégnait de cette rumeur, l'absorbait peu à peu, sans rien omettre, prenait ce qui lui était nécessaire et rejetait le reste, par un procédé abstrait qui restait à déterminer. L'Idiot n'était pas au courant.

Ne lui parvenaient que les radiations de la terreur, la tension de sa conscience, les impressions de satisfaction ou de mécontentement. Et le murmure, la rumeur qui lui transmettaient le message de centaines et de milliers de voix. Il ne savait pas qu'il entendait, parce qu'écouter lui était superflu. C'était là un pauvre spécimen d'homme. Mais un homme quand même. Et ceux qui l'entouraient n'étaient que des enfants qui n'avaient pas encore renoncé à se faire entendre.

★

M. Kew était un bon père. Le meilleur des pères. C'est ce qu'il essayait de faire comprendre à Alice. Alice avait dix-neuf ans et, depuis l'âge de quatre ans (depuis la naissance de sa petite sœur Evelyne), elle entendait M. Kew lui expliquer qu'il était un bon père. La mère des deux fillettes était morte en maudissant le meilleur des pères, dans un sursaut d'indignation qui avait balayé sa douleur et son angoisse.

Seul un bon père, il est vrai, avait pu, de ses propres mains, mettre au monde sa seconde fille. Un père ordinaire n'aurait pas pu nourrir et élever ces deux enfants avec tant de soin et de tendresse. Alice fut protégée du mal comme aucun enfant ne l'avait jamais été. Puis un jour vint où elle fit alliance avec son père, et ce fut au tour d'Evelyne de vivre dans une pureté inexpugnable.

L'essence même de la pureté, disait M. Kew à Alice lors de son dix-neuvième anniversaire :

— Le bien, je l'ai découvert par l'étude du mal. Et je ne t'ai montré que le bien. La pureté est devenue ta nature profonde. Et ta façon de vivre est l'étoile qui guide la vie de ta sœur Evelyne. Je connais le mal. Toi, tu le connais assez pour le fuir. Evelyne, elle, ignore le mal.

Alice, à dix-neuf ans, avait assez de maturité pour comprendre des abstractions comme : *la façon de vivre, l'essence même de la pureté, le bien et le mal.*

Lors de son seizième anniversaire, Alice s'était entendu expliquer par son père que l'homme, laissé seul en présence d'une femme, devenait fou ; une sueur empoisonnée lui couvrait le corps ; et cette sueur contaminait la femme dont la peau, bientôt, laissait apparaître des symptômes répugnants. Ces symptômes, M. Kew les avait montrés à Alice, dans certains livres illustrés qu'il possédait.

A l'âge de treize ans, Alice avait été malade et avait mis son père au courant. Les larmes aux yeux, M. Kew lui avait expliqué que cette maladie venait des pensées que lui avait inspirées son corps. Alice avait avoué que c'était vrai ; et son père avait châtié ce corps si violemment que la fillette avait regretté de n'être pas un pur esprit. Elle s'était efforcée de ne plus penser à son enveloppe charnelle, mais sans résultat. Et chaque fois, M. Kew avait, comme à contrecœur, aidé sa fille aînée à discipliner la chair rebelle. Depuis l'âge de huit ans, Alice se baignait dans le noir, pour ne pas risquer d'attraper les « yeux blancs », comme ceux-là dont il y avait également de si belles photographies dans les livres de son père.

Au mur de sa chambre était accrochée une gravure représentant une femme appelée Ange et un homme appelé Démon. Ange avait les mains levées et elle souriait. Démon tendait vers Ange ses mains crochues, et de son sternum, sortait, pointe en avant, une lame de couteau onduleuse, d'où tombaient des gouttes de sang.

Le père et ses deux filles habitaient une grande maison située au sommet d'un monticule boisé. Le sentier qui conduisait à la maison faisait de tels lacets que, des fenêtres, on ne voyait pas où il menait : il menait à une muraille percée d'une grille de fer qui, depuis dix-huit ans, n'avait jamais été ouverte. A côté de la grille, un panneau d'acier. Une fois par jour, M. Kew descendait jusqu'à la muraille, et avec deux clefs différentes, il ouvrait les deux serrures qui fermaient le panneau d'acier. Il levait le panneau, prenait le ravitaillement et le courrier, plaçait à l'extérieur de l'argent et le « courrier départ ». Puis il refermait les deux serrures.

A l'extérieur il y avait une petite route que ni Evelyne ni Alice n'avaient jamais aperçue. Les bois dissimulaient la muraille et la muraille dissimulait la petite route. La muraille longeait la route sur deux cents mètres, puis suivait la pente du terrain et montait jusqu'à la maison. La maison Kew était reliée à la muraille par des piquets métalliques hauts de cinq mètres et si serrés qu'on pouvait à peine y passer le poing. L'extrémité de ces piquets, rebroussée vers l'extérieur, était cimentée. Des tessons de bouteille couronnaient l'ensemble. La muraille et la maison formaient une sorte de rectangle interdit. Derrière la maison s'étendaient quarante hectares de bois enclos. Un ruisseau coulait parmi les fleurs sauvages jusqu'au petit étang abrité par des chênes, à deux pas de la clairière. Le ciel frais paraissait tout proche et les piquets métalliques disparaissaient sous l'énorme touffe du houx arborescent. Ce monde fermé était l'univers d'Evelyne.

Le jour du dix-neuvième anniversaire d'Alice, Evelyne se trouvait seule au bord de l'étang. Elle ne pouvait apercevoir, d'où elle se tenait, ni le houx arborescent, ni les piquets métalliques, ni la muraille. Mais le ciel était au-dessus d'elle. Alice était dans la bibliothèque en compagnie de son père. Evelyne, elle, n'y était jamais entrée. La bibliothèque était la pièce où vivait M. Kew, et où Alice ne pénétrait qu'en des occasions solennelles. Evelyne n'avait jamais songé à y entrer, pas plus qu'elle n'avait essayé encore de respirer dans l'eau comme le fait la truite tachetée. On lui avait appris à écouter et à obéir. Elle n'apprendrait à lire que lorsqu'elle serait prête. M. Kew ainsi qu'Alice en décideraient, le moment venu.

Donc Evelyne était assise sur la berge, lissant ses longues jupes. Elle vit un morceau de sa cheville et, suffoquant d'émotion, tira la jupe pour la recouvrir. Comme l'aurait fait Alice si elle avait été là. Puis Evelyne se rassit le dos contre un saule pleureur, et elle contempla la surface de l'étang.

Le printemps avait jeté son premier feu. L'air était pesant et doux. Evelyne le sentait sur ses lèvres entrouvertes qu'il forçait à sourire, sur sa gorge qu'il faisait battre. Un air mystérieux, immobile, lourd de rêves en suspens.

Les chants des oiseaux éclatèrent sous la ramure, et Evelyne secoua la tête. Elle sentait dans ses yeux une brûlure ; les feuilles lui paraissaient luisantes, comme vernies. Elle étouffait.

Déjà elle avait ouvert ses gants boutonnés jusqu'au coude ; quatre agrafes sautèrent, et le collet monté s'effondra. La brise enchantée s'engouffra sous ses vêtements avec un soupir imperceptible. Evelyne se sentit aussi essoufflée que si elle avait couru. D'un geste hésitant et futile, elle étendit la main et caressa le gazon ; mais cela ne suffit pas à la libérer de la confusion indicible qui était en elle. Se retournant sur elle-même, elle se jeta à plat ventre dans la jeune ache ; puis elle fondit en larmes : dans sa solitude, elle se sentait incapable de supporter un printemps aussi merveilleux.

★

... Il était dans le bois, tout engourdi à s'user les yeux contre l'écorce d'un chêne mort, quand la chose se produisit. Les mains immobiles, il redressa la tête, l'oreille attentive. Comme une bête, il ressentait les effets du printemps. Mais soudain, le printemps est bien davantage que cet air pesant et chargé d'espoir. Une main qui lui taperait sur l'épaule ne le ferait pas sursauter plus fort que cet appel qu'il venait d'entendre.

Son œil s'enflamma. Il s'ébranla, lui qui n'avait jamais répondu à aucun appel. Il partit, suivant son instinct. Le message avait touché ce qu'il y avait d'humain en lui.

Agile et précautionneux, prudent et silencieux, il marchait, une épaule en avant, puis l'autre. Il se glissait à travers les aunes, il frôlait les sapins, il allait en ligne droite vers ce qui l'avait appelé. Le soleil était haut. Les arbres serrés devant, derrière, à gauche ou à droite. Mais il n'en suivait pas moins sa ligne sans l'infléchir.

Soudain, il arriva. Sur une vingtaine de mètres en dehors des piquets formant barrière, la terre avait été défrichée et les arbres abattus. L'Idiot quitta le couvert et franchit en courant l'espace nu entre les arbres et les piquets de fer. Il trottait, les mains tendues. Une fois arrivé à la barrière, il passa ses mains entre les piquets, puis tenta de glisser ses jambes à travers la grille et le houx qui la recouvrait, impénétrable.

Peu à peu, il s'avisa que cet obstacle ne céderait pas. Ses pieds comprirent les premiers et cessèrent de s'agiter. Puis ses mains, qui se retirèrent. Mais les yeux n'avaient pas renoncé. Dans son visage inerte, son regard était toujours tourné vers la barrière. Sa bouche s'entrouvrit et l'Idiot laissa échapper un son étrange. Il n'avait jamais tenté de parler auparavant et il n'y parvenait toujours pas. C'était une fin, non un moyen. Un cri pareil à ces larmes qui jaillissent dans le crescendo de la musique.

Et il repartit le long de la palissade, marchant de côté, trouvant insupportable de s'éloigner ainsi de ce qui l'avait attiré.

★

Il devait pleuvoir deux jours durant et, quand le soleil reparut, c'était comme s'il avait plu de nouveau, dans l'autre sens : il pleuvait maintenant vers le haut. Il pleuvait des rayons qui montaient, de riches joyaux jaillis de la verdure nouvelle. Certains se flétrissaient et d'autres tombaient et la terre s'exprimait d'une voix douce, pleine de feuilles et de jeunes branches, de fleurs qui parlaient par toutes leurs couleurs.

Evelyne, assise à la fenêtre, les coudes sur l'appui, les mains épousant la courbe des joues, chantait doucement. On ne lui avait pas montré ses notes et on ne lui avait jamais parlé musique. Il est vrai qu'il y avait les oiseaux, et le basson du vent soufflant sous le toit. Et les appels et le roucoulement des petites bêtes de ce bois proche qui était à elle, de cette forêt plus lointaine qui ne lui appartenait pas. Son chant était fait de tout cela avec de surprenantes modulations spontanées.

Pendant un long moment, elle poursuivit son chant à bouche close. Puis elle se tut et resta à écouter une musique intérieure, à regarder tomber les gouttes de pluie sous la lune resplendissante.

— Qu'est-ce que tu fais là ? demanda une voix rauque.

Evelyne sursauta et se retourna. Alice se tenait derrière elle, le visage tendu :

— Qu'est-ce que tu fais là ? répétait-elle.

Evelyne, incapable de parler, montra la fenêtre.

— Eh bien ?

Evelyne répéta son geste vague :

— Dehors, réussit-elle à articuler ; là-bas dehors, dit-elle. Je... Je...

Elle se leva, se dressa debout de toute sa hauteur. Elle avait les joues écarlates.

— Ferme ton col, lui dit Alice. Voyons, Evelyne, qu'est-ce qu'il y a ? Dis-le-moi.

— C'est ce que j'essaie de faire.

Elle attacha son col. Ses mains retombèrent le long de son corps. Puis elle appuya ses deux mains sur sa taille et serra le plus fort qu'elle put.

— Ne fais pas ça, lui dit Alice : qu'est-ce que c'était ? Que faisais-tu ? Est-ce que tu parlais à quelqu'un ?

— Oui, mais pas à toi, ni à papa.

— Il n'y a personne d'autre.

— Si, dit Evelyne. (Et soudain hors d'haleine :) Touche-moi, Alice, touche-moi, s'il te plaît.

— Te toucher ?

— Oui ! je... je voudrais que tu me touches.

Evelyne étendit la main. Alice fit un pas en arrière.

— Voyons, dit Alice aussi doucement que l'émotion le lui permettait, tu sais bien que ça ne se fait pas... Voyons. Qu'est-ce qui t'arrive, Evelyne ? Est-ce que tu n'es pas bien ?

— Si, répondit Evelyne... Non ! je ne sais pas. (Elle se retourna du côté de la fenêtre :) Il ne pleut pas. Mais il fait sombre. Je veux du soleil. Beaucoup, beaucoup de soleil. Du soleil sur moi, qui me baigne, partout, de sa chaleur.

— Que tu es bête ! Il y aurait de la lumière plein ton bain ! Tu sais bien qu'on ne parle pas de bain, ma chérie !

Evelyne ramassa un coussin. Elle l'entoura de ses bras et, de toutes ses forces, se l'appuya contre la poitrine.

— Evelyne, arrête !

Evelyne tournoya sur elle-même, regarda sa sœur comme elle ne l'avait jamais fait auparavant. Sa bouche se tordit. Elle ferma les yeux, et, quand elle rouvrit ses paupières serrées, des larmes en jaillirent :

— Mais puisque j'en ai envie, dit-elle ; puisque j'en ai envie !

— Evelyne ! fit Alice, dans un murmure. (Les yeux grand ouverts, elle recula vers la porte :) Il faudra que je le dise à papa.

Evelyne fit oui de la tête et n'en serra que plus fort le coussin dans ses bras.

★

Quand il atteignit le ruisseau, l'Idiot s'accroupit sur la berge et se mit à regarder. Une feuille tournoya en tombant, esquissa une révérence et passa à travers les piquets métalliques, avant de disparaître sous le houx.

Les piquets, encastrés dans le ciment, fendaient l'eau sur son passage. Une feuille, un morceau de branche pouvaient passer au travers. L'Idiot entra dans l'eau. Il poussa le fer, frappa le ciment submergé. Il avalait de l'eau au fur et à mesure. Il suffoquait. Mais il n'en persistait pas moins, aveuglément, inébranlablement. Puis, nouant ses deux mains autour d'un piquet, il secoua de toutes ses forces et se déchira une paume. Il recommença sur un autre piquet. Et soudain, il y eut comme un cliquetis, le piquet avait joué, il cognait contre la barre transversale.

Il s'assit au fond du ruisseau, dans l'eau jusqu'aux aisselles, et il plaça l'un de ses pieds de chaque côté du piquet. Il recommença à tirer. Une tache rose monta dans l'eau, puis fila le long du courant. Il se penchait en avant, se penchait en arrière. Quelque chose céda et il fut précipité en arrière, la tête contre le fond. Il resta là paralysé pendant quelques secondes, puis le courant le plaqua contre la grille. L'eau qu'il avait avalée le fit tousser douloureusement. Il redressa la tête et, quand le monde tournoyant se fut un peu calmé, plongea de nouveau. L'ouverture n'était haute que d'une trentaine de centimètres et large comme la main, au plus. Il y enfonça le bras, jusqu'à l'épaule, la tête toujours en plongée, puis se redressa et y enfonça la jambe.

Encore une fois, il se rendait vaguement compte qu'il ne servait à rien de vouloir. Il s'attaqua au piquet suivant, puis au suivant, aucun ne céda.

Pour finir, il se reposa. Sans espoir, il contempla les cinq mètres de palissade, cette grille métallique aux barres trop serrées dont les extrémités aiguës se recourbaient en avant là-haut, sous le parement incrusté de tessons de bouteilles fermement maintenus. Il sentait au centre de son être quelque chose de douloureux. Le morceau d'acier qu'il avait arraché à la barrière dans la main, il attendit, un regard stupide braqué sur la palissade.

« ... *touche-moi, touche-moi...* »

C'était ça.

Ça, et la grande vague d'émotion qui montait en même temps. Une exigence, une faim, un flot de tendresse et de désir. L'appel n'avait jamais cessé de retentir. Mais à présent, c'était autre chose. Comme si un signal, soudain, avait été lancé. Et soudain le fil qui unissait en lui deux identités contradictoires s'animait. Le contact s'établissait entre la périphérie et le centre. Les yeux étranges de l'Idiot tombèrent sur le morceau de métal qu'il tenait à la main, et sa raison — rouillée à force de ne pas servir — se mit en branle également pour la première fois.

Assis dans l'eau, à côté de la barrière, il se mit à frotter le piquet à l'endroit même de l'entretoisement.

La pluie tomba. Il devait pleuvoir tout le jour, toute la nuit, la moitié du jour suivant.

★

— Elle était là, dit Alice, une rougeur aux pommettes.

M. Kew tournait autour de la pièce, les yeux brillants. Il passa le fouet à travers l'anneau de ses doigts. C'était un fouet à quatre queues.

Alice faisait de son mieux pour se rappeler :

— ... Et elle voulait que je la touche. Elle me l'a demandé...

— On la touchera, dit-il... (Puis :) Le mal, le mal. Impossible d'échapper au mal. Je croyais que si. Mais non ! Tu as le mal en toi, Alice, et tu le sais. Puisqu'une main de femme t'a touchée... Mais Evelyne... Non. C'est dans le sang, et le sang finit toujours par parler... Où crois-tu qu'elle soit ?

— Dehors, peut-être ?... Au bord de l'étang. Elle aime l'étang... Je vais t'accompagner.

Il regarda, vit son visage ardent, ses yeux :

— Non, ceci est mon affaire. Reste ici.

— Oh ! s'il te plaît.

Il fit tournoyer le fouet au manche pesant.

— Toi aussi, Alice ?

Elle se détourna, follement inquiète.

— Non ! Non ! (Il ajouta :) Pas maintenant. Plus tard.

Et il disparut en courant.

Alice restée seule trembla, puis alla se mettre à la fenêtre. M. Kew avançait d'un pas décidé, tout droit sous la pluie. Les mains d'Alice agrippèrent le store. Elle ouvrit la bouche et laissa échapper un bêlement curieusement modulé et sans signification.

19

★

... Quand Evelyne atteignit l'étang, elle était hors d'haleine. Quelque chose, une fumée invisible, magique, s'étendait sur la surface de l'eau. Evelyne aspirait à grandes goulées. Maintenant. Ici même, elle en était sûre, la chose était proche. Evelyne lui souhaitait la bienvenue. Elle courut au bord de l'eau, se tendit vers elle.

Un bouillonnement se produisit, là où le ruisseau se jetait dans l'étang, et l'Idiot apparut entre les branches de houx. Il se débattit pour atteindre la rive où il tomba, suffoquant, les yeux levés vers Evelyne. Il était grand, il était maigre, il était couvert d'égratignures. Il avait les mains gonflées, mouillées. Son vêtement pendait en loques sur son corps décharné, mais ne le couvrait plus du tout.

Et elle se pencha sur lui, prise au charme. D'elle partit l'appel, grandes vagues de solitude et d'attente, de faim et de joie. Elle se sentait secouée, non surprise, puisqu'elle avait pris conscience depuis plusieurs jours de son existence à lui, et lui, de son existence à elle. A présent, dans le silence, ils vivaient l'un pour l'autre. Elle s'inclina, elle le toucha, elle toucha son visage et sa tête échevelée.

Il frémit et, se redressant, sortit de l'eau. Evelyne s'abattit à son côté. Elle vit enfin les yeux de l'Idiot. Ces yeux parurent gonfler, monter dans l'air pour le remplir.

Evelyne se tendit vers ce regard, souhaita d'y vivre, peut-être d'y mourir, de s'y fondre.

Elle n'avait jamais adressé la parole à un homme. Lui n'avait jamais parlé à quiconque. Elle ignorait ce qu'était un baiser. Et s'il avait vu deux êtres s'embrasser, il n'aurait pas saisi la portée de ce geste. Ils avaient mieux à faire. Serrés l'un contre l'autre, l'une de ses mains à elle posée sur son épaule à lui, ils ne purent entendre le pas résolu de M. Kew, ni le rugissement de rage qu'il poussa. Rien d'autre qu'eux-mêmes n'existait pour eux, jusqu'à la seconde où il avança sur eux, souleva Evelyne, la jeta derrière lui. Sans regarder où elle tombait, il se pencha sur l'Idiot et, les lèvres blanches, les yeux égarés, leva son fouet.

L'Idiot, abasourdi, ne sentit pas la première avalanche de coups, ni la seconde. Il ne parut pas s'apercevoir qu'on le battait. Et, pourtant, sa chair trempée, sa chair coupée, lacérée, tuméfiée, se fendait, le sang jaillissait. Stupide, il fixait toujours les yeux sur ce point où s'étaient trouvés les yeux d'Evelyne. Et il ne bougeait pas.

Mais les lanières sifflaient, claquaient, lui enfonçaient leurs tresses de cuir dans l'échine. Le réflexe ancien joua. L'Idiot se mit à reculer, voulut glisser jusqu'au ruisseau. M. Kew lâcha le fouet, saisit des deux mains le poignet de l'Idiot et se mit à courir, traînant ce corps qui ballait derrière lui. Il frappa d'un coup de pied la tête de l'Idiot, puis ramassa son fouet et revint vers l'Idiot qui venait de réussir à se soulever sur les coudes. A coups de pied, M. Kew le fit basculer sur le dos. Un pied sur le torse de l'Idiot, il le maintint contre terre, cependant qu'il cinglait son ventre nu.

Un rugissement diabolique monta. M. Kew se secoua, se tordit et se trouva face à face avec sa fille.
Evelyne, hagarde, saignait, un filet de bave sur la
lèvre. Elle griffa le visage de son père. Blessé à
l'œil gauche, M. Kew hurla de terreur puis, se redressant, il crispa ses mains dans la dentelle, autour
du cou d'Evelyne qu'il frappa à la tête, à deux reprises, du manche plombé de son fouet. Ensuite, pleur-
nichant, geignant, il revint à la charge contre l'Idiot.
Mais l'Idiot ne prêtait plus attention qu'au besoin
de fuir qui s'était fait jour en lui. Peut-être aussi
la poignée plombée de la cravache avait-elle brisé
quelque chose en même temps qu'elle envoyait le souvenir d'Evelyne dans les limbes. Le long corps de
l'Idiot plia, se détendit comme celui d'une sauterelle.
Il fit un saut périlleux, se rattrapa, bondit. Le fouet
le cingla en plein vol. Le manche tomba de la main
de M. Kew qui hurla et bondit après l'Idiot. Mais
l'Idiot avait déjà plongé parmi les racines du houx
arborescent. Son visage disparut parmi les feuilles.
D'une main, M. Kew saisit un pied mouillé qui le
frappa à l'oreille comme il tentait de l'attirer à lui.
Puis M. Kew cogna du front contre les piquets de
fer.

L'Idiot avait déjà traversé. A demi sorti de l'onde,
il haleta. Il se retourna et aperçut l'homme derrière
la grille, accroché aux barreaux, stupéfait de découvrir l'existence d'une brèche dans l'enceinte, sous
l'eau.

L'Idiot, cependant, restait cloué à terre. De l'eau
pourpre coulait de son corps. Lentement, le réflexe
de fuite le quitta. Un sentiment nouveau l'envahis-

sait. Quelque chose comme la crainte ; presque aussi puissant que l'appel à quoi il avait répondu en franchissant les piquets de fer.

Il lâcha les herbes empoisonnées qui croissaient près du ruisseau, laissa le courant l'emporter jusqu'à la palissade et il ouvrit de grands yeux. Les hurlements s'interrompirent.

Pour la première fois, il fit consciemment usage de son regard pour autre chose que pour se procurer une croûte de pain.

Le vieil homme une fois parti, il sortit du ruisseau, et, chancelant, il gagna la forêt.

★

Quand Alice vit revenir M. Kew, elle se mordit la main, jusqu'au sang. Ce n'étaient pas ses vêtements, déchirés, mouillés, ni son œil en mauvais état. Mais quelque chose d'autre :

— Père... Père...

Pas de réponse. M. Kew marchait droit sur elle. Alice fit un pas en arrière au moment où elle allait être écrasée comme une tige de blé sous la semelle. Il la laissa derrière lui et passa la porte de la bibliothèque qu'il laissa ouverte.

— Père... Père...

Pas de réponse. Elle gagna la bibliothèque. Il se rouvait à l'autre bout de la pièce, devant le bureau à cylindre qu'elle n'avait jamais vu ouvert. Ce jour-là, il l'était. Il y avait pris un revolver à long canon. Un revolver pour tirer à la cible. Il y avait pris également une boîte de cartouches. Et, méthodiquement, il chargeait le revolver.

Alice courut à lui.

— Quoi ? Que puis-je faire pour vous ? Etes-vous blessé ? Que faites...

L'œil indemne était fixe et vitreux. M. Kew respirait lentement. L'arme chargée, le cran de sûreté levé, M. Kew jeta un regard à sa fille et leva son arme.

Cet œil unique, M. Kew l'avait fixé sur sa fille. Alice se débattait comme un insecte empalé sur une épingle. Elle savait de façon certaine que son père ne la voyait nullement. Qu'il regardait non pas elle, mais une horreur qu'on ne saurait jamais et qui n'était qu'à lui seul. Toujours le regard fixé à travers elle, il plaça le canon du revolver entre ses dents et il appuya sur la détente.

Le bruit avait été dérisoire. Sur le sommet du crâne, M. Kew avait à présent une touffe de cheveux qui bouffait. L'œil était toujours braqué sur Alice. Elle cria, appela son père. Il était impossible de croire que, d'une seconde à l'autre, M. Kew avait cessé d'entendre. Il oscillait en avant comme pour montrer à sa fille la plaie qui remplaçait sa chevelure. N'en pouvant plus, Alice prit la fuite.

Puis, soudain, après, il y avait eu trop de silence.

Elle ne devait retrouver Evelyne que deux longues heures plus tard. Evelyne étendue près du petit étang, sur le dos, les yeux grand ouverts. La figure d'Evelyne était gonflée d'un côté avec un trou large de trois doigts.

— Ne fais pas ça ! dit-elle à Alice qui voulait essayer de lui soulever la tête ; arrête !

Alice la laissa tranquille. Elle s'agenouilla et prit entre les siennes les mains d'Evelyne et demanda :

— Qu'est-ce qui s'est donc passé ?

Evelyne parlait calmement :

— Père, dit-elle, il m'a frappée. Maintenant, je vais dormir.

Alice se mit à gémir.

Evelyne reprit :

— Comment ça s'appelle... Quand une personne a besoin d'une autre personne... de son contact, et que les deux sont comme une seule ?... Et qu'il n'y a plus rien d'autre qui existe... Nulle part ?

Alice, qui avait lu des livres, réfléchissait.

— L'amour, finit-elle par dire ; c'est de la folie. C'est le mal !

Le visage serein d'Evelyne parut éclairé de sagesse.

— Non ! fit-elle, ce n'est pas le mal. J'ai senti...

— Il faut que tu rentres à la maison.

— Je vais dormir ici, dit Evelyne ; tout va bien, Alice.

— Oui !

— Je ne me réveillerai pas. Plus jamais... J'aurais voulu faire quelque chose. Maintenant, je ne pourrai pas. Veux-tu le faire à ma place ?

— Oui ! je le ferai.

— Pour moi... Mais tu ne voudras pas ?

— Si. Si. Je le ferai.

— Quand le soleil brillera, dit Evelyne, tu t'y bai-

25

gneras. Ce n'est pas tout, attends. (Elle ferma les yeux :) Dans le soleil, bouge, cours... Et saute. Très haut. Fais du vent en bougeant et en courant. J'aurais tant voulu. Jusqu'à maintenant, je ne savais pas... Oh ! *Alice*...

— Quoi ! que se passe-t-il ?

— Il est là ! il est là. Tu ne le vois pas ? L'amour. Avec le soleil derrière lui.

Les yeux si doux, si clairs regardaient le ciel qui se faisait menaçant. Alice regarda, ne vit rien. Elle regarda Evelyne. Evelyne ne voyait rien non plus. Elle ne verrait plus rien. Jamais plus.

Au loin, dans la forêt, un sanglot s'éleva.

Alice dressa l'oreille ; puis elle ferma les yeux d'Evelyne, se releva et courut vers la maison. Le sanglot la suivait. Le sanglot la suivit dans la maison. Et même alors, il chantait encore en elle.

★

... Quand Mme Prodd entendit le pas du cheval retentir dans le jardin, elle se mit à grommeler. Elle distinguait le cheval de trait et le traîneau, et son mari qui cheminait lourdement à côté. Les voilà ! ils passent le portail.

« Je m'en vas lui savonner la tête, pensa-t-elle, partir comme ça au bois pour ne plus en revenir, et laisser brûler mon dîner. »

Mais ce n'était pas le moment de se fâcher. Il lui suffit d'un regard pour s'en rendre compte.

— Qu'est-ce qui se passe ? demanda-t-elle, inquiète.

— Donne-moi une couverture. Y a un bonhomme qui est blessé. Je l'ai trouvé dans le bois. On dirait qu'un ours l'a attaqué. Il a ses vêtements tout déchirés.

Elle courut chercher la couverture. Il partit en courant. Une minute plus tard, il était de retour, un homme sur les bras.

— Par ici, dit Mme Prodd. (Elle poussait la porte de la chambre de Jack. Prodd hésita, le grand corps en équilibre sur ses bras :) Allons ! Allons ! Vas-y ! T'occupe pas de la courtepointe, on la lavera.

— De l'eau, grogna-t-il ensuite, de l'eau chaude et un chiffon propre.

Elle sortit. Il souleva doucement la couverture.

— Seigneur Dieu ! s'exclama-t-il.

Elle revenait dans la pièce.

— Il ne passera pas la nuit, lui expliqua-t-il, c'est bien la peine de le tracasser avec ça.

Et il montra l'eau fumante qu'elle avait apportée.

— Nous devons essayer, lui répondit-elle.

Mais elle resta la face blanche, les yeux fermés. Il avait pris la cuvette.

— Allons, maman, remets-toi.

— Allons-y, souffla-t-elle et elle se mit en devoir de laver le corps meurtri.

Il passa la nuit. Il passa même la semaine. Ce n'est qu'alors que les Prodd se mirent à espérer. Immobile dans la pièce qu'on appelait la chambre de Jack, intéressé par rien, conscient de rien (sauf peut-être de la lumière qui venait et s'en allait), il regardait la fenêtre. Il n'y avait pas grand-chose à voir : une montagne très loin, quelques arpents de terre qui appartenaient à Prodd. Ou, parfois, Prodd lui-même, silhouette perdue, grande comme une poupée, qui grattait le sol, qui se penchait pour arracher les mauvaises herbes. Quand Mme Prodd apportait à manger, des œufs, du lait sucré chaud, du jambon fumé à la ferme et des galettes de maïs, il avalait si Mme Prodd insistait ; mais autrement il ne réagissait pas.

En rentrant le soir, Prodd posait toujours la même question :

— Est-ce qu'il a dit quelque chose ?

Et Mme Prodd secouait la tête.

Au bout de dix jours, Prodd eut une idée. Au bout de deux semaines, cette idée, il l'exprima :

— Est-ce qu'il ne serait pas *drôle*, maman ?

Elle était inexplicablement furieuse :

— Qu'est-ce que tu veux dire, *drôle ?*

Il eut un geste vague.

— Tu sais bien ? Quelque chose comme innocent. Je veux dire que s'il ne parle pas, peut-être que c'est parce qu'il ne sait pas.

— Non ! Tu as remarqué ces yeux qu'il a ? Ce n'est pas un idiot.

Oui, il avait regardé les yeux. Ces yeux, il les avait trouvés *drôles*. C'est tout ce qu'on pouvait en dire.

— Je voudrais bien qu'il dise quelque chose.

— Tu sais bien, Grace...

— Tu me l'as déjà raconté. Ta cousine qui a perdu ses enfants.

— Oui ! eh bien ! après l'incendie, Grace était

comme ça. Elle restait sans rien dire et sans bouger, couchée toute la journée. Tu lui parlais : c'était comme si elle n'entendait pas. Tu lui montrais quelque chose : elle aurait aussi bien pu être aveugle. Il a fallu la nourrir à la petite cuiller. Et la laver !

— Eh bien, c'est peut-être ça. Ce gars-là, il a certainement été fourré dans quelque chose qui vaut la peine d'être oublié... Mais Grace, elle a été guérie ?

— Ben, elle n'a jamais plus été la même... Mais elle en est revenue. Je pense que parfois la vie est trop dure, et qu'on doit partir se reposer...

Les semaines passèrent. Les tissus se reformaient. Et le grand corps absorbait les aliments comme un cactus absorbe de l'humidité. Jamais dans son existence il n'avait eu, en même temps, du repos et de la nourriture et...

Elle était assise à son chevet et lui chantait *Dors, mon petit ange, dors* ou bien *Là-bas sur la colline*... Mme Prodd était une brune aux cheveux ternes et aux yeux délavés. Elle racontait à ce visage immobile et silencieux toute l'histoire des gens de là-bas, très loin, dans l'Est. Et comment Prodd était venu lui faire la cour dans la Ford modèle T du patron, et qu'il ne savait même pas la conduire, sa Ford. Elle lui racontait toutes ces petites choses qui n'appartiendraient jamais tout à fait au passé, pour elle. Comment était la robe qu'elle avait portée lors de sa première communion. Et ce qui s'était passé cette fois où le mari de Grace était rentré soûl à la maison, son pantalon du dimanche déchiré, et un porcelet vivant sous le bras, qui hurlait à réveiller les morts. Et elle lui lisait le *Livre des Prières* ainsi que des pages de la Bible. Elle lui disait tout ce qu'elle avait dans l'esprit, mais elle ne parlait jamais de Jack.

Jamais l'Idiot ne souriait. Jamais il ne répondait. On ne pouvait remarquer qu'une toute petite différence : quand elle était là, il gardait les yeux fixés sur elle. Quand elle n'y était pas, il gardait les yeux fixés sur la porte, sans se lasser. Mais Mme Prodd ne pouvait imaginer toute l'importance que cela avait.

Un jour vint, enfin, où les Prodd étant à déjeuner, il y eut un remue-ménage derrière la porte. Prodd se leva, ouvrit.

— Allons, allons, dit-il, tu ne penses tout de même pas que tu vas te promener dans cette tenue, non ? Tu veux me donner mes vieux bleus de travail, maman ?

L'Idiot était faible, et il avançait de façon mal assurée. Ils l'aidèrent à se mettre à table. Et il s'abattit sur la chaise, sans même remarquer que le repas était servi. Mme Prodd lui passa une cuiller pleine sous les narines, pour lui faire envie. Il prit la cuiller dans sa lourde poigne et mangea, les yeux fixés sur Mme Prodd. Elle lui tapa sur l'épaule, et le félicita de si bien se tenir.

— Voyons, maman, disait Prodd, tu ne vas pas le traiter comme s'il avait deux ans.

Peut-être que c'étaient ses yeux, mais Prodd de nouveau avait peur.

Sa femme lui serra la main. Il comprit et se tut. Mais plus tard, le même jour, alors qu'il la croyait endormie, elle lui dit :

— Tu sais, Prodd, il faut bien que je le traite

comme s'il avait deux ans, ou peut-être même moins que ça.

— Comment ça se fait ?

— Avec Grace, c'était la même chose. Mais en moins grave. Comme si elle avait eu six ans ; pour commencer, elle jouait à la poupée. Une fois où elle n'a pas eu de la tarte aux pommes comme les autres, elle a pleuré tout ce qu'elle savait. Comme si elle avait recommencé à grandir. Plus vite. Mais la même chose.

— Et tu crois que ce sera pareil pour lui ?

— Est-ce qu'on ne lui donnerait pas deux ans ?

— C'est la première fois que je vois un enfant de deux mètres de haut.

— Ecoute... Nous allons l'élever comme si c'était notre fils.

Il se tut. Puis, ayant bien réfléchi :

— Et comment allons-nous l'appeler ?

— Pas Jack, dit-elle avant d'avoir pris le temps de se taire.

Il grogna son assentiment.

— ... Tu sais, pour lui trouver un nom, nous avons tout le temps. D'abord, il doit avoir le sien, et ce ne serait pas juste de lui en donner un autre. Attendons. Il se remettra et il se souviendra.

Prodd réfléchit, puis finit par dire :

— Tu sais, maman, j'espère que nous ne sommes pas en train de faire une sottise.

Mais elle dormait à poings fermés.

★

Il y eut quelques miracles.

Les Prodd considéraient qu'il s'agissait de réussites, de victoires. En vérité, c'étaient des miracles. La fois où M. Prodd s'aperçut qu'il y avait deux fortes mains à l'autre bout du morceau de bois qu'il transportait. La fois où Mme Prodd trouva son malade en train de tenir et de regarder une boule de laine, qu'il tenait, qu'il regardait uniquement parce qu'elle était rouge. La fois où il trouva un seau plein d'eau à côté de la fontaine et l'apporta jusqu'à la maison. Mais il fallut très longtemps, par exemple, pour lui montrer à faire fonctionner la pompe.

Un an déjà s'était écoulé depuis son arrivée à la ferme. Mme Prodd, qui avait de la mémoire, lui fit cuire un gâteau. Spontanément, elle planta dessus quatre bougies. Les Prodd se penchèrent sur lui, qui, fasciné, contemplait avec admiration les petites flammes. Et Prodd lui cria à travers la table :

— Souffle-les, fiston !

Peut-être qu'il projeta la chose devant lui par la pensée ? Peut-être était-ce à cause du flot de chaleur qui montait du couple, la chaleur de cette tendresse qu'on lui portait ? Il pencha la tête et il souffla. Ils rirent et, s'approchant de lui, Prodd lui tapa sur l'épaule tandis que Mme Prodd l'embrassait sur les deux joues.

Quelque chose se tordit en lui. Ses yeux tournoyèrent. On ne voyait plus que le blanc du globe oculaire. Le chagrin qu'il portait en lui s'effondra, fondit, l'envahit. Ce n'était pas l'appel qu'il avait entendu derrière la palissade de chez les Kew. Même à un degré moindre, ce n'était pas ça. Mais comme il ne pouvait plus s'élever aussi haut que ce dont il avait gardé la mémoire, il sentait la perte qu'il avait éprouvée. Et il fondit en larmes.

Des sanglots comme ceux qu'avait entendus Prodd dans la forêt et qui l'avaient mené jusqu'à l'endroit où l'Idiot gisait abandonné, il y avait un an de cela. La chambre était trop petite pour contenir une telle peine. Mme Prodd n'avait jamais rien entendu de semblable. Son mari, oui, le premier soir ; et il n'aurait pu dire s'il était plus terrible de découvrir de tels sanglots ou de les entendre pour la seconde fois.

Mme Prodd prit l'Idiot dans ses bras et lui fit un câlin. Prodd se gratta la gorge, se balança d'un pied sur l'autre :

— Euh ! fit-il.

Et, tout à coup, les sanglots s'interrompirent.

L'Idiot reniflait et regardait l'un après l'autre M. et Mme Prodd, avec, sur son visage, une nouvelle expression, comme si un masque de bronze était tombé.

— Je regrette, dit Prodd. Tu ne crois pas que nous avons eu tort de faire ça, dis ?

— Sûrement pas, répondit son épouse ; tu verras plus tard.

★

Désormais, il eut un nom.

Ce soir où il avait pleuré, il avait aussi découvert que, s'il le voulait, il pouvait communiquer avec ses semblables. Ce n'était pas la première fois qu'une telle chose arrivait. Mais jusque-là cela se produisait à la façon du vent qui souffle, à la manière d'un réflexe ; avec le même automatisme qu'un éternuement, qu'un frisson. Maintenant cette possibilité qui était en lui se présentait devant ses yeux comme la boule de laine qu'il tournait et retournait. Ces bruits qu'on appelle des mots ne voulaient toujours pas dire grand-chose pour lui. Mais il commençait à faire la différence entre ce qui s'adressait à lui et ce qui s'adressait à d'autres. Jamais, en vérité, il ne devait apprendre à écouter les mots. C'étaient plutôt les idées qui se communiquaient directement à lui. Et les idées étant immatérielles, en elles-mêmes, il n'est pas surprenant que l'Idiot n'ait appris que très lentement à donner à celles-ci la forme du langage.

— Quel est ton nom ? lui demanda Prodd un beau matin.

Tous les deux, l'Idiot et le cultivateur, ils remplissaient l'abreuvoir. Et l'eau qui coulait dans le soleil absorbait toujours l'Idiot, l'absorbait, le déchirait, l'émouvait.

— Ah ! s'exclama-t-il.

Il leva les yeux. Et il resta le regard enchaîné au regard de Prodd.

Nom... La petite étincelle partit s'enquérir de ce que cela pouvait bien signifier, puis revint chargée de quelque chose que, à défaut de mieux, on peut baptiser : définition. Mais, remarquez, les mots manquaient pour vêtir les concepts : Nom... *C'est ce qui est moi et en même temps ce que j'ai fait, ce que j'ai été, ce que j'ai appris.*

Tout était là, qui n'attendait que le symbole de nom. Le vagabondage, la faim, ce qu'il avait perdu et, pire encore, l'absence. Et cette presque perception qu'il avait, qu'étant ici, chez les Prodd, il n'était pas quelque chose, mais le succédané de quelque chose :

— TOUT SEUL !

— Seul, répéta Prodd. Tout seul.

Et l'Idiot comprit que cela signifiait bien quelque chose de précis pour Prodd. Peut-être pas exactement ce qui avait été dit. Mais cela irait très suffisamment comme ça.

Il voulut répéter. Mais sa langue était agitée de spasmes. Un voile de salive se formait, échappait en bave, coulait le long de ses lèvres. Il tenait désespérément à se faire comprendre et il trouva un autre langage : il inclina la tête.

— Tout seul, dit Prodd, tu t'appelles Tousseul ?

L'Idiot inclina encore une fois la tête. Ce fut sa première parole et sa première conversation. Nouveau miracle.

Il lui fallut cinq ans pour apprendre à parler et toujours il devait préférer se taire. Il ne put jamais apprendre à lire. Simplement parce qu'il ne disposait pas de l'équipement nécessaire.

★

... Il y avait deux petits garçons pour qui l'odeur de désinfectant, c'était l'odeur de la haine.

Pour Gerry Thomson, c'était l'odeur de la faim aussi

et de la solitude. Tout ce qu'il mangeait en était imprégné. Le sommeil sentait le désinfectant et la faim, le froid, la crainte. Tous les éléments constitutifs de la haine. La haine, du reste, était la seule chaleur qui existât en ce monde. L'homme s'accroche aux certitudes. Et il s'y accroche plus encore quand il n'y en a qu'une seule et qu'il est âgé de six ans à peine. A six ans, Gerry était véritablement un homme. Ou, du moins, il possédait au plus haut point cette capacité d'adulte qui consiste à apprécier le plaisir grisâtre de simplement ne pas souffrir. Gerry était capable d'une patience infinie. Celle des hommes résolus à qui il est nécessaire de paraître désarmé jusqu'au moment décisif. On ne cherche pas à se rendre compte que, pour un enfant de six ans, le passé remonte aussi loin que pour l'homme fait, et que cette route qui s'étend en arrière est toute remplie de détails et d'épisodes. Les tourments qu'avait connus Gerry, les pertes qu'il avait subies, les maladies dont il avait eu à souffrir, auraient suffi à faire un homme de n'importe qui. Et cela se voyait. C'est alors qu'il se mit à accepter, à obéir, à attendre. Sa voix ne protesta plus. Son visage devint inexpressif. Il vécut ainsi, deux années durant, jusqu'au jour de la décision. Puis ce fut l'évasion de l'orphelinat. Il vécut dans la solitude, couleur d'égout, couleur d'ordures, afin de ne pas être pris. Décidé à tuer, plutôt que de se laisser reprendre, et à haïr, en guise d'autre argument.

Ni faim, ni froid, ni maturité hâtive pour Hip. Mais l'odeur de la haine cependant. Cette odeur, elle entourait le médecin, son père. Elle flottait autour des doigts agiles et durs, autour des vêtements endeuillés. Jusqu'au son de la voix du docteur Barrows qui, dans le souvenir de son fils, baignait dans l'eau de Javel et le phénol.

Le jeune Hip Barrows était un bel enfant, un enfant prodige pour qui l'univers se refusait d'apparaître sous les espèces d'un chemin de céramique désinfectée. Tout était facile pour lui, y compris la morale que le docteur lui administrait par doses massives. Le docteur avait réussi. C'était un homme moral, qui avait fait carrière dans l'infaillibilité. Hip avait monté comme une fusée. Brillant, vif, intelligent, ses dons lui avaient attiré tout ce que peut désirer un jeune garçon. Et néanmoins, il y avait en lui quelque chose qui lui répétait qu'il était une sorte d'escroc, qu'il n'avait pas droit à ce qu'il n'avait pas gagné... Car telle était la philosophie de son père le médecin, homme dur qui avait durement peiné pour tout ce qu'il avait obtenu. Ainsi les talents de Hip, s'ils lui donnaient des amis et lui faisaient recevoir les honneurs, engendraient aussi un malaise, et une humilité maladive dont il ne prenait même pas conscience.

A huit ans, Hip s'était monté une première radio, construisant lui-même le bobinage. Sa radio, il l'avait pendue aux ressorts du sommier de son lit. Le microphone était dissimulé à l'intérieur du matelas, ce qui lui permettait d'écouter, la nuit, couché sur le dos. Le docteur, qui avait découvert le pot aux roses, lui interdit de remettre la main sur un morceau de fil électrique, lui vivant. Il n'avait que neuf ans quand le docteur avait trouvé la cachette où Hip dissimulait ses manuels et traités de radiographie et d'électronique. Un à un, l'enfant avait dû les brûler de sa propre main. A douze ans, Hip avait gagné une bourse au collège technique supérieur en dessinant un galvanomètre à principe nouveau. Et le docteur Barrows avait dicté à son fils unique la lettre de refus. A quinze ans, Hip s'était fait mettre à la porte de l'école préparatoire de médecine, pour avoir perversement déplacé les relais de l'ascenseur, tant et si bien que gagner l'étage supérieur devenait une glorieuse aventure. A seize ans, fils désavoué et heureux de l'être, il gagnait son pain, dans un laboratoire de recherches, tout en suivant les cours d'une école d'ingénieurs.

C'était un grand garçon brillant et extrêmement aimé de ses camarades. Il avait besoin d'être aimé et, sur ce point comme sur les autres, il réussissait à merveille. Il jouait du piano avec une surprenante vélocité. Aux échecs, on trouvait en lui un adversaire rapide et subtil. Mais là, comme au tennis, il avait appris à perdre avec adresse, pas trop souvent. Le temps, il le trouvait toujours, de parler et de lire, de s'émerveiller en silence, d'écouter ceux qui trouvaient plaisir à se faire écouter, d'expliquer le jargon technique à l'usage de ceux qui comprenaient mal. Jusqu'à la préparation militaire, pour laquelle il avait le temps. Ce qui devait, en fin de compte, lui valoir un grade de sous-lieutenant.

Mais l'Armée de l'Air ne ressemblait à aucune des écoles qu'il avait fréquentées. Il lui fallut un bon bout de temps pour se rendre compte que le colonel ne se laissait pas attendrir par la docilité ou convaincre par un trait d'esprit, comme le doyen, le directeur ou le proviseur. Il lui fallut plus longtemps encore pour se rendre compte que, dans la vie militaire, c'était, non pas la minorité, mais l'immense majorité qui avait tendance à considérer d'un mauvais œil les succès sportifs, la conversation brillante et la réussite en général. Et il fut plus seul qu'il ne l'eût souhaité.

A la batterie de D. C. A., il devait trouver une réponse, un rêve, et la catastrophe...

★

... Alice Kew se tenait dans l'ombre, à l'orée du bois. Elle gémissait :

— Pardonne-moi, père, pardonne-moi !

Elle s'abattit sur l'herbe, vaincue par le chagrin, l'angoisse, déchirée par les conflits.

— Pardonne-moi, disait-elle en implorant avec passion ; pardonne-moi, murmurait-elle avec mépris...

— Pourquoi n'es-tu pas mort, Démon ? lui demandait-elle. Tu t'es tué, il y a cinq ans de ça, et tu as tué ma sœur, et c'est toujours : père, pardonne-moi ci et père, pardonne-moi ça. Sadique, pervers, assassin, démon, affreux homme empoisonné !...

« Je reviens de loin, se disait-elle, je ne reviens de nulle part. Ah ! comme je me suis échappée, comme j'ai fui le brave maître Jacobs, cet aimable avocat, quand il est venu m'aider, au moment du malheur ! Comme j'ai couru pour ne pas rester seule avec lui, de peur qu'il ne devienne fou et ne m'em-

poisonne. Et quand il est revenu avec sa femme, j'ai
couru aussi. J'étais persuadée que les femmes, c'était
aussi le démon, et qu'elles ne devaient pas me toucher. Ils ont eu toutes les peines du monde avec
moi. Et j'ai mis du temps à comprendre que ce n'était
pas eux qui étaient insensés, mais moi... J'ai mis du
temps à comprendre toute la gentillesse de la mère
Jacob, quand elle me disait : « Mais voyons, mon
enfant, personne n'a mis de robes comme celles-ci
depuis quarante ans. » Et dans le taxi, quand je
hurlais à ne pouvoir m'arrêter. Tout ça parce que
j'avais vu tous ces corps qui se touchaient, tous si
terriblement vivants. Des corps dans les rues. Des
corps sur les marches d'escalier. Des corps dans les
photographies de journaux. Des hommes qui tenaient
des femmes qui riaient, audacieuses, impudiques... Et
le docteur Rothenstein qui expliquait, qui expliquait.
Et qui reprenait à partir du commencement et qui
expliquait encore. Et qu'il n'y avait pas de sueur
empoisonnée. Et qu'il fallait qu'il y eût des hommes
et puis des femmes. Sans quoi il n'y aurait plus personne du tout... Je devais apprendre tout cela, cher
père diabolique, à cause de toi. A cause de toi, je
n'avais jamais vu de voiture automobile. Je n'avais
jamais vu un sein nu, ni un journal, ni un chemin
de fer. Ni une serviette de papier. Ni deux personnes
qui s'embrassaient. Ni un restaurant. Un ascenseur.
Ni un maillot de bain. Ni les poils sur... O père,
pardonne-moi.

« Je ne crains pas le fouet. Je crains les yeux et
les mains. Merci, père. Un jour, un jour tu verras,
je vivrai avec du monde autour de moi. Je voyagerai

dans leurs trains et je conduirai ma propre moto-cyclette. Je me trouverai au milieu de la foule, sur la plage ; au bord de la mer qui avance et recule sans jamais de muraille pour l'arrêter. J'entrerai dans l'eau et j'en sortirai habillée seulement d'un morceau d'étoffe ici et là. Et je montrerai mon nombril. Et je rencontrerai un homme aux dents blanches, père, et aux bras ronds et musclés. Et je... Que vais-je devenir ? Oh ! que suis-je devenue ? Père, pardonne-moi.

« J'habite une maison que tu ne connais pas. Il y a des fenêtres qui donnent sur la route, où passent les voitures qui font un bruit amical. Il y a aussi des enfants qui jouent devant la haie. Cette haie n'est pas un mur et le passage est ouvert à tout le monde. Je regarde de derrière le rideau quand ça me plaît, et je vois les étrangers. Impossible qu'il fasse nuit noire dans la salle de bains. Il y a un miroir aussi grand que moi. Et un de ces jours, père, je laisserai tomber la serviette dans laquelle je me drape.

« Mais tout cela, c'est pour plus tard. Les promena-des parmi les vivants, qu'on touche sans crainte, pour plus tard. Pour l'instant, je suis une solitaire. Il faut que je lise, que je lise. Que j'apprenne comment est le monde. Que j'apprenne le monde et ses œuvres et les fous comme vous, père, et ce qui les a si ter-riblement pervertis. Le docteur Rothenstein a bien insisté sur le fait que tu n'étais pas seul de ton espèce, que tu n'étais un cas si particulier que parce que, uniquement, tu étais si riche.

« Evelyne... Evelyne n'a jamais su que son père était fou. Evelyne n'avait jamais vu les gravures représentant la chair empoisonnée. Je vivais dans un monde qui n'était pas celui-ci. Mais l'univers où nous la gardions, père et moi, était tout aussi différent. Le monde que nous lui faisions afin de la garder pure...

« Je me demande comment il se fait, père, que vous ayez eu l'élégance de vous faire sauter la cervelle ? »

L'image de son père, étendu mort, la calma. Elle se dressa, regarda les bois derrière elle, vit les arbres, l'ombre et souffla :

— Oui, Evelyne, oui !...

Puis elle aspira profondément, ferma les yeux. Ses doigts glissèrent le long des boutons de sa robe. La robe tomba. Alice glissa hors de sa combinaison et de ses bas. L'air soufflait et son contact était indescriptible. Comme s'il l'avait traversée. Elle avança dans le soleil. Et malgré les larmes qui se gonflaient sous ses paupières, elle dansa nue. Elle dansa nue pour Evelyne. En même temps, elle implorait le pardon de son père.

★

... A quatre ans, Janie avait lancé un presse-papiers à la tête d'un sous-lieutenant. Parce qu'elle sentait de façon précise, mais non formulée, que ce sous-lieutenant n'avait rien à faire dans la maison pendant que son père à elle, Janie, se trouvait outre-mer. Fracture du crâne. Comme c'est souvent le cas dans ce genre d'accident, la victime, une fois guérie, avait oublié que Janie se trouvait à cinq ou six mètres du presse-papiers, quand elle l'avait fait voler dans sa direction. Cette petite vengeance, la maman devait la faire payer cher à la fille. Preuve de plus que la puissance pas tout à fait maîtrisée offre bien des inconvénients.

— Elle me donne la chair de poule, dit la mère au sous-lieutenant suivant, en parlant de sa fille. Je ne peux pas la voir en peinture. Tu me trouves anormale ?

— Non ! non ! fit le sous-lieutenant suivant, mais sans conviction.

Tant et si bien qu'elle devait l'inviter le lendemain après-midi, persuadée que, une fois qu'il aurait vu Janie, il *comprendrait*.

Il la vit. Et il comprit. Non ! il ne comprit pas Janie ; personne ne la comprenait. Mais il comprit les sentiments de sa mère. Janie était debout, très droite, les épaules effacées, pieds écartés, à faire tourner une poupée qu'elle tenait par les jambes, comme une massue. Il y avait chez elle une franchise, qui, chez un enfant, sonnait faux. Avec ça, le visage pointu, le sourcil fourni, les yeux rapprochés, une taille au-dessous de la moyenne, mais des proportions qui n'étaient pas celles d'une enfant de quatre ans avec les jambes trop longues ou le torse trop court, comme on voudra. Sa diction était d'une désespérante clarté, d'un manque de tact désespérant, aussi. Quand le sous-lieutenant (le second du grade) s'accroupit devant elle et lui dit : « Bonjour, bonjour, ma petite Janie. Si tu veux bien nous allons être d'excellents amis ? » Janie lui répondit :

— Non ! vous avez la même odeur que le commandant Grenfell. (Le commandant Grenfell avait été un de ses prédécesseurs.)

— Janie ! criait madame mère, mais trop tard. Tu sais bien, voyons, que le commandant n'est jamais venu que pour prendre l'apéritif.

Janie n'avait rien répondu. Ce qui avait été la cause d'un silence très embarrassant. Sur ce, le sous-lieutenant s'était avisé soudain du ridicule qu'il y avait à faire la grande flexion comme il la faisait sur le parquet, et il s'était redressé si brusquement qu'il avait bousculé le guéridon et le service à café. Le sourire de la petite s'était fait cruel et elle avait regardé attentivement les oreilles écarlates de l'officier qui ramassait les débris. Ce sous-lieutenant, parti tôt dans la soirée, ne devait plus jamais revenir.

Madame mère ne trouvait pas plus de sécurité dans ses grandes réceptions. Faisant fi de la consigne, Janie avait avancé au milieu des convives, un beau soir, jetant de ses yeux gris-vert un regard plein de retenue sur les visages levés à son approche. Un monsieur rondouillard aux cheveux jaunes qui avait la main sur le cou de madame mère, s'était exclamé :

— Mais c'est la fille de Vima !

— Mais c'est l'homme de la... avait commencé Janie.

La maman l'avait interrompue :

— Voyons, Janie. Voyons.

— De la quoi ? avait demandé le monsieur aux cheveux jaunes.

— De la viande au marché noir, avait répondu la petite fille, avec beaucoup d'à-propos par ces temps de restrictions.

— Va vite te coucher, mon trésor, lui avait lancé Vima. Je viens tout de suite te border, ma chérie !

Quelqu'un avait ri en regardant le monsieur aux cheveux jaunes. Et quelqu'un d'autre avait soufflé :

— Adieu ! Adieu, gigot du dimanche !

Si elles avaient été fermées avec un cordon, les lèvres du spécialiste de la viande n'eussent pas été plus serrées.

Janie avait traversé la pièce comme si de rien n'était. Avant de sortir, elle s'était arrêtée. Un jeune homme aux yeux noirs brillants s'était penché en avant. Janie avait saisi son regard. Le jeune homme avait changé d'expression. Sa main avait dissimulé ses yeux noirs.

— Ne recommencez jamais, avait dit Janie, pour lui seul, et elle avait disparu.

— Vima ! s'était écrié le jeune aux yeux noirs et brillants : cette petite a un pouvoir hypnotique.

— Comment est-ce que ce serait possible ? avait répondu Vima. Elle prend des vitamines tous les jours que Dieu fait.

Le jeune homme avait fait mine de se lever. Puis il s'était affalé dans son fauteuil.

— Seigneur ! avait-il laissé échapper.

Puis il avait boudé pour le restant de la soirée.

A cinq ans, Janie avait commencé à jouer avec deux autres petites camarades. Elles avaient mis quelque temps à s'apercevoir de quoi que ce fût. Les deux autres étaient des bambines encore à l'âge où l'on trébuche, qui échangeaient des bribes de phrases inarticulées sur un ton suraigu. Elles couraient et s'effondraient sur le ciment de la cour, exactement comme si ç'avait été une meule de foin. D'abord, Janie les surveillait en roulant un flot de salive sur sa langue. Puis elle allongeait le cou, et, par la fenêtre, de son quatrième étage, elle leur crachait dessus. Tant que le crachat n'atteignait pas le sol, les jumelles n'y faisaient pas attention. Mais dès que le tir devenait plus efficace, c'était une confusion de cris, de grimaces et de sanglots tout à fait divertissante. Coup au but ! Les deux petites entraient en transes, couraient en rond, mais ne pensaient pas à lever la tête.

Autre jeu : les jours de grande chaleur, les jumelles enlevaient leur barboteuse en moins de temps qu'il en faut pour le dire. On les voyait aussi respectables que les membres du chapitre de Notre-Dame, et, une fraction de seconde plus tard, l'une ou l'autre, ou les deux ensemble, elles gambadaient nues, à dix mètres du petit tas de vêtements. Elles caquetaient, s'agitaient, jetaient un regard délicieusement inquiet sur la route du sous-sol qui faisait face...

Janie avait découvert qu'avec un peu de concentration d'esprit elle pouvait faire bouger les barboteuses (quand elles étaient vides, bien entendu). Elle s'y entraînait avec application, accoudée sur l'appui de la fenêtre. Au début, l'étoffe s'agitait à peine, comme si un souffle débile l'eût habitée soudain. Bientôt, Janie réussit à faire ramper les barboteuses sur le ciment. Une affaire, vraiment, de voir les jumelles s'agiter quand la chose se produisait, et quel charivari ! Après ça, les jumelles devinrent plus prudentes. Elles ne se déshabillèrent plus pour un oui ou pour un non. Et il arriva que Janie se vît forcée d'attendre des quarante minutes avant de retrouver une occasion favorable. Parfois, même alors, Janie suspendait son pouvoir, et les deux sœurs, entièrement dévêtues, ou l'une nue et l'autre habillée, guettaient l'étoffe magique, comme deux chatons surveillent un hanneton. En avant ! Janie se remettait à l'œuvre et la barboteuse s'envolait de nouveau. Les fillettes bondissaient, parvenaient parfois à s'en emparer sans effort. Ou alors, la chasse à courre commençait, pour ne s'arrêter qu'au moment où les petits poumons soufflaient comme la chaudière d'une vieille locomotive.

Janie comprit un jour pourquoi les jumelles surveillaient la porte du sous-sol. Janie n'avait pas manifesté son pouvoir jusqu'à l'instant où, leur méfiance désarmée, elles eurent ôté leur barboteuse, une fois de plus. Les jumelles regardaient du coin de l'œil, partaient un peu plus loin, comme pour provoquer la fuite des vêtements. Et Janie retenait toujours son pouvoir. Puis elle frappa. Et les barboteuses montèrent, montèrent en un vol blanc et rose, avant d'aller s'accrocher au rebord d'une fenêtre, au premier étage. La cour se trouvait en contrebas, ce qui faisait, pour le premier étage, une hauteur de deux mètres vingt-cinq. Et Janie se reposa.

L'une des jumelles courut au milieu de la cour, sautilla d'un pied sur l'autre, tendant le cou pour voir les barboteuses, là-haut. L'autre avait couru jusqu'au mur de l'immeuble, où, au-dessous de la fenêtre du premier étage, elle étendait sa petite main aussi haut qu'elle pouvait atteindre, tapotant la brique, vainement. Elles coururent l'une vers l'autre, jacassant anxieusement. Coude à coude, elles se mirent à dresser le bras le long du mur. Elles regardaient la porte du sous-sol avec une terreur accrue à chaque instant.

Pour finir, elles s'assirent serrées l'une contre l'autre, aussi loin qu'elles le purent de la porte du sous-sol, engourdies, paralysées.

Janie crut attendre un jour entier avant de voir la porte s'ouvrir. Le concierge, pris de boisson comme d'habitude, surgit enfin :

— Bonnie, cria-t-il, Beany, où-s' que vous êtes ?... Allons ! venez là. Regardez-vous ! Je vas vous ôter le goût du pain. Où c'est-t'y qu'vous avez mis vos habits ?

Et il saisit une des jumelles dans chaque main. Elles gigotaient dans le ciel, au bout des grands bras. Deux ou trois fois, il tourna sur lui-même, avant de voir les deux barboteuses, là-haut.

— Alors, qu'est-ce que c'est ? Vous jetez vos habits qui coûtent cher ? Comment vous avez fait ? Je vas vous donner la fessée.

Il jeta les deux petits corps au travers d'un seul

de ses genoux. Comme il avait arrondi la main, il y eut plus de bruit que de mal. Mais le bruit de la fessée n'en était pas moins impressionnant. Janie se tordait, au quatrième.

Deux ou trois fois, la grande main s'abattit sur chacune des petites filles. Puis le concierge remit les jumelles sur leurs pieds. Elles restèrent l'une contre l'autre, les mains sur le derrière, à regarder leur père décrocher les barboteuses, puis agiter l'index tendu vers elles :

— Recommencez, et vous verrez, je dirai à M. Milton, l'homme des tramways, qu'il vienne vous poinçonner les oreilles.

Les yeux ronds, elles se serrèrent l'une contre l'autre. Le concierge retourna dans l'entresol, et claqua la porte derrière lui.

Les petites se rhabillèrent. Après quoi, elles se collèrent au mur, et elles chuchotèrent. Fini de rire ce jour-là.

★

De l'autre côté de la rue, en face de l'immeuble où Janie habitait, il y avait un parc. Dans le parc, un ruisseau, un paon en train de muer derrière un grillage, et un petit bois de chênes nains. Dans le petit bois de chênes nains, il y avait un carré de terre nue, connu exclusivement de Janie et de plusieurs milliers de personnes qui y disparaissaient une fois la nuit venue, par couples. Mais comme Janie n'était jamais là que le jour, elle se sentait une âme d'exploratrice et de propriétaire.

Quatre ou cinq jours après l'épisode de la fessée, Janie se souvint du petit bois. Les jumelles ne l'amusaient plus. Elles ne faisaient plus jamais rien d'intéressant. Madame mère déjeunait dehors, et elle l'avait enfermée. (Un de ses admirateurs lui avait posé la question une fois où elle enfermait sa fille :

— Suppose qu'il y ait un incendie ?

— J'ai tant de veine que ça n'arrivera jamais, avait répondu Vima, désolée d'avance.)

La porte était fermée à l'extérieur par un crochet que retenait un piton. Janie marcha vers la porte, fixa son regard sur l'endroit correspondant ; elle entendit le crochet se soulever, retomber hors du piton. Elle ouvrit, se dirigea vers l'ascenseur, y entra, poussa les trois boutons. L'ascenseur s'arrêtait à chaque étage. Elle ouvrait les portes, attendait, refermait les portes, repartait. S'arrêtait de nouveau... Et ainsi de suite... C'était si bête que ça l'amusait. Au rez-de-chaussée, elle appuya sur tous les boutons l'un après l'autre avant de se glisser dehors. Et l'imbécile d'ascenseur s'ébranla. Janie haussa les épaules et gagna la rue. Elle traversa en faisant attention, après avoir regardé des deux côtés. Mais elle n'était plus du tout une grande personne quand elle eut atteint le petit bois. Elle monta dans les basses branches et avança jusqu'à l'endroit où l'arbre surplombait le fourré. Elle crut voir quelqu'un bouger, sans pouvoir en être sûre. S'accrochant à la branche, elle en atteignit l'extrémité à bout de bras. La branche plia, Janie se laissa tomber.

D'habitude, cela faisait une chute d'une vingtaine de centimètres. Mais cette fois...

A l'instant même où ses doigts lâchaient l'écorce, elle sentit qu'on lui saisissait le pied avec force et qu'on tirait en arrière. Si bien qu'elle tomba à plat sur le ventre. Comme elle avait les deux mains ramenées devant, elle s'envoya un bon coup de poing en plein dans le plexus solaire. Tout au long d'une minute qui n'en finissait plus, Janie se transforma en un nœud de douleur. Elle résista, résista, et, enfin, réussit à reprendre haleine, à souffler ; mais ses poumons restaient vides, ne voulaient plus se remplir. Elle fit un nouvel effort, et, sanglotant, crachotant, elle sentit que la douleur la quittait.

Après quoi elle réussit à se soulever, les coudes appuyés au sol, et elle cracha la poussière et la boue qu'elle avait avalées. L'œil entrouvert, elle distingua l'une des jumelles, assise en tailleur, hors de portée. L'autre jumelle se rapprochait.

— Ho ! Ho ! cria-t-elle.

Et elle tira le bras de Janie qui retomba le nez dans le sable. Janie se souleva, voulut se mettre à genoux. Elle reçut une rude tape sur la croupe. Un peu plus loin, l'autre petite jumelle tenait des deux mains une planche plus grande qu'elle.

— Hi ! hi ! criait la seconde jumelle.

Janie fit ce qu'elle avait fait à l'homme aux yeux brillants lors de ce dîner chez elle.

— *Pffrtt !* dirent les jumelles.

Et elles avaient détalé, à peu près à la façon d'un pépin de pomme serré entre deux doigts. La planche était restée derrière. Janie s'en saisit et lança un grand coup sur ces sacrées jumelles qui lui avaient tiré le pied. Mais la planche ne toucha que le sol. Plus personne.

Janie se mit à gémir. Elle était seule dans le labyrinthe ombreux. A droite, à gauche, plus loin, plus près, rien. Personne !

Ah ! mais, quelque chose venait de s'écraser sur ses cheveux. Quelque chose de mouillé. Elle leva la tête au moment où la seconde jumelle lui crachait dessus à son tour. Janie brandit la planche. La première des petites filles ne fit même pas mine de vouloir bouger. L'autre disparut, pour reparaître sur une autre branche :

— Coucou !

Toutes les deux, elles lui riaient au nez, et Janie dirigea vers les jumelles un regard de haine.

— *Pffrtt !* firent les deux petites.

Et elles disparurent une fois de plus. Grinçant des dents, Janie saisit une branche et grimpa sur l'arbre.

— Coucou !

Cette fois, le cri venait de très loin. Elle scruta l'horizon, balaya le paysage de son œil attentif. Soudain, elle regarda au-delà de la chaussée : deux silhouettes minuscules, installées au sommet du mur de la cour, jouaient les gargouilles. Les jumelles lui firent un signe de la main, et disparurent.

Longtemps, très longtemps, Janie resta perchée sur l'arbre. Quand elle eut assez contemplé le mur de l'immeuble, elle se laissa glisser à terre. Dans le sanctuaire, entre les arbres, à l'ombre du feuillage, elle s'appuya à un tronc et se détendit. Puis elle prit le mouchoir dans sa poche boutonnée, en mouilla le coin, et se mit en mesure de se laver la figure à petits coups, comme une vraie chatte.

« Elles n'ont que trois ans, pensa-t-elle, surprise de toute son ancienneté, et elles savaient, depuis toujours, qui faisait bouger les barboteuses. »

— Quand même, dit-elle à haute voix...

Et il n'y avait plus place en elle pour la colère. Il y avait eu quatre jours de ça, les jumelles n'avaient même pas été capables d'atteindre un rebord de fenêtre à deux mètres cinquante du sol. Ou d'échapper à une fessée. Et puis maintenant, rendez-vous compte un peu !

Janie laissa les arbres derrière elle et traversa l'avenue. Dans l'entrée de l'immeuble, elle appuya sur le bouton qui portait l'inscription : CONCIERGE.

— Qui a sonné ? fit une grosse voix. C'est-y vous, des fois ?

La voix du concierge remplissait le hall.

Janie serra les lèvres à la manière de madame mère quand elle se mettait à roucouler, au téléphone, par exemple :

— Monsieur Widcombe, dit-elle, maman me prie de vous demander si vous autorisez vos filles à venir jouer chez nous ?

— Elle a dit ça ? Ah ! bon, très bien, la petite... Et vot'mère, est-ce qu'elle est à la maison ? Très gentil à elle, vraiment !

— Mais bien sûr qu'elle est là, dit Janie avec la candeur parfaitement convaincante qui était sa marque.

— Attendez ici, on revient, dit le concierge.

Et il partit.

Il ne revint qu'au bout d'un quart d'heure, tout essoufflé. Lui-même et les deux petites avaient l'air solennel.

— Vous ferez bien attention à elles, n'est-ce pas ? Et tâchez qu'elles gardent leurs vêtements. Parce que, vous savez, elles se déshabillent pour un rien, et pour les empêcher, y a pas mèche. Et vous, les filles, allez-vous-en maintenant, et donnez-vous la main. Vous ne vous lâcherez qu'une fois arrivées.

Les jumelles approchèrent, sur la réserve, prirent la main de Janie. Elles la regardaient dans les yeux. Elle avança dans l'ascenseur. Les petites la suivirent. Le sourire du concierge les accompagnait.

★

La vie de Janie, toute son existence, devait prendre forme à partir de ce jour. Une véritable communion, une pensée commune devaient en résulter ; Janie possédait, compte tenu de son âge, un vocabulaire unique. Pourtant, elle ne parlait presque pas. Les jumelles, elles, ne devaient jamais parler. Leur vocabulaire se composait de soupirs et de gloussements... Et la conversation allait bon train... Elle était détaillée, nourrie, passionnante, et... muette, à part les rires.

Elles se taisaient toutes les trois. Puis les jumelles s'asseyaient par terre, feuilletaient les livres de Janie. Ensuite venait le tour des poupées. Et Janie leur montrait comment elle pouvait prendre des chocolats dans la boîte qui se trouvait dans la chambre d'à côté, sans bouger d'un centimètre. Ou comment l'on pouvait faire monter l'oreiller jusqu'au plafond sans même y porter la main. Cela plaisait aux jumelles. Mais la boîte de peinture et le chevalet les impressionnaient davantage.

Décidément, ce fut un après-midi unique pour les trois enfants, un après-midi qui durerait toujours et qui ne se répéterait jamais.

Et il s'envola, cet après-midi doux et tranquille, aussi calme, aussi paisible que le vol d'une mouette au couchant. Aussi paisible, aussi rapide... Jusqu'au moment où la porte de l'entrée cogna et qu'on entendit la voix de Vima. Les jumelles étaient encore là.

— ... Mais entre plutôt prendre un verre. On ne va pas rester toute la soirée dans l'escalier ?

Madame mère jeta son chapeau à travers les airs et laissa couler ses cheveux sur son visage.

L'homme saisit Vima par le buste, la colla tout contre lui, lui mordit la joue. Vima se mit à hurler :

— Espèce d'idiot ! Bon à rien !

Puis elle aperçut les trois petites qui ne perdaient rien du spectacle et elle s'écria :

— Seigneur Dieu, ça alors ! Quand je pense qu'elle a rempli ma maison de négresses !

— Elles rentrent chez elles, immédiatement. Je vais les reconduire, répondit Janie, résolument.

— Je te jure sur la tombe de ma mère, disait Vima à l'inconnu, que c'est la première fois que ça arrive. On n'est pas du tout comme ça, chez nous. Crois-moi, Pete, je ne te raconte pas d'histoires. Où est-ce que tu dois croire que tu es tombé ?... Alors, tu vas les sortir, tes négrillonnes, non ?... Sur la tombe de ma mère, je te jure bien que c'est la vérité. Jamais auparavant !...

Janie gagna l'ascenseur. Elle regarda Bonnie et Beany : elles avaient les yeux ronds. Janie, elle, avait la bouche aussi remplie de poussière qu'un tapis d'escalier, et les jambes en amadou. Elle fourra les jumelles dans la cabine et pressa le bouton. Sans même leur dire au revoir. Ce qui n'empêchait pas les sentiments.

Elle regagna l'appartement, ouvrit, referma la porte derrière elle. Madame mère quitta les genoux de l'homme et tituba à travers la pièce. Elle avait le menton mouillé, les dents étincelantes.

Quelque chose se produisit en Janie. Comme un grincement de dents, en mieux. Elle arpentait la pièce, elle ne s'arrêta pas pour autant, mais se croisa les mains derrière elle et leva le menton de manière à regarder madame mère dans le blanc des yeux.

La voix de Vima s'arrêta, coupée net. Madame mère se pencha au-dessus de la fillette de cinq ans, griffes tendues. Janie la laissa derrière elle, disparut dans sa chambre, dont elle ferma très tranquillement la porte.

Vima regagna les genoux de l'invité en s'accrochant aux meubles.

— Seigneur, disait-elle, elle me donne un frisson dans le dos.

— Y en a des tas comme ça dans le quartier, répondit-il.

★

... La nuit était en train de passer son chemin. La porte s'ouvrit à la volée et la lumière brilla.

— Debout là-dedans, cria madame mère, il est parti et nous avons une petite affaire à régler ensemble. Allons, viens !

Sans trop comprendre pourquoi, Janie commença à s'habiller. Elle enfila sa robe à carreaux et la culotte tricotée ornée de petits lapins comme les boutons de sa veste de laine ; puis elle chaussa ses souliers à boucles.

Vima était assise sur le divan, vidant le contenu d'un verre à pied.

— Tu as gâché ma soirée, dit-elle, oui ! Et il faut quand même que tu saches ce que je fêtais. Tu n'en sais rien, mais j'avais de terribles ennuis. Je ne savais pas comment ça finirait. Mais maintenant, tout s'est arrangé tout seul. Faut que je te mette au courant, Bébé-Cause-Toujours-Mamzelle-Je-Sais-Tout. Parce que ton père, je peux toujours lui raconter des histoires. Mais toi, comment empêcher que tu parles ? C'était ça qui me tracassait. Quoi faire ? Comment te fermer ta grande gueule quand il serait de retour ? Eh bien, ça s'arrange tout seul. Il ne revient pas. Les Allemands ont tout arrangé pour moi. Y a plus de problèmes !

Elle agita un papier et poursuivit :

— Une fille intelligente comme toi sait ce qu'est un télégramme. Et ce télégramme dit : « *Regrettons vous informer que mari...* » Ce dont ils veulent m'informer, c'est que les Allemands lui ont tiré une balle dessus et qu'il est mort. Et maintenant, voilà comment nous allons faire, toi et moi : ce que j'aurai envie de faire, je le ferai désormais. Et toi, fini de fourrer ton nez dans mes petites affaires. C'est un arrangement honnête, n'est-ce pas ?

Elle se retourna, cherchant un acquiescement : Janie n'était plus là.

D'avance, Vima sut qu'il était inutile de chercher. Une impulsion la fit courir jusqu'au débarras de l'entrée : les rayons du haut ? Rien ! les ornements de l'arbre de Noël. Et il y avait bien trois ans qu'on ne s'en était pas servi.

Puis elle se plaça au milieu du salon, ne sachant où aller. Elle chuchota :

— Janie ! Janie !

Puis elle se tint les deux côtés du visage, rejeta ses cheveux en arrière et posa la question :

— Mais qu'est-ce qui peut bien m'être arrivé ?

... Prodd disait souvent :

— Ce qu'il y a de bien à la campagne, c'est que quand les prix sont élevés, il y a de l'argent, et quand ils sont bas, on a les produits pour rien.

Ici, d'ailleurs, la question ne se posait pas. On vendait rarement. Quand il manquait une dent à la fourche pour le foin, il en restait toujours assez pour faire convenablement le travail. La route ne passerait jamais ici, jamais. Le patelin ne deviendrait jamais assez important pour qu'on s'en occupe. Jamais.

Jusqu'à la guerre qui avait passé au-dessus d'eux, sans même se faire sentir. Prodd était trop vieux. Et Tousseul... eh bien, le garde champêtre était venu pour lui un jour, et un demi-regard jeté à l'innocent avait suffi.

Prodd, en arrivant dans le pays, avait trouvé la ferme ; il y avait ajouté une seule pièce, celle que Tousseul habitait. Si la pièce avait eu son occupant, jamais le peu de terre que travaillait Prodd n'aurait suffi. Evidemment, Tousseul y couchait à présent, mais ce n'était pas à ça qu'on l'avait destinée.

Tousseul avait senti la chose avant personne d'autre. Avant Mme Prodd elle-même. Elle avait eu un silence d'une qualité différente, un silence fier de ses trésors. Il ne dit rien, n'en tira aucune conclusion. Il se contentait de savoir.

Et il travaillait comme auparavant, de façon parfaite. Prodd disait souvent que peu importait ce que les autres pouvaient en penser, mais que, de toute manière, ce garçon-là avait été paysan avant son accident. Prodd ne comprenait pas que sa façon de cultiver, Tousseul avait pu l'apprendre exactement comme la pompe tire de l'eau du sol. Il en allait de même pour tout ce que Tousseul voulait faire sien.

Ainsi, ce beau jour où Prodd était descendu dans le grand pré où Tousseul se trouvait à tourner infatigablement au bout de la faucille qui paraissait faire partie de son corps, Tousseul savait ce que Prodd avait l'intention de lui dire. Il savait la peine qu'éprouverait Prodd à le lui dire.

Comprendre... Il y arrivait convenablement à présent. Mais pour ce qui est de s'exprimer de manière nuancée... Donc, Tousseul s'arrêta, se dirigea vers les arbres en bordure du champ, et s'arrangea pour piquer la pointe de sa faucille dans une souche pourrie. Ce qui devait lui laisser le temps de se mettre en train.

Huit années déjà qu'il arrivait à parler, et, malgré cela, il gardait la langue épaisse, lourde, malhabile.

Prodd le suivait. Lui aussi, il répétait son rôle.

Soudain Tousseul sut ce qu'il fallait dire.

— J'ai réfléchi, déclara-t-il...

Prodd attendait, heureux de cette minute de trêve.

— Oui, reprit Tousseul, il faut que je parte. (Non, ce n'était pas tout à fait ça. Il fit un nouvel effort :) Faut que je les mette.

Et il regardait Prodd : c'était mieux.

— Alors, Tousseul, et pourquoi ?

Tousseul le regarda dans le blanc des yeux.

— Parce que vous voulez que je m'en aille.

— Est-ce que ça ne te plaît pas ici ? demanda-t-il, ayant voulu dire tout autre chose. Pourquoi ?

Bien sûr... Tousseul lisait dans le regard de Prodd la question muette : « Sait-il ? » Bien entendu, il savait. Mais Prodd ne pouvait pas s'en rendre compte.

— C'est simplement, dit-il, qu'il est temps de partir, pour moi.

— Oui, fit Prodd en frappant du pied un caillou. Quand nous sommes venus ici, nous avons construit la chambre de Jack. Ta chambre, celle où tu es. Nous l'appelons la chambre de Jack. Tu sais pourquoi ? Tu sais qui est Jack ?

« Bien sûr », pensa Tousseul. Mais il resta silencieux.

— Puisque, de toute façon, tu veux t'en aller, je suppose que ça ne changera pas grand-chose que je te le dise. Eh bien, voilà ! Jack, c'est notre fils. (Ici, Prodd se frotta les mains.) Je suppose que ça peut paraître drôle à entendre comme ça. Jack, c'est le petit dont nous étions tellement sûrs qu'il viendrait. Nous avons construit la chambre avec l'argent de la récolte. Jack, il... (Il regarda longuement la maison, la chambre rajoutée, à la corne du bois, là où il y avait du rocher, avant de terminer sa phrase :) Il n'est jamais né.

— Ah ! dit Tousseul.

Il avait appris ça de Prodd. (Par moment, c'était utile, la parole.)

— ... Mais maintenant, il va y en avoir un, de fils, reprenait Prodd. Evidemment, on n'est peut-être pas très jeunes, ni elle ni moi, mais je ne dois pas être le seul dans ce cas, ni la mère... Dans un sens, ça vaut peut-être mieux comme ça. Tu comprends, Tousseul, il serait venu quand on l'attendait, la propriété, elle aurait été trop petite une fois qu'il aurait été grand. A nous deux, on aurait été de trop pour la travailler ensemble. Et il n'aurait pas eu de place où aller. Tandis que maintenant, il n'y a pas de question ; quand il sera grand, on ne sera plus là. Et il pourra s'installer avec une femme et recommencer à peu près comme nous... Tu vois, ça s'arrange, par le fait.

Prodd plaidait sa propre cause. Et Tousseul ne faisait aucun effort de compréhension.

— Ecoute, dit encore le cultivateur, écoute-moi, Tousseul. Je ne veux pas que tu penses qu'on te met à la porte.

— Déjà dit que je partais. (Au prix d'un effort surhumain, Tousseul trouva ce qu'il voulait dire maintenant et corrigea :) Déjà dit que je voulais partir... Avant. (Ça, c'était bon, très bon.) De toute façon.

— Encore quelque chose, continuait Prodd. Tu sais, on m'a raconté que les gens qui voudraient bien avoir un fils et qui ne peuvent pas en avoir un, il arrive qu'ils en adoptent un. Et alors, parfois, avec un enfant dans la maison, tout s'arrange, et ils en ont un autre, à eux. Alors qu'avant y pouvaient pas.

— Aaaah ! fit Tousseul.

— Je veux dire que c'est pareil pour toi.

— Aaaah !

— Oui, tu es venu chez nous. Et maintenant, tu vois bien !

(Là, Tousseul se trouvait au pied du mur. Un aaah ! lui paraissait incongru.)

— Oui. Nous te sommes très reconnaissants. Tu comprends. Et surtout nous ne voulons pas te donner l'impression que nous te mettons à la porte.

— Déjà dit...

— Alors, c'est tant mieux...

Prodd se mit à sourire. Il avait le visage tout ridé, Prodd. Des rides qui venaient presque toutes des sourires qu'il avait faits dans son existence.

— Bon, fit Tousseul, bon, bon ! Pour Jack, bon ! Très bon !

Il ramassa la faucille. Il hocha la tête avec application. Il se retourna, regarda Prodd. « Marche plus lentement qu'il marchait », pensa-t-il.

La pensée suivante de Tousseul fut :
« *Eh bien, c'est fini !* »
Quoi fini ? comment fini ? qu'est-ce qui est fini ? se demanda-t-il aussitôt.
Et il se répondit immédiatement :
« Fini de faucher, voyons ! »
Ce n'est qu'à cet instant qu'il se rendit compte : trois heures s'étaient écoulées depuis sa conversation avec Prodd. Et, trois heures durant, il avait continué de faucher. Comme si une autre personne que lui avait manié la faux. Lui, il avait été absent, en quelque sorte.
Distraitement, il prit la pierre à affûter et la mit sur le fer. Quand on la passait doucement, c'était le même bruit que la marmite en train de chauffer sur le fourneau. Et quand on la passait plus fort, c'était un fracas de musaraigne qu'on écorche.
Où avait-il senti cette impression du temps qui passe, comme derrière votre dos ?
Plus doucement encore. Bonne cuisine, chaleur, travail assuré. Un gâteau d'anniversaire. Des draps blancs, et le sentiment qu'on fait partie de la société. Appartenance à quelque chose. Ce terme qui manquait au vocabulaire de Tousseul exprimait bien ce qu'il avait en tête.
Il regarda autour de lui comme l'avait fait Prodd. Il regarda la maison, le renflement que la chambre rajoutée pour Jack faisait sur la maison, la terre défrichée devant et les bois à l'entour. « Quand

j'étais seul, pensait-il, quand j'étais seul, le temps passait ainsi pour moi. Je suis peut-être seul, de nouveau ? »

Et il sut alors qu'il n'avait jamais cessé d'être seul au monde. Tout seul. Ce n'est pas lui que Mme Prodd avait élevé. Non ! pas vraiment. C'était Jack.

Une seule fois, dans l'eau et dans la douleur, il avait fait partie de quelque chose. Il avait cessé d'être seul. Et dans l'eau et dans la douleur, la chose lui avait été arrachée. Et, pendant huit années, il avait cru qu'il avait trouvé autre chose à quoi il appartenait. Et, pendant huit années, il s'était trompé.

La colère lui était étrangère. Il ne l'avait connue qu'une seule fois. Mais, à présent, elle approchait. Un flot qui s'enflait et qui allait l'épuiser, le saigner à blanc. Et lui-même était l'objet de cette colère. Car il avait su. Il s'était trouvé un nom qui exprimait bien ce qu'il avait toujours fait, ce qu'il avait toujours été. Solitaire. Pourquoi s'était-il laissé aller à croire qu'autre chose était possible ?

Il avait eu tort. Aussi tort qu'un écureuil qui aurait eu des plumes. Qu'un loup qui aurait eu des dents de bois. Il n'avait été ni injuste ni déloyal. Simplement, il avait eu tort. Penser que...

« Tu as entendu, *fiston !* »

« Tu entends, Tousseul ! »

Il arracha trois brins de fléau des prés et les tressa. Il ficha la lame de la faucille en terre, noua la pierre à sa poignée. Puis Tousseul partit dans les bois.

★

... Même pour les visiteurs nocturnes du labyrinthe, l'heure était tardive ; il faisait froid au pied du chêne nain, et noir comme dans le cœur d'un condamné à mort. Janie s'était assise sur la terre nue. Au bout d'un moment, elle avait glissé en arrière et sa jupe à carreaux avait remonté. Elle avait froid aux jambes. Mais elle n'avait pas tiré sa jupe. Rien n'avait d'importance. Elle avait les doigts sur l'un des boutons de sa veste.

Elle savait maintenant tout ce qu'on pouvait apprendre en ces lieux. Elle savait que si l'on garde les yeux ouverts, il faut cligner ; que si l'on ne cligne pas, les yeux vous piquent. Que s'ils restent ouverts plus longtemps, ils cessent soudain de faire mal.

Après ça, il faisait trop noir maintenant pour se rendre compte si l'on y voyait encore.

Combien de temps pourrait-elle rester sans respirer ? Non en aspirant une grosse bouffée d'air, mais en respirant graduellement de moins en moins fort, manquant une inspiration, puis restant immobile.

Le vent souleva sa robe...

Janie avait roulé sur le ventre, s'était retournée sur le dos. La douleur lui pinçait les narines, lui mordait l'estomac. Elle haleta, reprit son souffle, et elle se rappela. Puis elle tourna sur elle-même encore une fois. Sans le vouloir. Et quelque chose comme un petit animal lui passa sur la joue. Elle se défendit mollement. Ce n'étaient pas des apparences, mais quelque chose de tout à fait réel, qui chuchotait et roucoulait. Elle voulut s'asseoir et les petites bêtes se mirent derrière elle pour l'aider. Elle sentit une haleine chaude. Et l'un des petits animaux lui frotta le visage. Janie lui saisit la main.

— Ho ! ho ! fit une petite voix.

Et, de l'autre côté, quelqu'un se serrait contre elle, qui soufflait :

— Hi ! hi !

Janie passa un bras autour de Bonnie et un bras autour de Beany, et elle se mit à pleurer tout son soûl.

★

... Tousseul revint emprunter une hache. Il est très difficile de faire quoi que ce soit avec ses mains nues pour tout instrument.

A redécouvrir ainsi la ferme, les changements lui sautaient aux yeux. Comme si tous les jours qu'il y avait vécus avaient été gris et mornes et que maintenant elle vivait au soleil.

Les couleurs flambaient au grand jour retrouvé. L'odeur était plus forte, plus vraie qu'elle n'avait jamais été. Le maïs dardait plus dru, plus haut.

Au loin, quelque part dans la montée, ronflait et grinçait la vieille guimbarde du père Prodd. Tousseul courut jusque-là. La camionnette, une roue arrière dans un sillon, s'appuyait sur l'axe, l'autre roue tournant folle, dans les airs. Prodd cognait sur une pierre qu'il essayait de caler sous le pneu. Voyant Tousseul, il courut à lui, le visage illuminé :

— Fiston ! Ça alors, moi qui croyais ne plus jamais te revoir !

— Vais vous aider, dit Tousseul.

Prodd comprit mal.

— Oh ! je me débrouille, merci. Crois-moi, Tousseul. Merci quand même. Ça va, ça va, ces jours-ci. Je veux dire pour ce qui est du travail.

— Mettez-vous au volant, dit Tousseul.

— Attends que maman sache que t'es là. Ce sera comme avant.

Il mit le moteur en marche. Tousseul engagea le creux des reins sous le châssis, les mains en crochet derrière lui. Une fois l'embrayage passé, il se mit à soulever. Il atteignit la hauteur des ressorts de suspension, la dépassa, poussa en arrière. La roue reprit contact avec la terre ferme. Le véhicule bondit en avant.

Prodd descendit du siège.

— J'croyais que t'étais un cultivateur. Pas vrai, tu serais plutôt un cric hydraulique.

Tousseul ne sourit pas. Il ne souriait jamais.

— Le cheval est fort, expliqua le vieil homme. Le camion, c'est pas mal, mais dans la friche, regarde ce qui arrive. Je passe des heures et des heures à le dépanner. Je vais acheter un autre cheval. Mais pas avant Jack... Tu aurais cru que ça me ferait quelque chose de perdre le cheval, hein ?... Mais maintenant, plus rien ne me fait rien... T'as déjeuné ?

— Oui !

— Ça fait rien. Tu vas déjeuner une seconde fois. Tu connais man ? Elle ne me pardonnerait pas si tu ne cassais pas une petite graine.

Ils entrèrent. Man serra Tousseul très fort contre elle. Il sentit quelque chose s'émouvoir en lui. Allons ! Il était venu chercher une hache. Le reste avait été réglé.

— Pose-toi là, Tousseul, je vais te chercher à manger.

— Je te l'avais bien dit, hein, Tousseul ?

Prodd regardait man, le sourire sur les lèvres. Tousseul la regardait aussi. Elle était plus lourde ; heureuse comme une chatte dans un poulailler.

— Qu'est-ce que tu fais maintenant, Tousseul ?

— J'travaille, répondit Tousseul, là-haut.

— Qu'est-ce que tu fais ?

Comme Tousseul ne répondait rien, Prodd précisa la question qu'il lui posait :

— Tu travailles chez quelqu'un ou tu chasses ?

— La chasse, dit Tousseul, sachant que ce serait suffisant.

Il mangea. De la place où il se trouvait assis, il voyait la chambre de Jack. Le lit de grande personne était devenu pas plus grand que le bras. On l'avait orné de bleu pâle et de mousseline avec des nœuds de ruban partout.

Puis ils se turent tous ensemble. Tousseul lut dans les yeux de Prodd ce que pensait ce dernier :

« C'est un bon garçon, mais pas du genre à être en visite. »

L'image même de ce qu'était une « visite » (bruit flou de conversations et de rires) lui échappait... Si bien qu'il demanda la hache et prit congé.

— Tu ne penses pas qu'il nous en veuille ? demanda Mme Prodd.

— Lui ? Allons donc, sans ça, il ne serait pas revenu. Jusqu'à aujourd'hui, j'en avais peur... Surtout, ne soulève rien de lourd.

★

... Janie lisait aussi lentement et soigneusement qu'elle le pouvait... Inutile de faire la lecture à haute voix. Seulement assez soigneusement pour que les jumelles pussent comprendre. Elle en était à ce moment où l'héroïne, ayant lié l'homme à la colonne, tire de la penderie un second personnage (« mon rival, son amant rieur ») et lui donne le fouet. C'est alors que Janie leva la tête : Bonnie avait disparu et Beany jouait dans l'âtre froid à chercher une souris imaginaire.

— Ah ! tu n'écoutais pas ?

— Je veux celui avec des images, fut la réponse muette.

— Oh ! celui-là, l'illustré, il commence à m'ennuyer ! dit Janie.

Elle n'en referma pas moins *La Vénus aux fourrures* de Sacher Masoch.

— Ça au moins il y a une histoire, dit-elle.

Puis elle alla prendre le volume indiqué sur le rayon, entre *Une cartouche par homme* et *Notre brave oncle Joseph*.

Bonnie revint s'installer près du fauteuil. Beany avait surgi de l'autre côté. Où qu'elle se trouvât elle percevait ce qui était en train de se passer. Et ce livre, elle l'aimait plus encore, si possible, que Bonnie ne l'aimait.

Janie ouvrit au hasard.

Les petites se penchèrent, le cœur battant, les yeux avides.

— Lis.

— Oh ! bon, dit Janie. (Et elle commença :) « Té !
« Six mille sept cent quatre-vingt-deux : deux piè-
« ces d'aléoulaine : gris, bleu, noir, bordeaux. Avec
« jupe ; droite, treize mille neuf cents, plissée qua-
« torze mille sept cent cinquante-deux... »

Le Paradis retrouvé !

Elles avaient été heureuses toutes les trois depuis leur arrivée ici. Et une bonne partie du temps qui avait précédé cette arrivée malgré l'agitation où elles avaient vécu. Elles avaient appris à s'introduire dans les remorques et à rester étendues sans faire de bruit sous le foin. Et si Janie savait faire tomber les épingles des cordes à linge, les jumelles, elles, surgissaient à l'intérieur des pièces fermées à clef, la réserve d'un magasin, par exemple, et elles faisaient sauter les verrous quand Janie était impuissante à le faire de la façon habituelle. Mais ce qu'elles avaient appris de plus précieux, c'était à détourner l'attention de ceux qui donnaient la chasse à Janie. Elles avaient découvert, en effet, que le fait pour deux petites filles d'apparaître au balcon et de bombarder les personnes présentes à coups de gros cailloux, et de se lever soudain au milieu de la foule et de faire des crocs-en-jambe, ou encore de s'asseoir sur les épaules des messieurs et de faire pipi dans leur col, cela empêchait de rattraper Janie, qui, le plus simplement du monde, s'enfuyait au pas gymnastique. Ho-ho ! Hi-hi !

Mais le plus beau, ç'avait été la maison. Elle était située à plusieurs kilomètres de tout lieu habité. Personne n'atteignait jamais ces parages. Leur palais était une grande maison située au sommet d'un monticule boisé. Il fallait arriver là pour distinguer cette demeure perdue. Un mur l'entourait du côté de la route et une clôture impénétrable du côté de la forêt. Un ruisseau traversait la propriété. Bonnie avait fait cette découverte un jour où, fatiguée, elles avaient dormi sur la route. Elle s'était éveillée. Elle était partie en exploration, avait suivi la clôture et elle avait vu la maison. Le plus difficile avait été de faire entrer Janie. Heureusement que Beany était tombée à l'eau et qu'elle avait passé sous le grillage sans le faire exprès.

Dans la pièce la plus importante, il y avait des milliers de livres et quantité de draps de lit qu'elles pouvaient rouler autour d'elles quand il faisait froid. Dans la cave, elles avaient mis la main sur des conserves de légumes et sur des bouteilles de vin. Ces bouteilles, elles devaient les casser par la suite, car si le goût était désagréable, l'odeur en revanche était délicieuse. Derrière la maison s'étendait une piscine où elles se baignèrent avec plus d'agrément que dans la salle de bains dépourvue de fenêtre. Il y avait toutes sortes d'endroits pour jouer à cache-cache. Et même une petite pièce avec des chaînes attachées aux murs et des barreaux.

★

... Avec la hache, c'était bien plus facile.

Il n'aurait jamais trouvé l'endroit s'il n'avait failli s'y tuer. Pendant des années il avait couru la forêt souvent sans faire attention à rien, mais jamais il n'avait été pris au piège. Donc il était sur un sommet dénudé, et l'instant d'après, il atterrissait au fond d'un trou de six ou sept mètres, puits de ronces et de terre molle. Un œil lui faisait mal et son bras gauche était devenu insensible sous le choc.

Une fois tiré de là à grand-peine, il avait examiné les lieux. Peut-être était-ce une ancienne mare ? Il ne restait en tout cas qu'une ouverture dissimulée dans la colline, un rideau de broussailles pour couvrir le tout, un rocher en surplomb.

Il avait été un temps où Tousseul s'était peu soucié de vivre près ou loin des hommes. Aujourd'hui, il ne demandait qu'à être ce qu'il savait qu'il était : solitaire. Mais huit années passées à la ferme avait modifié son genre de vie. Et plus il regrettait ce piège à éléphants au toit de rocher, aux murs de terre, et plus il y voyait ce qu'il cherchait : un abri.

D'abord, l'installation avait été rudimentaire : il avait défriché une superficie suffisante pour lui permettre de s'étendre. Il s'était ménagé un passage. Puis il avait plu et il avait fallu creuser pour permettre l'évacuation de l'eau. Enfin, il avait fallu disposer une sorte de toit de chaume.

Petit à petit, il s'était attaché à cet asile. Il avait

arraché de nouvelles broussailles. Il avait nivelé. Il avait retiré des pierres qui ne tenaient pas. Découvert une sorte de resserre naturelle dans le rocher. Il s'était mis à opérer des razzias dans les fermes. Au cours de ces expéditions nocturnes, il prenait peu de choses en différents endroits. Des carottes, des pommes de terre, quelques clous et fils de fer, un marteau cassé et une casserole d'aluminium au rebut. Un jour, ç'avait été une flèche de lard tombée d'un camion des abattoirs. Il l'avait placée en magasin. Mais peu après un lynx y avait essayé ses dents. Cela avait déterminé Tousseul à construire des murs. Ce pour quoi il était parti chercher une hache.

Les arbres une fois abattus, une fois équarris, il avait fallu les mettre en place. Il avait enterré les trois premiers pour former plancher. Les autres bordaient le roc. De l'argile rouge travaillée avec de la mousse de tourbière servait d'enduit. Cela avait fait les murs. Il avait ménagé une porte. La fenêtre, il ne s'en était pas soucié. Mais il avait laissé une demi-douzaine d'intervalles de chaque côté. Il pouvait boucher ces intervalles, en y enfonçant des bâtons préparés à cet effet.

Le premier foyer auquel il avait pensé était à l'indienne. La fumée sortait par un trou du toit. Des crochets coincés dans le roc serviraient le jour où il aurait de la viande.

Il cherchait des pierres plates pour établir l'âtre quand l'appel retentit. Il le reçut comme s'il avait été brûlé et se réfugia derrière un tronc, soudain aux abois.

Depuis longtemps, il savait à quoi s'en tenir. Il était sensible aux messages envoyés par les enfants. Ou plutôt, il y avait été sensible. Il avait commencé, en effet, à perdre ce don quand il s'était mis à parler.

De toute manière, quelqu'un venait de communiquer avec lui. Quelqu'un avait « émis » à la manière des enfants, mais qui n'était pas un enfant. C'était ténu, mais c'était bien ça. Une fois de plus, le même désir, le même besoin. Les cris horribles et la douleur des coups et l'immense perte, tout lui revenait à grands flots, en même temps.

Non ! Personne ! Lentement il abandonna l'ombre du tronc d'arbre. Il reprit entre ses doigts la pierre qu'il avait voulu arracher. Une demi-heure peut-être, il travailla avec acharnement, ne voulant pas écouter. Impossible !

Il se redressa. Il marcha dans le monde redevenu un rêve. Il marcha vers cet appel qui avait retenti en lui. Et plus il marchait, plus l'appel devenait irrésistible. Plus profond devenait l'enchantement. Il marcha une longue heure. Allant tout droit. Et quand il atteignit la clairière, il était en état de somnambulisme. Il avançait en aveugle qui n'hésite pas. Il fonça dans la clôture rouillée à laquelle il se cogna, arrachant une nouvelle douleur à son œil malade. Là, il hésita, regarda où il était arrivé, se mit à trembler.

Puis il eut un instant de détermination : sortir de cet affreux endroit, ne jamais plus y revenir. Mais, au même instant, il entendit le bruit de l'eau et se retourna.

Là où la clôture et le ruisseau se rencontraient,

il se glissa dans l'eau, gagna le pied de la palissade ; oui, l'ouverture s'y trouvait toujours.

Il voulut voir à l'intérieur de la propriété, mais le houx avait repoussé plus épais que jamais. Pas un bruit. Mais l'appel...

Comme le précédent, c'était une faim, c'était une solitude, c'était une absence, avec en plus, cette fois, une nuance de crainte. Il disait, cet appel : *Qui va prendre soin de moi maintenant ?*

Sans doute que l'eau glacée lui fit du bien. Tousseul avait l'esprit soudain plus clair qu'il ne l'avait jamais eu. Il aspira à grands traits, plongea. De l'autre côté, il s'arrêta, leva la tête, écouta soigneusement, se coucha sur le ventre, d'où il put voir.

Une petite fille se tenait sur le bord de l'eau, vêtue d'une robe de tissu écossais déchirée. Six ans au plus, le visage aigu, les yeux baissés, elle semblait soucieuse et déprimée. Et s'il avait cru que ses précautions étaient utiles, il en était pour ses frais. La demoiselle le regardait droit dans les yeux.

— Bonnie ! avait-elle crié.

Et rien ne s'était produit.

Il resta où il se trouvait. Elle le regardait toujours. Et elle se faisait du mauvais sang. Et lui comprenait que c'était cette inquiétude qu'il avait sentie dans l'appel, et que d'autre part, bien qu'elle restât sur ses gardes, elle ne considérait pas qu'il fût assez important pour la détourner des pensées qu'elle agitait en ce moment.

Pour la première fois dans son existence, il éprouvait ce mélange excitant de colère et d'amusement qu'on peut traduire de la façon suivante : « Il était piqué ». Mais aussitôt il ressentit un immense soulagement, quelque chose comme le soupir de celui qui déposerait une charge très lourde après l'avoir portée pendant très longtemps. Il n'avait pas su... Non ! il n'avait pas su combien le fardeau était pesant et pénible.

Mais bientôt il retomba de ces hauteurs. De nouveau, surgis du passé lointain, le coup de fouet et les hurlements ! La magie trouvée, perdue, rappelée soudain... L'appel, cette fois, ce n'était pas ce tourbillon de sang et d'émotion, mais le cri d'un nourrisson affamé.

Il s'effondra, recula, grand crabe mélancolique et maigre, qui glissait sous la palissade. Il remonta sur la berge et, tournant le dos à l'Appel, retourna à son fourrage.

★

Revenu à son abri, fumant de sueur, écrasé sous le rocher qui chargeait son épaule, il était assez fatigué pour en oublier toute prudence. Donc, il fonça à travers la broussaille jusqu'à la petite éclaircie devant le seuil. Là, il s'arrêta pile. Une enfant l'attendait accroupie sur le pas de la porte.

Elle leva le front et ses yeux ; tout son visage sombre parut cligner.

— Hi ! Hi ! fit-elle.

Il bascula la pierre par-dessus l'épaule, et la pierre tomba sur le sol ; puis il se pencha sur l'enfant.

Elle ne parut pas effrayée. Elle ne le regardait plus. Elle était entièrement absorbée par une carotte qu'elle grignotait en rond, comme le font les écureuils.

Un autre mouvement lui fit tourner la tête ; une autre carotte au bout de laquelle il y avait une autre petite fille qui faisait, elle :

— Ho ! ho !

Tousseul possédait un avantage de premier ordre : il ne s'était jamais posé aucune question sur l'intégrité de ses fonctions. Il ne voulait nullement engager d'obscurs débats avec lui-même sur ce sujet. Il se pencha et voulut enlever dans ses bras l'une des enfants. Mais quand il se redressa, plus de petite fille.

La seconde était toujours là et souriait en attaquant une nouvelle carotte.

— Qu'è que tu fais ? lui demanda Tousseul.

Il avait la voix rugueuse, désaccordée, une voix de sourd-muet. L'enfant sursauta, s'arrêta de mâcher et, bouche bée, le regarda.

Il s'agenouilla. Elle avait les yeux fixés sur lui. Lui avait ces yeux qui, jadis, avaient forcé un homme à se donner la mort. Des yeux qui faisaient changer d'avis ceux qui ne voulaient pas lui donner à manger. Sans savoir pourquoi, il était prudent. Il n'y avait en lui ni colère ni crainte. Simplement, il désirait qu'elle restât tranquille.

Quand il en eut assez, il étendit la main. Elle souffla bruyamment, lui projetant des parcelles de carotte crue dans l'œil et le nez. *Pffrt !* plus d'enfant du tout.

Elle le laissait étonné et, chez lui, l'étonnement avait quelque chose de neuf.

Il se leva, appuya son dos contre le mur de rondins et chercha les enfants du regard. Là, elles étaient là, main dans la main, petits visages de bois qui attendaient qu'il fît quelque chose.

Une fois, il avait couru après un daim pour l'attraper.

Une fois, il avait sauté pour attraper un oiseau dans un arbre.

Une fois, il avait plongé dans un ruisseau pour y saisir une truite.

Une fois...

Non, simplement, Tousseul n'était pas fait pour saisir quelque chose dont il savait empiriquement qu'on ne pouvait l'attraper. Il se baissa, prit la pierre apportée jusque-là, rentra chez lui, et referma la porte sur lui.

Il enterra la pierre dans l'âtre, éparpilla la braise, ajouta du bois et souffla. Puis il planta sa crémaillère de bois vert, il y accrocha la casserole d'aluminium. Les deux petites silhouettes, au-dehors, l'épiaient. Il fit semblant de ne pas les voir.

Le lapin dépiauté se balançait au crochet, devant le trou par où sortait la fumée. Il cassa l'échine, sépara les pattes, jeta le tout dans la casserole. Ajouta des pommes de terre et du sel. Il avait cherché les carottes, mais les carottes avaient disparu. Il laissa bouillir et se mit à affûter la hache... Centimètre par centimètre les visiteuses approchaient toujours. Quand il faisait un mouvement vers elles, elles reculaient pour revenir à la charge quand il s'éloignait de nouveau. Jusqu'au moment où Tousseul eut l'occasion de refermer la porte derrière elles, les enfermant dans sa tanière. Dans l'obscurité soudaine, le crépitement du feu, le mijotement de la casserole, le bois qui craquait devenaient un bruit énorme... Il ferma les yeux pour mieux s'habituer au crépuscule de la pièce. On y voyait encore.

Les fillettes avaient disparu.

Il alla regarder dehors : elles n'y étaient pas non plus.

Il haussa les épaules et, pensant aux carottes, ôta la marmite du feu pour la laisser refroidir un peu, se remit à aiguiser sa hache et enfin se mit à manger. Il se léchait les doigts en manière de dessert quand quelqu'un frappa à la porte. Il sursauta. Cela n'était jamais arrivé.

C'était la petite fille, la troisième, vêtue d'écossais, débarbouillée, peignée. Elle portait avec superbe quelque chose qui, à première vue, pouvait passer pour un sac à main mais qui était en réalité une boîte à cigarettes en bois précieux rafistolée avec un fil de fer que maintenait un clou de charpentier.

— Bonsoir, dit la petite fille vêtue d'écossais, je passais par-là et l'idée m'est venue de vous rendre visite. Puisque vous étiez à la maison, pour une fois...

Cette imitation d'une dame qui jouait les pique-assiette était complètement incompréhensible pour Tousseul. Il se remit à se lécher les doigts. Mais sans quitter du regard le visage de l'enfant. Derrière celle-ci apparurent soudain les têtes des deux autres.

La petite demoiselle respira l'odeur du civet, le

regarda ensuite, puis étouffa un bâillement : « Je vous prie de m'excuser. »

Elle entrouvrit la boîte à cigarettes, y prit quelque chose de blanc qu'elle replia aussitôt (mais qui n'en était pas moins une grande chaussette d'homme) et s'en essuya les lèvres.

Tousseul se leva, saisit une bûche, la plaça sur le feu, se rassit. La jeune personne avança d'un pas. Ses deux compagnes esquissèrent un mouvement en avant, semblables à deux gardes du corps.

Avec l'expression même d'une dame qui traverse un salon pour se diriger vers une bonbonnière, l'enfant blanche se rapprocha de la marmite odorante, décocha un petit sourire à Tousseul, abaissa la paupière et avança le pouce et l'index en disant :

— Puis-je ?...

Tousseul s'allongea, déplia un bras interminable et enleva la casserole pour la reposer hors de la portée de la visiteuse. Après quoi il fit visage de bois.

— Sacré loqueteux ! dit la petite fille.

C'était une citation ; mais cela ne fit aucun effet sur l'habitant de la tanière, qui continua de lui opposer un regard blanc ainsi qu'à protéger son bien.

La pupille de l'enfant se faisait plus petite, son visage changeait de couleur. Et soudain elle fondit en larmes.

— S'il vous plaît, dit-elle, c'est que j'ai faim. Tout ce qu'il y avait dans les boîtes est parti.

Elle ne pouvait plus parler.

— S'il vous plaît, se contentait-elle de répéter.

Tousseul avait toujours son apparence pétrifiante.

Pour finir, elle avança sur lui. Il souleva la marmite, se la plaça sur les genoux et la serra des deux mains.

— Et puis, je n'en veux pas de votre sale becquetance, dit la petite.

Mais là, sa voix se brisa. Elle fit demi-tour et gagna l'entrée. Les deux autres la regardaient. Leur visage exprimait le désespoir. Ce silence éloquent fit plus d'effet sur leur protectrice par destination que sur Tousseul. Plus d'effet et plus rapidement, puisqu'il restait là, assis, la chaleur de la marmite sur les jambes, avec la nuit qui peu à peu tombait, qui envahissait la tanière. Et sans que rien sollicitât cette image chez lui, Tousseul vit maman Prodd, vit une assiette d'où montait la fumée du lard et des œufs sur le plat, et maman Prodd disait :

— Allons, installe-toi et prends ton petit déjeuner.

Une vague contre laquelle il ne pouvait rien lui montait de l'épigastre à la gorge.

Il renifla, laissa retomber la pomme de terre dans la marmite, reposa le tout sur le sol. Puis il se leva, marcha jusqu'à l'entrée et, de sa voix rouillée, cria :

— Attendez !

★

Il y avait longtemps que le maïs aurait dû être épluché. La plus grande partie des épis étaient encore sur pied, avec, par-ci, par-là, des tiges jaunies et cassées. Des insectes rouges s'affairaient de toutes parts, se rapprochant les uns des autres pour monter au pillage. Dans la friche, le camion gisait, solitaire, le semoir derrière lui, dégorgeant le blé du printemps. Aucune fumée ne sortait du toit de la ferme et la porte de la grange bâillait de biais, sur cette vaste misère.

Tousseul monta, trouva Prodd assis dans le fauteuil à bascule, qui ne balançait plus du tout puisqu'une des chaînes avait cédé, morte de vieillesse. Les yeux mi-ouverts, le vieux ne dit rien.

— 'jour ! fit Tousseul.

Prodd sursauta, regarda Tousseul dans le blanc des yeux sans paraître le reconnaître. Puis il baissa les yeux, se redressa dans son siège, se tâta la poitrine, hagard, trouva une patte de bretelle, la tira en avant et la laissa repartir en arrière. Une expression inquiète lui passa sur le visage. Puis il reporta son regard sur Tousseul et celui-ci vit distinctement la conscience renaître dans le vieil homme un peu à la manière du café qui remonte dans un morceau de sucre.

— Alors, fiston, ça va toujours ?

C'étaient bien toujours les mêmes paroles, mais pour l'expression cela faisait penser au râteau à foin qui n'avait presque plus de dents.

Prodd s'était levé, il avait levé la main pour lui lancer une bonne bourrade dans le dos, puis il avait oublié ce qu'il était en train de faire et il en était resté là de son geste.

— Faut faire le maïs, dit Tousseul.

— Je sais, répondit Prodd, dans un sourire : je vais m'y mettre. Oh ! j'y arriverai bien. D'une façon ou d'une autre ça sera toujours achevé pour les premières gelées... Et tu sais, je n'ai pas raté une seule traite.

Tousseul vit à travers la porte de la cuisine des assiettes qui n'avaient pas été lavées, sur quoi volait un nuage de mouches :

— Alors, et ce bébé, demanda-t-il en se rappelant soudain, il est là ?

— Oui ! oui ! un ravissant petit garçon juste comme...

De nouveau il parut oublier. Les mots avaient ralenti, soudain s'étaient arrêtés :

— Maman, cria-t-il soudain en reprenant haleine, si tu préparais quelque chose à manger pour le garçon ? (Puis, se retournant vers Tousseul :) Elle est par là-bas ! Si tu cries assez fort, je suppose qu'elle t'entendra peut-être !

Tousseul regarda dans la direction indiquée, mais ne put rien distinguer. Il vit en revanche quelque chose dans le regard de Prodd et resta à réfléchir. Il reculait violemment devant ce qu'il croyait découvrir. Il se retourna.

— Ah ! j'ai rapporté votre hache.

— Mais ça ne faisait rien. Tu aurais dû la garder.

— J'en ai une... Est-ce que vous ne voulez pas rentrer ce maïs ?

— Jamais manqué une seule traite, disait Prodd.

Tousseul alla chercher un outil, trouva ce qu'il voulait et découvrit que la vache était morte. Il se dirigea vers le champ et se mit à l'ouvrage. Un peu plus tard, il s'aperçut que Prodd lui aussi travaillait à l'autre bout du champ, avec le même acharnement que lui.

Bien après midi, et quand ils allaient en avoir terminé avec le maïs, Prodd partit vers la maison. Un quart d'heure plus tard, il revenait chargé d'un plateau et d'une cruche. Le pain était sec, le corned-beef appartenait à la réserve à laquelle maman Prodd n'avait jamais osé toucher. La cruche avait été remplie de limonade chaude où flottaient des mouches. Assis sur l'abreuvoir, ils dévorèrent en silence.

Puis Tousseul alla dans la friche dépanner le camion. Prodd prit le volant. Et le reste de la journée se passa à semer, Tousseul chargeant le semoir et libérant le véhicule du piège où il s'entêtait à tomber. Cela fait, Tousseul entraîna Prodd jusqu'à l'étable, attacha le cadavre de la vache au bout d'une corde et le fit remorquer aussi loin qu'il put en lisière du bois. Quand enfin la journée fut achevée, Prodd s'exclama :

— Pour sûr que le cheval manque !

— Vous avez dit la dernière fois qu'il ne manquait pas du tout, rappela Tousseul sans le moindre tact.

— Ah !... (Prodd songea une seconde puis se mit à sourire :) Mais naturellement rien ne manquait. Rien ne me faisait rien. Tu sais pourquoi. (Il souriait toujours :) Allons, viens jusqu'à la maison.

Arrivé là, il souriait toujours.

Ils entrèrent à la cuisine. De l'intérieur c'était encore pire que vu par la vitre. L'horloge s'était arrêtée. Prodd, qui n'avait pas cessé de sourire, ouvrit la porte de la chambre de Jack !

— Entre donc, fiston, et jette un coup d'œil.

Tousseul alla se pencher sur la barcelonnette : la mousseline était déchirée, le coton était humide et sentait. Le bébé avait la peau couleur moutarde et les yeux comme des clous de tapissier, un crin bleu noir sur le crâne et un souffle de forge.

Tousseul ne cilla pas, pourtant. Il revint vers Prodd, et il observa le rideau de la cuisine, celui qui se trouvait par terre.

Prodd souriait toujours.

— Tu comprends, dit-il, ce n'est pas Jack, et c'est notre consolation, ça. Maman, elle est partie s'occuper de Jack. Ça doit être ça. Elle ne pouvait pas être heureuse avec autre chose, tu le sais bien toi-même.

Il sourit deux fois de suite, deux sourires différents, et il poursuivit :

— Celui qui est là, à l'intérieur, c'est ce que le docteur appelle un mongoloïde. Y a qu'à le laisser pousser. Il deviendra grand comme un qui aurait trois ans, et il restera comme ça pendant une trentaine d'années. Si on le faisait aller en ville, et voir un spécialiste, on pourrait lui donner dix ans d'âge, peut-être. (Il sourit :) C'est ce que dit le docteur, du moins. Je ne peux quand même pas l'enterrer, à cette heure ? C'était bon pour maman, ça, elle qui aimait tant les fleurs. Et tout ça.

Trop de mots, trop de mots à comprendre, et beaucoup de difficiles à travers ce grand sourire figé. Tousseul ne quittait plus Prodd des yeux. Et il découvrait ce que Prodd désirait exactement : ce que Prodd ignorait lui-même. Et il le fit.

Donc ils nettoyèrent la cuisine. Ils brûlèrent les couches taillées avec tant de soin dans les vieux draps, entassés dans le placard à linge. Et ils brûlèrent la baignoire neuve en émail, et le hochet en celluloïd, et les chaussons de feutre, et les houppettes à poudre dans leur emballage de cellophane.

Prodd lui fit ses adieux émus du haut de la balustrade :

— Attends seulement que maman revienne et tu verras ce gâteau qu'elle te préparera.

— Tâchez d'arranger la porte de la grange, je reviendrai, vous savez.

Ecrasé sous la charge, il se mit à penser sur le chemin du retour. Il se débattait, engourdi par des pensées qui refusaient de se traduire en mots ou en images. Ces enfants, d'abord, et les Prodd, ensuite. Les Prodd, c'était une chose, et quand ils l'avaient recueilli, chez eux, c'en était devenu une autre. Il le savait. Lui-même, quand il avait été à son compte, ç'avait été une chose. Et quand il avait recueilli ces enfants, c'en était une autre. Il n'avait rien eu à faire et cela ne le regardait pas d'aller cet après-midi chez Prodd. Mais à présent, tel qu'il était devenu, cela le regardait. Et il y retournerait.

Tousseul ! Tousseul était tout seul et Janie était toute seule et les jumelles étaient toutes seules. C'est-à-dire qu'elles l'étaient chacune comme une personne coupée en deux. Et lui Tousseul il était tout seul et cela ne changeait pas grand-chose que les petites fussent là.

Peut-être que Prodd et sa femme n'avaient pas été tout seuls. Mais le moyen de savoir ! En effet, il n'existait rien de comparable à Tousseul dans l'univers entier. Il n'existait rien d'autre que ce qui se trouvait ici en ce moment. L'univers entier rejetait

Tousseul. Jusqu'aux Prodd quand la question s'était posée. Janie aussi avait été jetée dehors, et les jumelles ; c'était Janie qui l'avait dit.

« Eh bien, se dit Tousseul, dans un sens cela soulage de savoir qu'on était tout seul. »

★

Le jour se levait quand il arriva chez lui. Il poussa la porte du genou, et entra. Janie dessinait quelque chose sur une assiette cassée, avec de la salive et un peu de boue. Les jumelles étaient perchées comme d'habitude et elles se chuchotaient des secrets.

Janie sauta sur ses pieds.

— Qu'est-ce que tu apportes ?

Tousseul posa précautionneusement son fardeau.

— C'est un bébé, dit Janie (Elle regarda Tousseul :) N'est-ce pas que c'est un bébé ?

Tousseul acquiesça. Janie regarda de plus près.

— Le plus vilain que j'aie jamais vu.

— Ne t'occupe pas de ça. Donne-lui à manger.

— Lui donner quoi ?

— Tu es un bébé, tu devrais savoir.

— Où c'est que tu l'as pris ?

— Une ferme par là-bas.

— Tu l'as kidnappé, tu sais ?

— Kidnappé, qu'est-ce que c'est ?

— Tu es un kidnappeur. Kidnapper, c'est voler des enfants. Quand ils le sauront, les policiers vont venir te tirer dessus. Et puis on te mettra sur la chaise électrique.

— T'en fais pas. Personne ne saura rien, expliqua Tousseul, soulagé. Le seul qui pourrait, je me suis arrangé pour qu'il ne se souvienne de rien. C'est le père. La mère, elle est morte... Mais ça aussi, il l'a oublié... Il croit qu'elle est dans l'Est. Et il attend qu'elle revienne. De toute façon, il faut lui donner à manger.

Il ôta sa veste. Les filles étaient frileuses et il faisait toujours trop chaud. Le bébé ne disait rien. Ses yeux étaient en forme de boutons grand ouverts, et il respirait à grand bruit. Et Janie surveillait, songeuse, la marmite qui bouillottait. Pour finir, elle y enfonça la louche, transvasa du bouillon dans une boîte de fer-blanc vide :

— Ça fera le lait, dit-elle, faut que tu te mettes à trouver du lait pour lui, du vrai, à partir de maintenant, Tousseul. Un gosse ça boit plus de lait qu'un chat.

— Bon ! dit Tousseul.

Les jumelles regardaient, sans comprendre, Janie essayer de verser le bouillon dans la bouche du bébé, qui, visiblement, ne s'intéressait guère à l'opération.

— Il en prend, affirma Janie avec optimisme.

Pas pour faire de l'esprit et simplement parce que c'est ainsi qu'il voyait les choses, Tousseul déclara :

— Par les oreilles, oui !

Janie tira sur la bavette du nourrisson et l'assit à moitié. Cette fois le cou fut arrosé, mais la bouche n'aspirait pas beaucoup plus.

— Ah ! peut-être qu'il y a tout de même quelque

chose à faire, s'écria la petite fille, soudain, comme si elle avait répondu à une question qu'on lui aurait posée.

Les jumelles se mirent à se trémousser, elles sautèrent et rebondirent sur le sol, se remirent à sauter. Janie éloigna la boîte de conserves de quelques centimètres, rapprocha les yeux... Et le bébé s'étouffa, se mit à recracher le bouillon.

— Ce n'est pas encore tout à fait au point, fit Janie, mais ça vient.

Pendant une bonne demi-heure d'horloge elle fit de son mieux pour y réussir. Et pour finir, l'enfant s'endormit.

★

Un certain après-midi, Tousseul, qui ne disait rien depuis un instant, donna un coup d'orteil à Janie.

— Qu'est-ce qui se passe là-bas ? lui demanda-t-il.

— Il est en train de leur parler, dit-elle.

— Oui, répondit Tousseul. Dans le temps moi aussi, je savais. Je comprenais les bébés.

— Bonnie affirme que tous les bébés savent le faire. Et toi aussi t'étais un bébé, non ? Moi, je ne sais pas si j'ai jamais su, sauf avec les jumelles, bien sûr.

— Non ! reprit Tousseul, laborieusement. J'étais grand et je parlais aux bébés. J'entendais, je comprenais ce qu'ils disaient.

— Alors, c'est que tu étais un idiot, répondit Janie

sans ciller. Les idiots ne comprennent pas les grandes personnes mais ils comprennent très bien les bébés. M. Widcombe, c'est le monsieur chez qui les jumelles vivaient, il avait une amie qui était idiote, et Bonnie m'a bien expliqué.

— Oui ! Bébé est une espèce d'idiot, d'après ce qu'on m'a dit.

— Oui ! Beany dit qu'il est différent. C'est une sorte de machine à calculer.

— Qu'est-ce que c'est qu'une machine à calculer ?

Janie exagéra encore son attitude de patience suprême copiée sur celle que sa maîtresse d'école avait affectée quand elle interrogeait ses élèves les moins douées.

— C'est une machine où tu pousses des boutons et qui te donne la bonne réponse.

Tousseul secoua la tête.

Janie revint à la charge :

— Tu comprends, si tu as un dollar, et trois *cents*, et quatre *cents*, et cinq *cents*, et six *cents*, et sept *cents*, et huit *cents*... combien ça fait le tout ensemble ?

Tousseul haussa les épaules.

— Eh bien, quand tu as une machine à calculer, tu pousses sur un bouton pour trois, tu pousses un autre bouton pour quatre et ainsi de suite pour tous les autres, puis tu tires sur une poignée, et la machine te dit le total. Elle te donne la réponse. Et elle ne se trompe jamais.

Tousseul considéra soigneusement l'ensemble de ces données, et il finit par faire oui de la tête. Puis il se dirigea vers la caisse peinte en orange qui servait maintenant de berceau au bébé au-dessus de qui les jumelles se penchaient extasiées.

— Il n'a pas de boutons, dit Tousseul.

— C'était seulement pour te faire comprendre, expliqua Janie avec un petit air supérieur. Non, tu ne saisis pas. Ecoute, tu dis quelque chose à Bébé, et puis tu lui dis encore quelque chose. Et il additionne le tout et te dit combien ça fait. Exactement comme la machine à calculer le fait avec un, deux, trois et ainsi de suite... Bébé donne les réponses.

— Bon, mais quelle sorte de réponses ?

— N'importe quoi... Tu sais, Tousseul, tu dois être un bel idiot, quand même. Toutes les petites choses que je te dis, il faut que je te les répète quatre fois au moins... Ecoute-moi bien : si tu veux savoir quelque chose, tu me le dis. Moi je le dis à Bébé. Bébé donne la réponse aux jumelles. Les jumelles me le disent à moi et je te le répète pour que tu comprennes. Maintenant, qu'est-ce que tu veux savoir ?

Tousseul ne quittait pas les flammes des yeux.

— Il n'y a rien que je veuille savoir, dit-il enfin.

— Pourtant tu en trouves des choses stupides à me demander.

Tousseul, pas offensé du tout, garda le silence. Janie se mit en devoir d'arracher une grande croûte violette qui lui ornait le genou. La croûte peu à peu prenait la forme d'une parenthèse.

— ... Une supposition que j'aie un camion, dit Tousseul, une grande demi-heure après ; ce camion il est embourbé dans le champ. Il est tout le temps embourbé dans le champ. Une supposition que je veuille faire un camion qui ne colle plus dans la terre ? Est-ce que Bébé peut me répondre à une question comme ça ?

— Il peut répondre à n'importe quoi, dit Janie, péremptoire.

Elle se tourna vers lui. Bébé, comme d'habitude, levait les yeux vers le ciel. Puis elle regarda les jumelles. Un peu plus tard, elle dit à Tousseul :

— Il ne sait pas ce que c'est, un camion. Si tu veux lui demander quelque chose, il faut lui expliquer tous les différents détails au fur et à mesure. Pour qu'il puisse les assembler, après.

— Mais tu sais ce que c'est, toi, un camion ; explique-lui.

— Bon, très bien !

Elle se remit à l'ouvrage, émettant à destination de Bébé, captant la réponse émise par les jumelles. Puis elle éclata de rire.

— Il dit : arrête de conduire le camion sur le champ et tu ne risqueras plus de t'embourber... T'aurais pu y penser tout seul, imbécile !

— Oui, mais une supposition que tu sois obligé de le conduire dans ce champ, alors quoi ?

— Tu crois comme ça qu'il va répondre à des questions idiotes toute la nuit, non !

— Alors, il peut pas répondre comme tu l'as dit ?

— Il peut...

La seconde réponse qu'il fit fut :

— Mettez de très grandes roues et ça ira.

— Si on n'a pas d'argent, pas le temps et pas le matériel pour ça ?

— Très lourd là où la terre est dure et vraiment

léger là où elle est molle, et n'importe comment entre. Ça ira.

C'est tout juste si Janie ne se mit pas en grève quand Tousseul demanda comment on pouvait réaliser ce programme. Elle manifesta de l'impatience quand Tousseul refusa la solution qui consistait à charger et à décharger de grosses pierres. Elle accusait Bébé non seulement d'être idiot, mais encore de répondre aux questions qu'elle lui posait avec ce qu'elle lui avait appris la veille et de fournir des solutions correctes sans doute, mais certainement inutiles à des problèmes imaginaires où se mettaient en équations le coefficient d'usure des pneus, le produit du poids des potages en boîte par celui du nid des oiseaux, de la croissance des nourrissons par la dureté de la terre et le poids de la paille. Mais Tousseul s'entêtait, revenait à la question primitive. La séance se termina par la constatation de l'impasse où l'on avait abouti : il existait une solution au problème posé. Mais elle ne pouvait se déterminer qu'au moyen de données que Janie et Tousseul n'avaient pas en leur possession. Pour Janie, il devait s'agir de « lampes de radio ». Cette indication sommaire suffit à Tousseul pour déterminer son expédition de la nuit suivante. Il cambriola une boutique spécialisée d'où il revint chargé d'une brassée de livres techniques. Tousseul s'entêta tant et plus sans rien vouloir entendre. Jusqu'à ce que, enfin, Janie capitulât. Par fatigue. Mais elle n'en avait pas beaucoup plus de cœur à l'ouvrage. Plusieurs jours durant, elle n'en éplucha pas moins les manuels de téléphonie sans fil et d'électricité théorique sans en comprendre un traître mot mais Bébé, en revanche, absorbait au fur et à mesure la substance de cette lecture automatique. Ou plutôt, il allait plus vite qu'elle.

Et pour finir, la solution. Bébé avait trouvé la réponse au problème posé. Le mécanisme consisterait en tout et pour tout en un bouton à pousser, action qui allégerait ou qui alourdirait le véhicule à volonté. Un autre dispositif non moins simple permettrait, en outre, d'augmenter la puissance des roues avant. Condition *sine qua non* au bon fonctionnement du tout, s'il fallait en croire Bébé.

Dans la tanière où fumait le feu, où le rôti tournait lentement, aidé des jumelles muettes, assisté par un nourrisson mongoloïde et une fillette à la parole cinglante, méprisante, mais qui ne lui faisait jamais faux bond, Tousseul construisit la Machine. Il le fit non parce que la chose en elle-même l'intéressait particulièrement. Il ne le fit pas en raison de son principe, qu'il aurait voulu comprendre (ce qui était et devait rester à tout jamais au-dessus de ses moyens). Non, tout simplement à cause du vieil homme, fou de douleur, forcé de travailler, et qui n'avait pas les moyens de se payer un cheval.

★

Ce n'est qu'aux petites heures du jour qu'il arriva sur place, chargé des pièces. L'idée d'une bonne surprise était quelque chose de beaucoup trop fantaisiste pour Tousseul. Mais cela revenait au même. Il voulait que l'engin fût prêt pour la journée de travail qui allait commencer.

Le camion était, bien entendu, embourbé à la lisière de la friche.

Tousseul détacha son pesant fardeau, puis se mit en mesure de procéder à l'assemblage, conformément aux instructions minutieuses qu'il avait réussi à tirer de Bébé. C'était une tâche aisée : un fil à faire partir de la boîte de vitesses et qui s'attachait aux ressorts avant, les petites brosses métalliques qui frottaient l'intérieur des roues. Voilà pour l'augmentation de puissance. Puis fixer la petite boîte à la base du volant. De cette petite boîte sortaient quatre câbles minces partant en diagonale pour aller se nouer chacun à l'un des coins du châssis.

Il monta sur le siège, poussa la manette, un frémissement se produisit comme si le trois tonnes s'était hissé sur la pointe des pieds. Il poussa une seconde fois ; le camion enfonça brutalement dans le sol et Tousseul se cogna le front au pare-brise.

Les commandes revenues au point mort, Tousseul monta vers la ferme pour éveiller Prodd. Prodd était absent. Les portes étaient grandes ouvertes, leurs vitres brisées. Sous l'évier, un nid de guêpes s'était installé. Une odeur montait du plancher sale et poussiéreux, de moisissure et de sueur ancienne. A part cela, le ménage était fait. C'est-à-dire qu'on n'avait touché à rien depuis la dernière fois, depuis la dernière visite de Tousseul. Si, pourtant : au mur, un papier fixé par quatre punaises, un papier avec de l'écriture dessus. Tousseul le prit en faisant attention à ne pas le déchirer, le plia, le fourra dans sa poche et soupira. Ah ! s'il avait su lire ! Il quitta la maison sans regarder derrière lui, entra dans la forêt. Il ne devait jamais revenir. Le camion resta dehors, au soleil et à la pluie, détruit peu à peu, lentement envahi par la rouille, tombant en pièces et morceaux. Le camion se détruisait petit à petit, mais les câbles minces croisés en diagonale, sous le châssis, ne bougeaient pas et gardaient leur curieux éclat argenté. Alimentée par le dégagement incessant d'énergie atomique, la machine fournissait la solution pratique au problème du vol sans ailes, la clef d'une révolution en matière de transports, communications et navigation intersidérale.

La machine... construite par un idiot, prévue pour remplacer un cheval crevé, laissée sur place, oubliée... Le premier moteur à antigravitation.

Ah ! le sombre idiot !

★

... Cher Tousseul,

Je cloue ça là où tu le verras certainement à cause que je m'en vas ailleurs ; je ne sais pas pourquoi je suis resté aussi longtemps comme je l'ai fait.

Maman est de retour à Williamsport (Pennsylvanie) et elle y est depuis très longtemps et je commence à être fatigué d'attendre.

J'ai voulu vendre le camion pour payer mon voyage,

96

*mais il est si collé dans la boue que je ne peux pas
le conduire en ville. Alors, tant pis, je pars quand
même et je m'arrangerai de toute façon puisque je
sais que maman est à l'autre bout. T'occupe pas de la
ferme que je pense que j'en avais assez depuis longtemps de toute façon. Et prends ce que tu veux si
tu veux. Tu es un bon garçon et tu as toujours été
un bon ami. Jusqu'à la revoyure, si on est pour se
revoir. Dieu te bénisse.*

> *Ton vieil ami,*
> *E. Prodd.*

★

Cette lettre, Tousseul se la fit relire quatre fois de
suite et chacune de ces lectures ajoutait quelque
chose à ce qui fermentait en lui. En silence, le plus
souvent. Mais, parfois, il demandait de l'aide.

Il avait cru que Prodd était le seul contact avec
ce qui était en dehors de lui, Tousseul, et que les
enfants n'étaient rien de plus que des camarades
de tanière, comme lui, Tousseul, en marge des hommes. Il avait cru que la perte de Prodd (il savait de
façon certaine qu'il ne reverrait pas le vieil homme),
ce serait la perte de la vie elle-même. Ou, du moins,
la perte de toute conscience, de toute activité en commun, la perte de tout ce qui, dans l'existence, se trouvait en dehors ou au-delà de l'existence végétale.

— ... Demande à Bébé ce que c'est un *ami*.

— Il répond que c'est « quelqu'un qui vous aime
encore quand il ne vous aime plus ».

... Quand même, Prodd et sa femme l'avaient écarté après toutes ces années et cela signifiait qu'ils auraient pu en faire autant la première, la seconde ou au cours de n'importe laquelle de ces années. On ne peut vraiment pas dire qu'on appartient à une société quand cette société contient un élément disposé à vous exclure. Des amis ? Peut-être qu'ils avaient simplement cessé de l'aimer pendant une période ? Ou peut-être qu'ils l'avaient toujours aimé ?...

Son point de repère, c'était ce qui lui arrivait à présent. S'il comprenait cela, il était sûr de tout comprendre. Puisque, pendant une seconde, il y avait eu cet « autre » et lui-même, Tousseul, et le flux de l'un et de l'autre, sans barrière, sans mots sur quoi buter, sans idées pour vous égarer, rien, une communion.

Et jusque-là, qu'avait-il été lui, Tousseul ? Comment avait-elle appelé cela ?

Un idiot. Ah ! oui ! Un idiot.

Un idiot, avait-elle dit, c'était une grande personne qui ne comprenait pas le langage des bébés. Alors... la créature qu'il avait entendue en ce jour terrible, qui était-ce ?

— Demande à Bébé ce qu'est une grande personne qui *sait* parler aux bébés.

— Il dit que c'est un innocent.

Lui, il avait été l'idiot qui entend le murmure silencieux. Elle, innocente qui, bien que adulte, parle ce langage.

— Demande à Bébé ce qui se passe quand un idiot et un innocent se rencontrent.

— Il dit qu'il suffit qu'ils se touchent pour qu'ils cessent de l'être.

Tousseul pensa : l'innocent, c'est ce qu'il y a de plus beau. Pourquoi ? A cause de l'attente. Attente de la fin de l'innocence. Et l'idiot aussi attend. Il attend la fin de son idiotie. Mais ce n'est pas une attente qui soit belle. Et, en fin de compte, ils se rencontrent. Ils s'accomplissent.

La joie l'avait envahi. S'il en était ainsi, il avait accompli plutôt que détruit... Et son chagrin, au moment de perdre ce qu'il venait de trouver, avait été justifié. Quand il avait perdu les Prodd, la douleur ne l'était pas.

« Mais qu'est-ce que je fais ? Qu'est-ce que je fais ? pensait-il. Essayer comme ça de découvrir ce que je suis et à quoi j'appartiens ?... Encore une fois, un monstre ? *Différent ?* »

— Demande à Bébé ce que sont les gens qui passent leur temps à essayer de découvrir qui ils sont, et à quel genre ils appartiennent.

— Tout le monde est comme ça.

— Et moi, quel genre je suis ? Demande-lui.

Puis, une seconde plus tard, il hurla :

— Alors, quel genre ?

— Ferme-la... Attends. Il n'arrive pas à s'exprimer... Ah ! ça vient... Voilà. Il dit qu'il est une sorte de cerveau et moi le corps, et les jumelles sont les bras et les jambes et toi, toi, tu es la tête. Et que le tout, c'est Je.

— Alors, moi, je fais partie ?

— Tu es la tête, imbécile !

C'était comme si le cœur allait lui éclater. Il les

regarda tous : les membres, le corps, une machine à calculer, et la tête pour les diriger.

— Et nous grandirons, Bébé, tu verras, nous sommes à peine nés.

— Jamais de la vie, dit Bébé. Il dit que c'est impossible avec une tête comme ça. Il dit que, pratiquement, nous pouvons faire n'importe quoi. Mais que, plus que probablement, nous ne ferons rien. Il dit que nous sommes quelque chose, pour sûr, mais que ce quelque chose, c'est un idiot.

C'est ainsi que Tousseul apprit à se connaître. Et, comme il est arrivé à la poignée d'hommes qui en ont fait autant avant lui, il se trouva, en ce moment d'exaltation, au pied d'une falaise abrupte.

2

BEBE A TROIS ANS

Pour finir, je suis entré et j'ai vu ce Stern. Il a levé la tête de derrière son bureau. Non, ce n'était pas un vieux. Un instant, son regard s'est posé sur moi, puis Stern a pris un crayon.

— Assieds-toi là, fiston !

Moi, je suis resté planté là, jusqu'au moment où il a levé les yeux pour la deuxième fois. Et j'ai dit :

— Alors, quoi ? Si un nain entrait ici, qu'est-ce que vous diriez : Bonjour, petit, peut-être ?

Il a reposé son crayon et il s'est levé.

— Je me suis trompé, a-t-il dit. Mais comment puis-je savoir, aussi, que tu ne veux pas qu'on t'appelle fiston ?

C'était mieux, mais j'étais encore furieux.

— J'ai quinze ans et je ne suis pas obligé d'aimer ça. Pas besoin d'insister.

Il a souri encore une fois, a dit O. K. Je me suis assis.

— Ton nom ?

— Gérard.

— Le grand ou le petit ?

— Les deux à la fois.

— C'est vrai ?

— Non ! je lui ai dit, et ne me demandez pas non plus où j'habite.

Il a posé son crayon sur la table et il a dit :

— Je ne crois pas que nous puissions aller très loin en procédant ainsi.

— Ça, ça vous regarde. Qu'est-ce qui vous tracasse ?... Que je sois agressif ? Mais bien sûr que je le suis. Et un tas d'autres choses encore qui ne tournent pas rond. Sans quoi je ne serais pas ici. Ce n'est pas ce qui va vous empêcher de...

— Non, non ! Mais...

— Alors, qu'est-ce qui ne va pas ? Vous voulez savoir si vous serez payé ?

J'ai pris un billet de mille dollars et je l'ai posé sur la table :

— ... Pour que vous n'ayez pas à me présenter l'addition. Vous notez tout. Et vous me dites quand il n'y en a plus. Je vous en donne d'autres. Comme ça, pas besoin d'adresse... Minute ! j'ai fait quand il a étendu la main en direction de l'argent. Minute ! Je voudrais être sûr que nous allons nous entendre.

— Je ne fais pas d'affaires de ce genre, fis... je veux dire Gérard.

— Gerry, lui ai-je dit. Avec moi, c'est comme ça.

— Tu compliques les choses, tu ne crois pas ? Où as-tu trouvé mille dollars ?

— J'ai gagné un concours. Vingt-cinq mots, au moins, pour dire le plaisir qu'on éprouve à laver ses sous-vêtements avec SAPOLAVE. (Ici, je me penche en avant, j'ajoute :) Et, cette fois, c'est vrai.

— Bon !

J'étais surpris. Je pense qu'il s'en était rendu compte, mais il n'en a rien montré. Il a attendu que je poursuive :

— Avant de commencer, si nous devons commencer, dis-je, il faut que je sache. Ce que je vous dirai quand vous me soignerez restera entre nous, comme pour un prêtre ou un avocat ?

— Absolument.

— Peu importe quoi ?

— Peu importe quoi.

Je le surveillais pendant qu'il affirmait ça et je l'ai cru.

— Empochez votre argent, je vous engage.

Mais il n'étendit pas la main.

— Vous le savez, cela dépend de moi. Ce n'est pas le genre de chose que vous pouvez vous offrir comme un bâton de sucre d'orge. Il faut travailler en collaboration. Si l'un des deux n'y réussit pas, inutile d'essayer. Il ne suffit pas d'entrer chez le premier psychanalyste venu, trouvé dans l'annuaire du téléphone, et de lui demander n'importe quoi, simplement parce qu'il se trouve que vous avez de l'argent.

Je commençais à être fatigué.

— Je n'ai pas trouvé votre nom dans l'annuaire et je ne vous ai pas trouvé par hasard. J'ai essayé une douzaine ou davantage de Jivaros avant de me décider en votre faveur.

— Merci. (Il avait l'air de vouloir se moquer de moi, ce qui ne m'a jamais été particulièrement agréable :) Jivaros, dites-vous, pourquoi ?

— Mais oui, vous savez bien, ces Indiens qui rapetissent les têtes. Comme vous.

Il me regarda longuement. Puis il prit les mille dollars.

— Par quoi vais-je commencer ? demandai-je.

— Vous commencez par votre entrée ici.

— Là, vous m'avez eu... Bon, eh bien, j'avais tout simplement une ouverture. Je ne savais pas du tout quelle réaction vous auriez. Ce qui fait que je n'avais pas d'avance sur vous.

— C'est intéressant, dit Stern. Est-ce que, d'habitude, vous jouez comme ça, plusieurs coups d'avance ?

— Toujours.

— Et combien de fois vous trompez-vous dans vos prévisions ?

— Jamais. Excepté... Mais inutile de vous parler des exceptions.

Cette fois, j'ai eu droit à un vrai sourire.

— Je vois ce que c'est : un de mes anciens malades vous a raconté.

— Vos anciens malades ne parlent jamais.

— C'est-à-dire que je leur demande de ne pas parler. Ceci s'applique à vous aussi. Qu'avez-vous entendu ?

— Que vous savez ce qu'ils vont dire et faire. Et que parfois vous les laissez faire et parfois pas. Comment avez-vous appris ça ?

Il réfléchit un instant :

— Je suppose que je suis né avec le sens des détails. Et puis, je me suis laissé faire juste assez d'erreurs pour apprendre à ne plus en faire trop. Comment avez-vous appris à le faire, vous ?

— Si vous me répondez à cette question, lui dis-je, je n'aurai plus à revenir vous voir.

— Vous ne savez pas, vraiment ?

— Je voudrais bien savoir... Ecoutez, ceci ne nous mène pas très loin, n'est-ce pas ?

Il haussa les épaules :

— Dépend d'où vous voulez aller.

Il s'arrêta, et, les yeux de nouveau pleins d'ardeur, il me demanda :

— Quelle définition de la psychanalyse vous convient pour l'instant ? Une définition à la noix, comme toutes.

— Je ne vous comprends pas.

★

Stern ouvrit un tiroir, prit une pipe noircie, la renifla, la retourna, toujours en me regardant.

— La psychanalyse, dit-il, attaque l'oignon du moi dont elle enlève les couches une à une, jusqu'à ce qu'elle atteigne à ce petit éclat du moi immaculé. Cela vous plaît-il ? Ou préférez-vous celle-ci : le psychanalyste enfonce la foreuse comme on le fait pour le pétrole. Il traverse le roc et la boue. Jusqu'au moment où il pénètre la couche convenable. Ou cette formule encore : la psychanalyse jette une poignée de motifs sexuels sur votre vie ; ils rebondissent sur les épisodes. Encore ?

J'éclatai de rire.

— Cette dernière était vraiment bonne.

— Elle était vraiment mauvaise. Elles sont toutes mauvaises, d'ailleurs. Toutes, elles veulent simplifier quelque chose de complexe, par nature. Non. Je ne vous donnerai qu'une seule formule : Personne ne sait de quoi vous souffrez, si ce n'est vous-même. Personne d'autre que vous ne peut trouver remède à votre mal. Personne, en dehors de vous, ne peut se rendre compte si le remède agit.

— Alors, pourquoi êtes-vous là ?

— Pour vous écouter.

— Je n'ai pas besoin de payer quelqu'un simplement pour m'écouter.

— Sûrement. Mais vous êtes convaincu que j'écoute de façon *sélective*, comme on dit.

— Vraiment, vous croyez ?... Ma foi, oui ! je crois. Et vous, en êtes-vous convaincu ?

— Non. De toute manière, vous ne le croirez jamais.

J'éclatai de rire. Il me demanda pourquoi. Je le lui dis :

— C'est parce que vous ne m'appelez plus fiston.

— Non. Pas vous... Je pourrais dire aux gens : « Qu'est-ce que vous voulez savoir sur votre compte et qui vous inquiète ? »

— Je voudrais découvrir pourquoi j'ai tué quelqu'un, lui dis-je, tout à trac.

Mais cela ne parut pas l'émouvoir.

— Etendez-vous, me dit-il.

— Sur ce canapé ?

— Oui.

— J'ai l'impression d'être un héros de bande dessinée, lui fis-je remarquer en regardant le plafond qui était gris clair.

— Et quelle est la légende ?

— *J'en ai des malles pleines à la maison.* C'est le titre, ça.

— Extrêmement intéressant, dit Stern, tranquillement.

J'avais beau le guetter de près, il ne bougeait pas. Je savais que c'était le genre de gars qui rit dans les profondeurs, quand il lui arrive de rire.

— Je pense que je mettrai votre réponse dans un livre, un jour... Et qu'est-ce qui peut bien vous pousser à dire ça ?... (Comme je ne lui répondais pas, il reprit :) Assez de questions, fiston. Je crois que je peux vous être utile.

Je serrai les dents si fort que j'en eus mal aux molaires. Puis je me décontractai.

— Je vous demande pardon, je regrette...

Mais il ne dit rien. De nouveau, j'eus l'impression qu'il riait sous cape. Mais il ne se moquait pas de moi.

— Quel âge avez-vous ? me demanda-t-il soudain.

— Euhhh, quinze ans.

— Euhhh, quinze ans, répéta-t-il. Et que signifie euhhh ?

— Rien du tout. J'ai quinze ans.

— Quand je vous ai demandé votre âge, vous avez hésité parce qu'un autre chiffre s'est présenté à votre esprit. Vous avez écarté l'autre chiffre pour me répondre.

— Allons donc, puisque je vous dis que j'ai quinze ans.

— Non, je ne dis pas que vous n'ayez pas quinze ans. (Il parlait avec beaucoup de patience :) Mais quel était l'autre chiffre ?

Je me fâchai de nouveau.

— Il n'y en avait pas d'autre. Qu'est-ce que vous avez à écouter tout ce que je dis et à interpréter pour faire que ça ressemble à ce que vous en pensez ?

Il ne répondit rien.

— J'ai quinze ans, répétai-je avec entêtement. (Et j'ajoutai :) Ça ne me plaît pas, et vous le savez très bien.

Il attendait toujours.

— Le chiffre, c'était huit.

— Bon, alors, vous avez huit ans. Et votre nom ?

— Gerry. (Je me redressai sur un coude et me tordis le cou pour le voir derrière moi ; il avait dévissé le tuyau de sa pipe et s'en servait pour viser la lampe de bureau à travers.) Oui ! Gerry sans euhhh !

— Bon !

Je me recouchai, fermai les yeux.

« Huit, pensai-je, huit. »

— Il fait froid chez vous, dis-je.

Huit ! cuite ! fuite !... Non ! décidément. Il valait mieux ne pas y repenser. Je rouvris les yeux : le plafond était toujours gris clair. Tout allait bien. Stern se trouvait quelque part derrière moi avec sa pipe. Et il était très bien aussi. J'aspirai très lentement, une fois, deux fois, trois fois. Refermai les yeux. Huit ! cuite ! fuite ! nuit ! Rien. Ancien.

Bois. Froid. Et zut à la fin ! Je remuais, je frétillais, je m'agitais sur le divan, essayant de ne plus avoir froid. Huit. Cuite. Fuite.... Je grognais. Je tentais de couvrir de noir uni ces rimes stupides, ces huit et tout ce que cela signifiait. Mais le noir ne restait pas noir. Il fallait placer quelque chose là. Si bien que je me dessinai sur le regard un gigantesque 8 lumineux pour ne pas voir autre chose. Mais le chiffre se mit à basculer sur ses boucles comme un instantané à travers une longue-vue. Et j'étais forcé de regarder, que ça me plaise ou non.

Tout à coup, j'en eus assez et je ne résistai plus. La jumelle se rapprocha, se rapprocha. Et c'était moi.

★

Huit ans. Et il faisait un froid de canard dans le fossé, le long du chemin de fer. Les herbes de l'an dernier étaient devenues de la paille qui me griffait. La terre était rougeâtre, et, là où elle n'était pas une boue glissante et tenace, elle était gelée, dure comme un pot de fleurs. Ici, c'était le cas. Poudrée de frimas. Aussi froide que ce jour hivernal qui tombait des montagnes. La nuit, il y avait des lumières chaudes, dans les maisons des gens. La journée, il y avait bien le soleil. Lui aussi chez les gens, sans doute. Pour ce qu'il me réchauffait !

J'étais en train de crever dans ce fossé, le long du chemin de fer. Tant pis, puisqu'il n'y avait pas de meilleur endroit pour dormir (hier soir) ni pour mourir (ce matin). A tant faire ! Huit ans ! Le goût douceâtre, écœurant du gras de porc et du pain mouillé chipé dans les poubelles, le frisson de terreur quand on est en train de voler un sac et qu'on entend un bruit de pas.

Le bruit de pas, je l'entends justement. Et je me mets sur le ventre, à cause des coups de pied. Et je me fourre la tête dans les bras. Je ne pouvais pas faire plus.

Un peu plus tard, j'ouvre de grands yeux. Là, à côté de moi, une énorme semelle. Au-dessus de la semelle, une cheville. Et une autre semelle, juste à côté de la première. Et je reste couché par terre, m'attendant à être emballé. Oh ! ça ne me gêne plus beaucoup, au point où j'en suis. Mais c'est trop bête, vraiment.

Tous ces longs mois sans me faire prendre, sans même me faire approcher, et maintenant ça.

La chaussure me cogne l'aisselle. Mais ce n'est pas un coup de pied. Elle me fait rouler, tourner sur moi-même. Je suis si raide à cause du froid que je pivote comme une planche. Les bras sur le visage, je reste là, les yeux fermés. Mais je me suis arrêté de pleurer. Parce que, sans doute, on ne pleure que lorsqu'il y a possibilité de trouver secours quelque part.

Comme rien ne se produit, j'ouvre les yeux, j'écarte un peu les mains, de manière à y voir. Un homme se penche sur moi, haut d'un kilomètre. Il porte un bleu de travail sans couleur et un blouson militaire avec des taches de sueur sous les bras. Les joues hérissées comme un qui ne réussit pas à se faire pousser ce qu'on appelle une barbe, mais qui pourtant ne se rase pas.

— Lève-toi, dit-il.

Je regarde son soulier. Il n'a pas l'intention de me frapper. Je me redresse pour m'écrouler aussitôt. Il m'a déjà saisi à l'épaule. Je parviens à me hisser sur un genou.

— Allons, viens, partons !

Mes os craquent, mais je supporte le choc. J'ai soulevé une pierre ronde et blanche. Il faut que je la voie pour bien m'en rendre compte, pour savoir que je la tiens vraiment, tant j'ai les doigts gourds.

— Pousse-toi, lui dis-je, ou je te fais sauter les dents avec cette pierre.

Sa main est descendue si rapide que je n'ai pas pu voir ce qu'il était en train de faire, et je ne sais comment il s'était arrangé pour me désarmer. Et le voilà parti sur la voie. Il tourne la tête et me crie :

— Alors, tu viens, oui ?

Il ne me pressait pas et je suivais comme je pouvais. Il ne me parlait pas non plus et je ne discutais pas. Un peu plus loin, il m'attendait. Il avait étendu la main dans ma direction et je lui avais craché dessus. Si bien qu'il avait avancé hors de ma vue et que je me contentais de suivre comme je pouvais. Le sang me revenait dans les mains et dans les pieds. Et je sentais des picotements comme un nid de guêpes. Arrivé à la route, il était là à m'attendre.

Le sol était plat. Mais je le regardais en tournant la tête et je crus voir une montagne qui montait, montait toujours. Et, un peu plus tard, me voilà sur le dos, en train de contempler le ciel froid.

Il vint s'asseoir près de moi. Mais sans essayer de me toucher. Je tentais de respirer, y arrivais avec peine. Puis je sentis que tout irait très bien une fois que j'aurais fermé l'œil. Mais l'homme me fourra l'index entre deux côtes, fort, et me dit :

— T'endors pas !

Je rouvris les yeux.

— Tu es gelé et tu as faim. Je veux te conduire à la maison pour que tu te réchauffes et que tu te remplisses l'estomac. Mais, d'ici, il y a une trotte. Tu n'y arriveras pas tout seul. Je vais te porter. Si je te porte, ce sera comme si tu marches, non ?

— Et quand on sera à la maison, qu'est-ce que vous ferez de moi ?

— Je te l'ai déjà dit.

— Alors, bon !

Il me prit et me porta. S'il avait ajouté quoi que ce soit, je me serais recouché sur le sol et je me serais laissé mourir de froid. De toute manière, que pouvait-il me faire faire, dans l'état où j'étais ?

Il n'y avait pas de chemin, mais il paraissait savoir où il allait. Un peu plus loin, j'entendis un craquement : la glace d'un étang gelé cédait sous son pas. Mais il ne se hâtait pas pour autant.

Enfin, il me repose à terre. Nous sommes arrivés. La *maison*, c'est une seule pièce où il fait très chaud. Je m'échappe en direction de la porte. Arrivé là, je m'installe contre le mur, pour le cas où je voudrais partir. Puis je regarde autour de moi.

Une grande pièce. Sur quatre murs, l'un est en pierre, les trois autres sont faits de rondins avec des choses glissées entre. Un grand feu brûle dans le rocher. Pas exactement dans une cheminée. Non. Plutôt une sorte de renfoncement. Sur une étagère, une vieille batterie d'auto, avec deux ampoules, jaunes, qui pendent au bout du fil électrique. Une table, des caisses, quelques tabourets à trois pieds. Dans l'air, malgré le nuage de fumée, flotte une si délicieuse odeur de nourriture cuite que l'eau m'en monte à la bouche.

— Qui est-ce que j'ai là, Bébé ? demande l'homme.

Et, brusquement, on ne se voit plus, tant il y a d'enfants. Non ! il n'y en a que trois. Mais on a quand même l'impression de marcher dessus. Trois. Une fille de mon âge (huit ans, je veux dire), la joue enduite de peinture bleue. Elle tient des pinceaux et une palette. Mais elle ne peint pas avec les pinceaux, elle applique la peinture avec les doigts. Une petite fille noire qui doit être âgée de cinq ou six ans, qui ouvre de grands yeux à ma vue. Et, dans un panier, juché sur des tréteaux, un bébé. Je devine qu'il a deux ou trois mois. Le bébé fait ce que font les bébés : Beahbeahbeah ; des bulles lui sortent de la bouche ; les mains tournent sans but et il lance des ruades.

Une fois que l'homme a parlé, la fillette devant le chevalet me regarde, regarde le nourrisson, et le nourrisson continue à faire du bruit, à crachouiller, à donner des coups de pied.

— Il s'appelle Gerry, dit la petite fille, et il est fou furieux.

— Contre qui ?

— Contre tout le monde !

— D'où est-ce qu'il vient ?

— Alors, quoi ? avais-je crié.

En vain. Personne ne fait attention à moi. L'homme continue à poser des questions au bébé. La petite fille continue à répondre. Je n'ai jamais vu quelque chose d'aussi farfelu.

— ... Il s'est évadé de l'asile de l'Etat, explique la fillette. La nourriture était bonne. Mais on le cro-geait. (C'est bien ce qu'elle a dit : on le *crogeait*.)

C'est le moment que je choisis pour ouvrir la porte (l'air froid pénètre dans la pièce) et je hurle à l'adresse de l'homme qui m'a conduit jusqu'ici :

— Espèce de saloperie, tu viens de l'asile.

— Ferme la porte, Janie, dit l'homme.

La petite fille reste devant son chevalet. Elle n'a pas bougé, mais la porte a cogné derrière moi. Main-tenant, je fais de mon mieux pour la rouvrir, mais rien à faire. J'ai beau hurler en tirant dessus. Inutile.

— Je crois, dit l'homme, qu'il vaudrait mieux que tu te mettes dans le coin. Allons, Janie, qu'il aille dans le coin.

Janie me jette un coup d'œil et l'un des tabourets à trois pieds se dirige vers moi. Il avance entre pla-fond et plancher, renversé, les pattes horizontales, jusqu'au moment où le siège me frappe légèrement. Je fais un bond en arrière. Je me trouve dans le coin. Le tabouret me suit. Je veux le rabattre à terre. Impossible. Je réussis tout juste à me faire mal à la main. Je m'accroupis. Il s'abaisse plus ra-pidement que moi. J'appuie d'une main sur le ta-bouret et je veux l'enjamber. Il s'effondre brusque-ment. Et moi aussi. Je me relève et je reste dans

mon coin, muet, immobile, terrorisé. Le trépied reprend sa position normale, devant moi.

— Merci, Janie, dit l'homme. (Et à moi :) Reste
là, toi ! Bouge pas. On va s'occuper de toi... Tu avais
bien besoin de faire tout ce foin, n'est-ce pas ?

Il questionne le nourrisson :

— Est-ce qu'il a ce qu'il nous faut ?

Et, de nouveau, la petite fille lui répond :

— Oui, c'est lui.

— Eh bien, dit l'homme, vous vous rendez compte !

Il vient vers moi :

— Gerry, tu peux vivre ici. Je ne viens pas d'un
asile. Ici, tu ne risques rien.

— Tu parles !

— Il te déteste, dit Janie.

— Qu'est-ce qu'on peut y faire ?

— Lui donner à manger.

L'homme hoche la tête et va devant le feu.

Pendant ce temps, la petite Noire me regarde de
ses grands yeux ronds. Janie s'absorbe dans sa peinture et le bébé se remet à faire du bruit. Je regarde
la petite fille noire, les yeux dans les yeux :

— Alors, quoi ? Qu'est-ce que t'as à me zieuter
comme ça ?

Elle sourit :

— Gerry ho ! ho ! dit-elle.

Et elle disparaît. Elle se dissipe. Elle s'évanouit.
Elle s'éteint comme une lampe. Ses vêtements flot-
tent derrière elle, vides. Et voilà.

— ... Gerry hi ! hi !

Je lève la tête. Qui a parlé ? Elle est revenue, la
petite Noire. Nue comme un ver. Perchée sur un re-

lief du rocher. Elle a disparu dès qu'elle s'est rendu compte que je la voyais.

— Gerry ho ! ho ! reprend-elle du haut des caisses qui servent de garde-manger, de l'autre côté de la tanière.

— Gerry hi ! hi !

Cette fois, elle est sous la table.

— Gerry ho ! ho !

Elle surgit dans le coin, sous moi. Et je crie, et j'essaie de m'écarter, et je bascule le tabouret, et j'ai peur... La petite Noire a disparu.

— Assez, les filles ! dit l'homme en jetant un coup d'œil par-dessus son épaule.

Un silence. La petite Noire sort de dessous le garde-manger, gagne le lieu de sa première disparition et rendosse ses vêtements qui gisent en tas.

Je lui demande :

— Comment fais-tu ça ?

Elle répond :

— Ho ! ho !

Janie intervient :

— Facile, elle est deux.

— Hein ?...

Alors, une seconde petite Noire, exactement semblable à la première, sort de l'ombre et vient se placer à côté de la première.

— Ce sont Bonnie et Beany ! m'explique la petite fille aux pinceaux. Ça, dit-elle, encore, c'est Bébé. Et (me montrant l'homme) celui-là s'appelle Tousseul.

— Ah ! bon !

— De l'eau, crie Tousseul.

Il tient une cruche. J'entends couler de l'eau, mais sans rien voir.

— Assez comme ça, dit Tousseul.

Et il raccroche la cruche à une patère qui sort du mur. Puis il ramasse une assiette fendue et me l'apporte. Elle contient du ragoût avec de gros morceaux de viande, des carottes et des boulettes de pâte, le tout baigné d'une grosse sauce.

— Allons, Gerry, assieds-toi et mange.

— M'asseoir là-dessus ?

Et je lui montre le tabouret.

— Bien sûr !

— Vous m'avez pas regardé !

Je prends l'assiette et je m'installe contre le mur.

— Allons, mange pas si vite. T'as le temps. Nous avons tous mangé. Personne va te prendre ta part. Moins vite.

Je n'en mange que plus rapidement. J'ai presque vidé l'assiette quand je vomis le tout. Puis, je ne sais comment je fais, mais je me cogne le front contre le siège du tabouret. Je laisse tomber le tout et je m'affale.

— Je te demande pardon, petit, dit Tousseul. Nettoie-moi tout ça, Janie, tu veux.

Sous mes yeux, le sol se balaie, s'éponge, se récure sans intervention visible. Pour le quart d'heure, cela m'est parfaitement égal. Je sens la main de Tousseul sur ma tête. Puis il me caresse les cheveux.

— Donne-lui une couverture, Beany. Nous allons tous dormir. Il faut qu'il se repose un peu.

La couverture n'est pas encore sur moi que je m'endors déjà.

... Je ne sais combien de temps après, j'ai les yeux ouverts. Où suis-je ? J'ai peur. Je lève la tête. J'aperçois le vague éclat des tisons. Tousseul est étendu tout vêtu. Le chevalet de Janie se dresse comme un insecte de proie sur ses antennes. Bébé dodeline de la tête. Est-ce qu'il me regarderait ? Janie repose par terre et les jumelles dorment sur la vieille table. Rien ne bouge, à part la tête de Bébé.

Je me redresse, regarde à l'entour. Une pièce, une seule pièce. J'avance à tâtons. Janie entrouvre l'œil.

— Qu'est-ce qui se passe ?

— Ça ne te regarde pas.

Je me rapproche de la porte comme si je n'avais peur de rien. Mais je ne la quitte pas des yeux. Elle ne fait rien. La porte est toujours aussi solidement fermée.

Je retourne en direction de Janie. Elle lève la tête. Je lui dis :

— Faut que j'aille aux gogues.

— Oh ! fallait le dire.

Je pousse un cri et me tiens le ventre. Je n'insiste pas. Rien de pareil ne m'est jamais arrivé. Dehors, quelque chose fait un bruit flasque en s'écrasant sur la neige.

— Ça va, dit Janie, retourne te coucher.

— Mais je dois...

— Tu dois quoi ?

— Non, rien !

Et c'est vrai. Plus envie du tout.

— La prochaine fois, tu n'as qu'à me le dire tout de suite. Y a pas de dérangement.

— ... C'est tout ? demanda Stern.

J'étais sur le divan et je regardais le plafond gris clair.

— Quel âge as-tu ?

— Quinze ans.

J'attendais. J'attendais que le plafond gris eût pris racine et retrouvé les murs, le parquet et le tapis, l'éclairage, le bureau, le fauteuil où Stern était installé. Je me redressai, le regardai : il tripotait toujours la même pipe tout en me regardant.

— Qu'est-ce que vous m'avez fait ?

— Je te l'ai déjà dit : je ne fais rien. C'est toi qui fais tout.

— Vous m'avez hypnotisé ?

— Non, je ne t'ai pas hypnotisé.

— Alors, qu'est-ce qui s'est passé ?... C'est comme si je vivais tout ça une seconde fois.

— Tu as senti quelque chose ?

— Tout, toute cette sacrée existence de nouveau.

— Tous ceux qui passent par-là se sentent soulagés. Il faut me revivre tout cela maintenant et quand tu voudras et, à chaque fois, cela fera moins mal. Tu verras.

Ah ! surprenant. Je remâchai tout ça un bon moment et je le questionnai :

— Mais si je le fais tout seul, comment est-ce possible ? Ça ne m'est jamais arrivé avant aujourd'hui ?

— Je t'ai dit qu'il fallait quelqu'un pour écouter.

— Pour écouter quoi ? J'ai parlé ?

— Un rien.

— J'ai raconté tout ce qui s'était passé ?

— Comment veux-tu que je sache. Je n'y étais pas.

— Tu y étais.

— Vous ne croyez pas que ce soit vrai, hein ? Ces gosses qui disparaissent, ces tabourets et le reste ?

Il haussa les épaules.

— Je ne travaille pas dans la croyance, dit-il, ni dans la non-croyance... C'était vrai pour toi, oui ?

— Bien sûr.

— C'est tout ce qui compte. C'est là-bas que tu vis ? Avec ces gens ?

Je mordis un ongle qui m'agaçait.

— Non, il y a longtemps que c'est terminé. Depuis que Bébé... Vous me faites penser à Tousseul.

— Pourquoi donc ?

— Je ne sais pas... Non. Vous ne m'y faites pas penser... Je ne sais pas pourquoi je dis ça.

Le plafond restait gris. Les lampes brillaient à peine. Le tuyau de la pipe claqua contre les dents de Stern. Je restais étendu sur le divan.

— Il ne s'est rien produit, dis-je.

— Que voulais-tu qu'il se produise ?

— Que tout soit comme avant.

— Il y a quelque chose qui doit être exprimé. Vas-y.

C'était comme si un tambour tournait dans ma tête où apparaissaient lieux, choses et gens. Je ne parvenais pas à suivre.

— Rien ne s'est produit, dis-je.

— Bébé a trois ans, dit-il.

— Oh ! ça ! (Et je fermai les yeux.)

★

La nuit, je me couchais sur la couverture, ou je ne m'y couchais pas. Il y avait toujours quelque chose en train dans la maison. Parfois je dormais pendant la journée. Je suppose que les seules fois où tout le monde dormait en même temps, c'était quand il y avait quelqu'un de malade. Le jour de mon arrivée, par exemple. Il faisait toujours assez sombre dans la pièce. Le jour comme la nuit. Le feu brûlait. Les deux ampoules jaunissaient au bout de leur fil qui sortait de la batterie d'auto. Quand elles n'éclairaient presque plus, Janie rechargeait la batterie, et elles brillaient de nouveau.

Janie s'occupait de tout. Principalement de ce que personne d'autre ne voulait faire. Chacun avait son emploi, bien entendu. Tousseul était presque toujours dehors. Souvent, il se faisait aider par les jumelles. Mais celles-ci n'étaient jamais tout à fait ailleurs ; elles avaient cette façon de réapparaître et de s'évanouir *pffrtt !* comme ça. Quant à Bébé, il restait couché dans son berceau.

Je travaillais. Je coupais du bois pour le feu, je posais des étagères, ou j'allais nager avec Janie et les jumelles. Je parlais à Tousseul. Les autres savaient faire tout ce que je faisais, mais moi, il y avait toutes sortes de choses qu'ils faisaient que je ne savais pas faire. Ce qui me rendait furieux. Mais je me dis que si je n'avais pas été perpétuellement en colère contre quelqu'un ou quelque chose, qu'est-ce que j'aurais bien pu devenir ? Ce qui ne nous empêchait pas de *mixoller* tous, autant que nous étions. *Mixoller,* c'était le mot qu'avait employé Janie. Elle avait prétendu que Bébé le lui avait communiqué. Et elle expliquait que *mixoller*, cela signifiait vivre unis en ne formant qu'une seule personne à nous tous. Deux bras, deux jambes, un corps, une tête, le tout fonctionnant ensemble, même si une tête ne peut marcher, ni les bras penser. Tousseul me disait que peut-être c'était un mélange de *mixte* et de *coller.* Mais je reste persuadé qu'il n'en croyait rien lui-même. Bébé ne s'arrêtait jamais. Il était comme un poste de radio, une station émettrice, qui émet vingt-quatre heures sur vingt-quatre. Il suffit de tourner le bouton pour recevoir. Mais, de toute façon, la station n'arrête jamais, que vous captiez ou que vous ne captiez pas. Il ne parlait pas ; plus exactement, il télégraphiait. On aurait pu croire que ce vague mouvement des mains, des bras et des jambes et de la tête était dépourvu de signification. Rien de plus faux. C'était le sémaphore ; mais au lieu d'un signe par son, chacun de ces mouvements était un train de pensées.

Quand, par exemple, il levait la main gauche en agitant la droite et en cognant du pied gauche, cela voulait dire : « Celui qui croit que l'étourneau est un fléau ignore tout de la façon de penser des étourneaux » ou quelque chose du même genre. Janie affirmait qu'elle avait forcé Bébé à inventer ce genre de sémaphore. Elle expliquait comment naguère elle avait entendu les jumelles penser (c'étaient ses propres paroles : *entendre les jumelles penser*) et les jumelles, elles, avaient entendu penser Bébé. Les jumelles traduisaient. Mais les jumelles avaient grandi, les jumelles avaient perdu le don. C'est toujours ce qui se passe avec les enfants quand ils grandissent. Si bien que Bébé avait appris à comprendre quand quelqu'un parlait. Et il répondait en sémaphore.

Tousseul ne pouvait pas lire. Ni moi. Les jumelles, cela ne les intéressait pas. Mais Janie passait son temps à surveiller Bébé. Toujours il savait ce que vous pensiez quand vous alliez lui poser une question. Il répondait par l'intermédiaire de Janie. Elle retransmettait, du moins en partie. Pour tout comprendre, personne n'y réussissait. Pas même Janie.

Tout ce que je sais, c'est que Janie restait assise à regarder Bébé en même temps qu'elle peignait au chevalet, et il lui arrivait d'éclater de rire.

Bébé ne grandissait pas. Janie, si. Et les jumelles aussi. Et moi. Mais Bébé, non ! Il restait couché là. Janie lui garnissait l'estomac et faisait sa toilette tous les deux ou trois jours. Il ne pleurait pas, il ne faisait pas d'embarras. Personne n'approchait jamais de lui.

Janie montrait chacune de ses peintures à Bébé. Puis elle lavait ses œuvres et recommençait. Il lui fallait les laver car elle ne possédait que trois panneaux, en tout. Bonne chose du reste, parce que j'imagine l'aspect de la tanière au cas où elle aurait gardé toutes ses œuvres ! Elle en peignait quatre ou cinq par jour. Tousseul et les jumelles se donnaient du mal pour l'approvisionner en térébenthine... Janie me disait que Bébé se souvenait de toutes ses peintures, et que c'était la raison pour laquelle elle n'était pas forcée de les garder. Tous ces tableaux représentaient des machines et des engrenages, et des assemblages qui devaient être des circuits électriques...

Je me rappelle ce jour où j'étais parti chercher de la térébenthine et des jambons en compagnie de Tousseul. Nous avions traversé la forêt, gagné le chemin de fer, puis marché jusqu'à l'endroit où l'on apercevait les lumières de la ville. Puis de nouveau les bois et des avenues, une rue pauvre et peu fréquentée.

Tousseul, comme d'habitude, avançait en pensant. Il pensait, il pensait. Une quincaillerie. Tousseul va examiner la serrure, puis revient là où je l'attendais, secouant la tête... Un grand magasin. Tousseul se met à grogner. Nous allons nous placer dans l'ombre près de la porte. Je regarde dans la boutique.

Soudain Beany apparaît à l'intérieur, nue comme à chaque fois qu'elle partait en expédition. Elle vient nous ouvrir, de l'intérieur. Nous entrons, refermons derrière nous. Nous avions mis la main sur une paire de très jolis jambons et un bidon (dix litres) de térébenthine. J'avais voulu prendre un stylo à bille, jaune ; mais Tousseul me l'avait arraché des mains :

— Seulement ce qu'il nous faut et rien d'autre !

Après notre départ, Beany revint, referma et s'en alla pour de bon. Mais je ne devais accompagner Tousseul que trois ou quatre fois seulement ; quand il fallait prendre plus qu'il ne pouvait porter tout seul.

Trois ans, et c'est à peu près tout ce dont je puis me souvenir. Tousseul était occupé dehors, ou il se trouvait parmi nous et cela ne faisait pas grande différence. Les jumelles restaient entre elles le plus souvent. J'avais fini par beaucoup aimer Janie, mais nous ne parlions guère. Bébé, lui, ne s'arrêtait jamais... Mais que faisait-il ?

Tous, nous faisions ce qu'il y avait à faire. Et nous « *mixollions* ».

★

— ... Qu'est-ce qu'il y a ? me demanda soudain Stern.

— Il n'y a rien. Mais tout ça, à quoi bon ?

— C'est ce que tu disais au début. Est-ce que tu crois que nous n'avons rien fait d'utile depuis ?

— Oui ! bien sûr, mais...

— Alors comment sais-tu si tu te trompes ou pas, cette fois ?

Je ne répondis rien, et il poursuivit :

— Cette séance ne te plaît pas ?

— Ce n'est pas que ça me plaise ou pas, c'est plutôt que ce n'est rien du tout. Rien que des mots.

— Quelle différence entre cette fois et les autres fois ?

— Bon D... mais tout. La première, j'ai tout senti. Tout m'arrivait de nouveau. Mais cette fois-ci... rien.

— Et pourquoi ? Tu n'as aucune idée de la raison ?

— Je ne sais pas. Vous devriez me dire.

— Suppose, dit-il en réfléchissant, suppose que ce soit parce que tu crains de raconter malgré toi un épisode désagréable ?

— Désagréable ! Si vous croyez que c'est agréable de geler à mort.

— Il en faut pour tous les goûts... Il arrive que la chose même dont on a besoin, la chose qui est la cause de tout le mal soit si révoltante qu'on ne veuille pas s'en approcher. On la dissimule. Attends un peu... Peut-être que révoltant, désagréable ne conviennent pas. Peut-être que la chose t'attire au contraire. C'est peut-être que tu désires ne pas guérir ?

— Je veux guérir.

Il attendit, comme s'il voulait réfléchir à un problème qu'il ne parvenait pas à comprendre. Puis il dit :

— Il y a quelque chose dans la phrase suivante qui te fait prendre la fuite : *Bébé a trois ans*. Pourquoi ?

— Du diable si j'en ai la moindre idée.

— Qui a dit ça ?

— Je ne sais pas... euhhhhh !

Il sourit :

— *Euhhhhh !*

Je lui souris en réponse.

— C'est moi qui ai dit ça.

— Bon... quand ça ?

Je ne souriais plus. Il se pencha en avant, puis se leva.

— Qu'est-ce qu'il y a ? lui demandai-je.

— Je ne croyais pas que quelqu'un pouvait être aussi fou ! (Je ne répliquai rien du tout. Il marcha vers son bureau :) Tu ne veux pas continuer ?

— Non !

— Suppose que je te dise que tu ne veux pas continuer parce que justement tu arrives au moment où tu vas trouver ce que tu cherches ?

— Dites-le-moi, vous verrez bien ce que je ferai.

Il secoua la tête.

— Non, je n'ai rien à te dire. Pars ou reste. Comme tu voudras. Je te rendrai l'argent que je te dois.

— Il y en a beaucoup qui partent juste au moment où ils vont savoir ?

— Encore assez.

— Eh bien, pas moi.

Je me recouchai.

Mais je ne riais pas, et lui, il ne dit pas : bon ! et il n'en fit pas tout un plat. Il se contenta de prendre le récepteur et de dire :

— Annulez tous les rendez-vous pour cet après-midi.

Après quoi il se rassit derrière moi, sur la chaise, là où je ne le voyais pas.

Aucun bruit. La pièce était insonorisée.

— Pourquoi, pensez-vous, Tousseul m'a gardé alors que je ne savais rien faire ?

— Peut-être que tu savais.

— Non, non ! D'abord, j'ai essayé. Je suis fort pour un gosse de mon âge. Et je sais fermer ma gueule. Mais cela mis de côté, je ressemble à tous les enfants de mon âge. Je ne me crois pas très différent, maintenant. A part la différence qui provient du fait que j'ai vécu avec Tousseul et les autres.

— *Bébé a trois ans.* Qu'est-ce que ça vient faire là-dedans ?

De nouveau le plafond gris.

— *Bébé a trois ans. Bébé a trois ans.* Je suis allé

dans une sorte de grande maison avec une allée qui tournait, qui arrivait sous une sorte de grande marquise, je crois. *Bébé a trois ans. Bébé...*

— Quel âge as-tu ?

— Trente-trois ans.

Je n'avais pas plutôt dit ça que je me retrouvais debout comme si le divan avait été brûlant.

Stern m'attrapa au passage.

— Allons, ne fais pas l'imbécile. Tu veux absolument que je perde mon après-midi ?

— Ça c'est mon affaire. Je paie, non ?

— Oui ! ça te regarde.

Je me recouchai.

— Tout ça, c'est moche !

— Excellent, ça prouve que nous brûlons.

— Qu'est-ce qui a bien pu me faire dire *trente-trois* ? Ce n'est pas trente-trois ; c'est quinze. Puisque j'ai quinze ans. Et autre chose...

— Oui ?

— Quand je dis : *Bébé a trois ans*, c'est bien moi, mais ce n'est pas ma voix.

— Comme tu dis trente-trois et que ce n'est pas ton âge.

— Exactement.

— Gerry, dit-il avec chaleur, il n'y a pas de quoi s'inquiéter.

En effet, je respirais trop fort. Je fis de mon mieux pour me ressaisir...

— Je n'aime pas du tout dire des choses avec la voix de quelqu'un d'autre.

— Ecoute, Gerry, cette affaire de rétrécir les têtes, c'est très différent de ce qu'on croit d'ordinaire...

128

Ce qu'on a dans la tête, c'est le monde extérieur. Si ça paraît extraordinaire, c'est qu'il arrive réellement des choses extraordinaires dans la vie quotidienne de tout le monde. Quand un grand homme de l'Antiquité affirmait : « La vérité est plus étrange que la fiction », c'est ce qu'il voulait dire. Où que nous allions, quoi que nous fassions, les symboles nous entourent. Et les symboles ce sont des objets si familiers que nous ne les regardons même pas ou que nous ne les apercevons pas si nous les regardons. Si jamais quelqu'un était capable de retracer exactement ce qu'il voit et ressent en faisant seulement dix mètres dans la rue, nous obtiendrions une image si déformée, si obscure, tellement subjective qu'il est difficile de s'en faire une idée, même vague. Et personne ne regarde jamais autour de soi avec attention, jusqu'au moment où il vient ici. Ici, c'est différent. Peu importe qu'il s'agisse de faits du passé. Ce qui compte, c'est qu'il voit plus clair que jamais auparavant ; simplement parce que, pour une fois, il fait un effort. Maintenant, pour ce qui est de cette histoire de *trente-trois ans*, il n'existe pas beaucoup de choses aussi désagréables que de s'apercevoir qu'on a les souvenirs de quelqu'un d'autre. Notre moi est trop important pour qu'on l'écarte ainsi. Mais dis-toi que nous pensons en code ; et nous ne possédons la clef que d'environ un dixième de ce que nous pensons. Ici, tu tombes sur un passage qui te déplaît. Ne vois-tu pas que le seul moyen de trouver la clef est de ne plus chercher à fuir ce que tu détestes ?

— Vous voulez dire que je me suis rappelé avec les souvenirs de quelqu'un d'autre ?

— Ça t'a donné cette impression ; il doit y avoir une raison. Cherchons à savoir pourquoi.

— Très bien, dis-je.

Je me sentais fatigué. (Mais être fatigué ou être malade, c'est une façon de fuir.)

— *Bébé a trois ans !* répéta-t-il.

— Bébé ! Oui, Bébé peut-être ; moi huit, et vous, mademoiselle Kew, vous en avez trente-trois. Mademoiselle Kew, mademoiselle Kew.

Je criais. Stern ne disait rien.

— Ecoutez, je ne suis pas sûr, mais je crois que je sais comment il faut faire et ce n'est pas de cette façon-là. Ça ne vous fait rien si j'essaie autre chose ?

— C'est toi le médecin !

J'éclatai de rire. Puis je fermai les yeux.

★

... Les pelouses étaient d'un beau vert propre et neuf. Les fleurs donnaient l'impression d'avoir peur de laisser choir leurs pétales.

Je suivais le chemin, les pieds dans mes souliers. Il avait fallu mettre des souliers et mes pieds ne respiraient pas. Je n'avais aucune envie d'aller jusqu'à la maison, mais il le fallait.

J'aurais bien regardé à travers la porte, mais elle était trop blanche, et trop épaisse surtout.

... Je voulais voir Mlle Kew ? Eh bien, Mlle Kew ne voulait pas me voir, moi et mes semblables. Et d'abord, j'avais la figure sale.

La grande femme noire, maigre aussi, parlait trop fort :

— Je vous ai dit que je devais voir Mlle Kew. Ma figure sale n'a rien à voir là-dedans. Allez chercher Mlle Kew. Allons, allez la chercher.

— Je vous défends de me parler comme ça.

— Je n'ai aucune envie de vous parler comme ça ni autrement. Laissez-moi entrer.

Du coup je regrette Janie. Janie l'aurait écartée. Mais il fallait régler ça tout seul. Et ce n'était pas très brillant. Elle venait de me fermer la porte au nez.

Si bien que je me mis à donner des coups de pied dans la porte. Pour ça, rien ne vaut les chaussures. Au bout d'un moment, elle ouvrit, si brusquement que je faillis m'étaler de tout mon long. Elle portait un balai et elle criait :

— Fiche-moi le camp d'ici, espèce de crapule, ou j'appelle la police.

Elle me poussa, et je tombai.

Je me relevai et courus derrière elle. Elle recula, me porta un coup de balai. Mais j'étais déjà à l'intérieur de la place. Cette femme faisait de petits bruits et marchait sur moi. Je lui arrachai le balai et à ce moment quelqu'un dit : « *Miriam* » avec la voix coassante d'une oie.

Je me calmai et la femme devint hystérique :

— Oh ! mademoiselle Alice, faites attention, il nous tuera tous. Appelez la police. Appelez-la...

Nouveau son de trompe : « Miriam ! » et Miriam se figea sur place.

Au sommet de l'escalier apparut une femme au

visage couleur de prune, de la dentelle sur sa robe. C'était peut-être parce qu'elle pinçait les lèvres de cette façon qu'elle portait plus que son âge. Je devinai qu'elle devait avoir trente-trois ans. *Trente-trois*. Les yeux mesquins et le nez petit avec ça.

— Vous êtes mademoiselle Kew ? lui demandai-je.

— En personne. Que signifie cette invasion ?

— Je veux parler à Mlle Kew.

— On ne dit pas : « Je veux. » Tenez-vous droit et parlez.

— Je vais appeler la police, dit la femme de chambre.

Mlle Kew se tourna vers elle.

— Rien ne presse de ce côté, Miriam... Maintenant, vous, dégoûtant petit garçon, que désirez-vous au juste ?

— Je voudrais parler à vous, seule.

— Ne le laissez pas, mademoiselle Alice.

— Taisez-vous, Miriam, taisez-vous. Petit garçon, je vous ai déjà demandé de ne pas dire « je veux », ou « je voudrais ». Et ce que vous avez à m'apprendre, vous pouvez me l'apprendre devant Miriam.

— Des clous !... Tousseul m'a défendu de le faire.

— Mademoiselle Alice, vous n'allez pas...

— Mais taisez-vous, Miriam. Jeune homme, allez-vous parler ?... (Brusquement, ses yeux s'élargirent :) *Qui* avez-vous dit ?...

— Tousseul m'a dit...

— Tousseul. (Et elle se regardait les ongles. Puis :) Miriam, ce sera tout !

Et à sa façon de dire ça, on n'aurait pas dit qu'il s'agissait de la même personne.

132

La femme de chambre allait répondre quelque chose mais Mlle Kew leva un doigt qui aurait tout aussi bien pu être terminé par un guidon d'arme à feu. Et la domestique fit une retraite précipitée.

— Hé ! criai-je, votre balai.

J'allais le lui jeter mais Mlle Kew me l'ôta des mains.

— Là ! dit-elle.

Et j'entrai devant elle dans une chambre grande comme le trou d'eau qui nous servait de piscine. Des livres partout, du cuir sur les tables avec des fleurs d'or gravées dans les coins.

Elle m'indiqua une chaise.

— Asseyez-vous. Non ! attendez un instant ! (Elle alla jusqu'à la cheminée, prit un journal dans une boîte, l'étala sur le siège :) Maintenant, asseyez-vous.

Je m'assis au milieu du papier. Elle s'installa sur une autre chaise, mais sans journal.

— Qu'est-ce qu'il y a ? Où est Tousseul ?

— Il est mort, dis-je.

Elle s'arrêta de respirer, devint blanche, me regarda jusqu'à ce que ses yeux fussent remplis de larmes.

— Vous êtes malade ? lui demandai-je. Allez-y, vomissez ! Ça vous fera du bien.

— Tousseul est mort ! Mort ?

— Oui, il est mort. C'était la crue, la semaine dernière. Quand il est sorti, le soir, il y a eu du vent. Un grand arbre qui avait été porté par l'eau lui a tombé dessus.

— Lui *est* tombé... Non, ce n'est pas vrai. Ça ne ne peut pas être vrai.

— C'est tout ce qu'il y a de vrai. Ce matin, nous l'avons emporté. On ne pouvait pas le garder avec nous. Il commençait à pu...

— Arrêtez...

Elle se couvrit le visage de ses deux mains ouvertes devant elle.

— Qu'est-ce que vous avez ?

— J'irai mieux dans un instant.

Elle se leva, et alla se placer devant la cheminée, me tournant le dos. J'en profitai pour ôter une de mes chaussures. Puis elle se mit à parler de là où elle se tenait :

— Et tu es le petit garçon de Tousseul ?

— Ouais ! Il m'a dit comme ça de venir chez vous.

— Mon pauvre enfant !

Elle se retourna, accourut vers moi. Une seconde j'eus l'impression qu'elle allait me prendre dans ses bras ou quelque chose de ce genre. Mais elle tourna court et se contenta de plisser le nez.

— Qu... quel est ton nom ?

— Gerry, lui dis-je.

— Eh bien, Gerry, puisque Gerry il y a, qu'est-ce que tu penserais de vivre dans une grande belle maison et d'avoir de jolis vêtements neufs et le reste ?

— C'est bien ça qu'il m'a dit, répondis-je, Tousseul m'a dit de venir vers vous. Il m'a dit que vous aviez plus de galette que vous en avez besoin et que lui devez bien ça.

— Lui devoir quoi ?

Cela paraissait la tracasser.

— Oui, lui expliquai-je, il disait comme ça qu'il vous avait rendu service, autrefois, et que vous aviez dit que vous le lui rendriez si jamais vous en aviez l'occasion. Et l'occasion, c'est maintenant.

— Qu'est-ce qu'il vous a raconté à ce propos ?

Elle avait repris son ton de corne d'auto.

— Pas une foutue chose.

— S'il vous plaît, ne parlez pas comme ça. (Puis elle rouvrit les yeux et acquiesça :) J'ai promis et je tiendrai. A partir de maintenant, tu peux habiter ici... Si tu veux ?

— J'ai rien à dire. C'est Tousseul qui m'a *dit*.

— Et tu seras heureux ici. J'y veillerai.

— Très bien... Alors, je vais chercher les autres, oui ?

— Les autres ?... Des enfants sans doute ?

— Oui, c'est pas pour moi, c'est pour tous, pour toute la bande.

— Ne dis pas : c'est pas pour moi. Ce n'est... Maintenant explique un peu : ces autres enfants ?

— Ben, y a Bonnie et Beany. Elles ont huit ans. Y a Bébé. Bébé *a trois ans*.

★

... J'avais hurlé. Maintenant Stern me tenait la tête.

— Bravo, nous y voilà ! Tu n'as pas encore trouvé ce que c'était. Mais tu as trouvé la direction.

— De l'eau ! De l'eau !

Il prit de l'eau dans une thermos. Elle était si froide qu'elle faisait mal à la gorge. Je restai étendu et j'essayai de me reposer. Comme si j'avais grimpé au sommet d'une falaise. Oh! je ne pourrais pas recommencer.

— Tu veux qu'on s'arrête là pour aujourd'hui ?

— Et vous, qu'en pensez-vous ?

— Moi, je continue aussi longtemps que tu veux.

— Moi, je veux bien continuer mais je voudrais tourner autour du pot pendant un bout de temps.

— Si tu veux encore une de ces comparaisons fallacieuses, dit Stern, la psychanalyse c'est comme une carte routière. On trouve toujours plusieurs itinéraires pour aller d'un point à un autre.

— Je prendrai le chemin le plus long, lui dis-je ; la route intercontinentale, pas la piste qui grimpe le long de la montagne. Où est-ce que je tourne ?

Il eut un petit rire.

— Tu passes les gravillons.

— Oui, j'ai été par-là. Il y a le pont emporté par les eaux.

— Tu pars de l'autre côté de ce pont, justement.

— Tiens, j'avais jamais pensé à ça. Je croyais qu'il fallait reprendre la route entière ?

— Peut-être pas... Peut-être que si. Mais le pont sera facile à traverser une fois que tu auras fait tout le reste. Peut-être qu'il n'y a rien qui en vaille la peine sur le pont ? Peut-être que si ! Mais de toute façon il faut attendre pour y aller d'avoir passé partout ailleurs.

— Allons-y.

Pourquoi ? Comment ? J'avais repris toute mon ardeur.

— Une suggestion, si tu veux bien me permettre ?

— Comment donc.

— Parle, ne cherche pas à entrer trop profondément dans ce que tu dis. La période de tes huit ans, tu l'as réellement revécue. La seconde époque, celle de ton existence avec les enfants, tu t'es contenté de la raconter. La troisième, quand tu avais douze ans et que tu es allé en visite, tu l'as sentie, aussi. Vas-y, parle.

— Bon... Où est-ce que j'en suis ?

— Dans la bibliothèque, tu sais bien, tu l'as mise au courant. Au sujet des enfants.

★

... Je lui disais... Elle me disait... Et puis quelque chose s'est produit et j'ai crié. Elle m'a réconforté et j'ai juré.

« Mais n'y pensons plus. Je poursuis...

« Dans la bibliothèque... Le cuir, la table... Et savoir si je parviendrais à faire exécuter par Mlle Kew les volontés de Tousseul... Voici ce que Tousseul avait dit : « Y a une femme qui vit au sommet de la montagne, dans le quartier de Grande Colline, du nom de Kew. Il faudra qu'elle prenne soin de vous. Il faudra réussir à obtenir ça d'elle. Faites tout ce qu'elle vous dira. Mais restez unis. Ne laissez aucun d'entre vous abandonner les autres. Jamais. Vous m'entendez ? En dehors de ça, rendez Mlle Kew heureuse et elle vous rendra heureux. Et maintenant, faites comme je vous dis. » Voilà ce que Tousseul avait dit. Et, entre les mots, courait un lien d'acier. Pas moyen de le rompre. Pas moi du moins.

— Où sont vos sœurs ? Et le bébé ? demandait Mlle Kew.

— Je vous les amènerai.

— C'est près d'ici ?

— Pas trop loin.

Comme elle n'avait rien contre, je me suis levé.

— Je serai bientôt revenu.

— Attends. Je n'ai pas eu le temps de réfléchir... Je veux dire... Il faut que je pense à tout préparer.

— Vous n'avez pas besoin de penser, lui dis-je, ni de rien préparer. A bientôt.

De la porte, je l'entendis qui disait de plus en plus fort à mesure que je m'éloignais :

— Jeune homme, si tu veux vivre dans cette maison, il va te falloir apprendre à être un peu mieux élevé.

Et d'autres choses de la même farine.

— Okay ! Okay ! lui ai-je répondu.

Le soleil était chaud, le ciel bleu. Bientôt, je suis arrivé à la maison de Tousseul. Le feu s'était éteint. Bébé sentait mauvais. Janie avait renversé son chevalet. Elle était assise par terre, près de la porte, la tête dans les mains. Bonnie et Beany étaient sur un tabouret, embrassées si étroitement qu'on aurait cru qu'elles éprouvaient le besoin de se réchauffer. Ce qui n'était pas le cas, il ne faisait pas froid.

Je frappai sur l'épaule de Janie et elle leva la tête. Elle avait les yeux gris. Ou peut-être qu'ils étaient d'une sorte de vert. Et quel étrange regard pour l'instant ! Quelque chose comme l'aspect d'un verre d'eau avec du lait resté au fond.

— Qu'est-ce qui se passe ?

— Qu'est-ce qui se passe pour qui ?

— Pour toi et les autres ?

— On en a simplement assez.

— Très bien. Mais il faut exécuter la volonté de Tousseul.

— Non !

Je regardai les jumelles. Elles me tournèrent le dos :

— Elles ont faim, expliqua Janie.

— Et alors ? Donne-leur quelque chose.

Elle se contenta de hausser les épaules. Je m'assis. Pourquoi Tousseul avait-il éprouvé le besoin de se faire réduire en bouillie ?

— Plus moyen de *mixoller*, dit Janie, pour résumer la situation.

— Ecoute, lui dis-je, c'est à moi de remplacer Tousseul maintenant.

Janie se mit à ruminer là-dessus. Bébé se mit à remuer les jambes.

— Tu ne saurais pas, dit Janie, pour traduire.

— Je saurai pour le ravitaillement et la térébenthine, dis-je. Et je trouverai la mousse pour placer entre les rondins, et le reste aussi.

Bien sûr ! Mais appeler Bonnie et Beany d'une distance de plusieurs kilomètres et leur faïre ouvrir les cadenas, non, je ne savais pas. Je ne savais pas d'un seul mot obliger Janie à aller chercher l'eau et à souffler le feu et à arranger la batterie d'auto. Je ne savais pas nous faire *mixoller*. ,

Tous, nous restions là, anéantis. Puis, soudain, un bruit de berceau. Je regarde. Janie, elle aussi, regarde.

— Très bien, dit-elle, partons.

— Qui a dit de partir ?

— C'est Bébé !

— Et qui est-ce qui commande, maintenant ? lui demandai-je, furieux. C'est moi ou c'est Bébé ?

— Bébé, dit Janie.

Je bondis avec l'intention de lui balancer un bon direct à travers les dents, puis je m'arrêtai. Si Bébé prenait les choses en main, nous ferions ce que Tousseul avait voulu. Mais si je me mettais à tirer à hue et à dia, rien ne réussirait. Si bien que je gardai pour moi ce que j'aurais eu à dire. Janie se leva et sortit. Les jumelles la regardèrent faire. Puis Bonnie disparut. Puis Beany ramassa les vêtements de Bonnie et sortit. Je saisis Bébé à bras-le-corps et le plaçai sur mes épaules.

Dehors, ça allait déjà mieux. Il se faisait tard et la chaleur était grande. Les jumelles passaient et repassaient, disparaissaient derrière les arbres, pareilles à des écureuils volants. Janie et moi avancions comme si nous allions nager. Bébé se mit à taper du pied. Janie leva la tête et lui donna à manger. Alors il se tint tranquille.

Arrivés en ville, je voulais faire marcher tout le monde en ordre rapproché. J'avais peur de le dire, mais Bébé avait dû le faire, déjà. Les jumelles étaient revenues auprès de nous. Janie leur avait donné leur robe. Elles se tenaient devant, dociles, pleines de bonne volonté. Je ne sais pas comment Bébé faisait. Elles devaient détester voyager de cette façon.

Nous ne devions pas avoir d'ennuis. A part un bonhomme au coin de la rue, près de chez Mlle Kew. Il s'arrêta et resta bouche bée. Janie lui jeta un seul coup d'œil. Le chapeau lui est descendu sur les yeux, puis sur la figure et il a dû se tordre le cou pour réussir à l'ôter.

Incroyable : quelqu'un avait nettoyé la porte blanche que j'avais salie. D'une main je tenais Bébé par le bras, de l'autre je lui tenais la cheville, aussi je me mis à cogner du pied et je ressalis la porte.

J'avais prévenu Janie :

— Il y a une femme ici, qui s'appelle Miriam. Si elle te dit quelque chose, tu lui dis d'aller se faire voir...

La porte s'ouvre : Miriam. Elle nous voit et fait un bond en arrière. Nous marchons sur ses talons. Miriam, brusquement, cesse d'avoir le souffle coupé, elle hurle :

— Mam'zelle ! Mam'zelle !

— Allez donc vous faire f...! lui lance Janie à brûle-pourpoint.

Et je me sens tout chose : c'est la première fois que Janie ait jamais fait ce que je lui demandais.

Mlle Kew descend les marches de l'escalier. Elle a changé de robe. Mais celle-ci est tout à fait aussi tarte, avec autant de dentelle dessus. Mlle Kew ouvre la bouche. Mais rien ne vient ; si bien qu'elle la garde ouverte en attendant. Elle finit par dire :

— Doux Seigneur, protégez-nous !

Les jumelles, l'une à côté de l'autre, prennent l'air bête. Miriam se glisse le long du mur, fuit vers la porte et dit :

— Mam'zelle Kew, si c'est les enfants que vous avez dit qu'ils vont vivre ici, je m'en vais.

— Va donc te faire voir ! lui crie Janie.

C'est le moment que choisit Bonnie pour s'accroupir sur le tapis persan. Miriam pousse un cri rauque, lui saute dessus, agrippe Bonnie par le bras et veut la relever. Mais Bonnie se dissipe dans l'air et Miriam reste le visage stupide, un vêtement d'enfant, vide, dans les doigts. Beany éclate de rire. Elle a la bouche fendue à s'en séparer la tête en deux. Et elle se met à saluer de la main. Qui salue-t-elle ainsi ? Et voilà Bonnie, nue comme un ver, qui est debout sur la rampe d'escalier, là-haut.

Mlle Kew se retourne, la voit, s'affaisse sur les marches. Miriam tombe elle aussi, mitraillée. Beany ramasse la robe de Bonnie et la porte au haut de l'escalier. Bonnie et Beany reviennent la main dans la main jusqu'à l'endroit où je me trouve...

— Qu'est-ce qu'elle a ? me demande Janie.

— Oh ! elle s'évanouit comme ça de temps en temps.

— Si on retournait à la maison ?

— Non !

Sur ce, Mlle Kew s'accroche à la rampe et parvient à se relever. Elle reste les yeux clos, puis elle se raidit, paraît grandie de cinq ou six centimètres, puis vient vers nous.

De nouveau son bruit de klaxon :

— Gérard.

Je croyais qu'elle allait me dire tout autre chose. Mais elle fait un effort, montre du doigt.

— Pour l'amour du ciel, qu'est-ce que c'est que ça ? me demande-t-elle.

Je ne comprends pas tout d'abord, je me retourne pour voir.

— Quoi donc ?

— Mais ça, voyons, ça !

— Ah !... Mais c'est Bébé !

Je l'ôte de mon cou et je le lui montre. Elle fait une sorte de bêlement, puis saute en l'air et me le prend des mains. Elle le tient, refait un bruit de chèvre, l'appelle « pauvre petite chose », court le poser sur le grand coffre, sous la fenêtre en vitraux de couleurs. Elle se penche sur lui. Elle se fourre le poing dans la bouche, et soupire encore et se retourne vers moi.

— Il y a combien de temps qu'il est comme ça ? me demande-t-elle.

Je regarde Janie, Janie me regarde.

— Il a toujours été comme ça.

Mlle Kew a une sorte de toux. Puis elle court près de Miriam qui gît toujours à plat sur le sol. Elle lui gifle deux ou trois fois le visage. Cela réveille Miriam qui finit par se lever.

— Allons, remettez-vous, lui dit Mlle Kew. Allez me chercher une cuvette, de l'eau chaude, du savon, des serviettes. Allons. Dépêchez-vous.

Miriam sort en hâte en se retenant au mur. Mlle Kew revient près de Bébé. Elle se penche sur lui. Elle fait des bruits avec ses lèvres.

J'interviens :

— Pas de bêtises, avec lui. Ce n'est pas la peine... Il n'a besoin de rien... Nous avons faim.

Elle me regarde comme si je lui avais donné un coup de poing.

— Ne m'adressez pas la parole, s'il vous plaît.

— Vous comprenez, lui dis-je. Tout cela ne me

plaît pas, ne nous plaît pas. Moins qu'à vous certainement. Si Tousseul ne nous l'avait pas recommandé, on ne serait pas venus, jamais. Là où on était, on était bien.

Mlle Kew nous regarde l'un après l'autre. Puis elle prend ce stupide bout de mouchoir et se l'approche de la bouche.

— Tu la vois ? Tout le temps en train d'être malade, dis-je à Janie.

— Ho ! ho ! dit Bonnie.

Mlle Kew regarde longuement Bonnie.

— Gérard, me dit-elle, si j'ai bien compris, ces enfants sont tes sœurs ?

— Alors ?

Elle me toise comme si je disais vraiment des sottises.

— Voyons, Gérard : nous n'avons pas de petites filles de couleur pour sœurs, voyons.

Et Janie, du tac au tac :

— *Nous*, si.

Mlle Kew arpente la pièce. Elle parle toute seule.

— Décidément, il y a beaucoup à faire.

Miriam fait sa rentrée chargée de tout ce qu'il faut pour nous laver. Mlle Kew plonge les mains dans la cuvette, ramasse Bébé, le trempe dans l'eau. Bébé se met à ruer.

Je crie :

— Minute ! minute. Qu'est-ce que vous croyez que vous êtes en train de faire ?

Janie me dit :

— Tais-toi, Gerry, il dit que ça va.

— Bon... eh bien, elle va le noyer.

— Mais non ! Tais-toi seulement.

Mlle Kew savonne, brosse, récure, frotte, refrotte, enveloppe Bébé dans une grande serviette éponge. Après quoi, on n'aurait pas reconnu Bébé. Mlle Kew paraît s'être reprise. Elle respire avec force. Elle a les lèvres plus serrées encore que d'habitude. Enfin elle tend Bébé à Miriam.

— Prenez ce pauvre être, lui dit-elle, et mettez-le... Mais Miriam recule.

— Je regrette, mademoiselle, je regrette, mais je m'en vais, et ça m'est égal.

Encore le klaxon :

— Vous ne pouvez pas m'abandonner dans cette situation, Miriam. Ces enfants ont besoin de secours. Vous ne le voyez pas ?

Miriam regarde, regarde, elle tremble.

— On n'est pas en sécurité, mademoiselle Kew. Ils ne sont pas que sales, ils sont dingues aussi.

— Ce n'est pas leur faute. Ils sont les victimes de la misère. Vous et moi serions comme eux si personne ne s'était occupé de nous, Miriam... Et toi, Gérard, ne dis pas dingues !

— De quoi ?

— Ne dis pas... Seigneur ! Tant de choses à apprendre, à montrer ! à changer ! Ecoute, Gérard, si toi et tes... ces autres enfants, vous devez habiter ici, il faut changer. Vous ne pouvez pas vivre sous un toit et continuer à vous conduire comme vous vous êtes conduits jusqu'ici. Tu comprends ?

— Sûr ! Tousseul m'a dit de faire ce que vous diriez et de vous faire plaisir.

— Tu es prêt à faire tout ce que je te dirai ?

— C'est ce que je dis, non ?

— Gérard, voyons ! Il faudra que tu apprennes à ne pas me parler sur ce ton. Maintenant, jeune homme, si je vous disais de faire ce que Miriam vous dira de faire, vous obéiriez ?

— Janie, qu'est-ce qu'on fait ?

— Je demande à Bébé.

Janie regarde Bébé. Bébé agite les mains, gazouille un peu. Janie me dit :

— Oui, ça va.

— Je t'ai posé une question, Gérard ?

— Minute, non ! Faut que je pense... Ah ! oui, pour Miriam, si c'est ça que vous voulez savoir, d'accord, on lui obéit aussi.

— Vous avez entendu, Miriam ?

Miriam nous regarde, regarde Mlle Kew, hoche la tête, étend les mains vers les jumelles.

Bonnie et Beany volent vers elle. Chacune lui prend main. Sans doute qu'elles méditaient je ne sais quelle crasse à lui faire.

Mais ça ne se voit pas. Deux vrais amours. Miriam a presque une expression humaine pendant un instant.

— Très bien, mademoiselle Alice, dit-elle, très bien.

Mlle Kew donne Bébé à Miriam qui monte l'escalier. Nous marchons derrière.

C'est à ce moment qu'elles se mirent à l'ouvrage sur nous, et, trois années durant, elles ne devaient pas s'arrêter.

★

146

— L'enfer, dis-je à Stern, ç'a été l'enfer.

— Elles savaient ce qu'elles faisaient.

— D'accord. Mais nous aussi. Nous ferions exactement comme Tousseul nous avait dit. Personne ou rien sur la terre ne nous en empêcherait. Nous étions liés. Nous devions obéir à Mlle Kew dans tout ce qu'elle ordonnait. Nous y serions obligés. Mais jamais ni Mlle Kew ni Miriam ne devaient comprendre cela. Sans doute qu'elles se sentaient forcées de nous faire faire tout le chemin à la force du poignet. Pourtant, il aurait suffi de nous expliquer ce qu'elles désiraient, et nous aurions exécuté. Comme de ne pas monter dans le lit de Janie. Ça, Mlle Kew ne le digérait pas. Pour un peu, on aurait cru que j'avais volé les diamants de la Couronne, à voir l'effet que ça lui faisait.

« Mais quand il s'agit de » vous conduire comme de vrais petits enfants bien élevés », d' « être un vrai petit gentleman », allez comprendre ce que ça signifie ! Et deux sur trois des ordres qu'on nous donnait étaient de ce genre.

« *Oh !* disait Mlle Kew, *votre langage !* »

« Très longtemps, je ne devais pas comprendre ce qu'elle entendait par là. Pour finir, j'ai demandé ce que diable cela signifiait. Et j'ai su. Vous voyez ce que je veux dire ?

— Certainement, a répondu Stern ; est-ce qu'à la longue les choses ne se sont pas arrangées ?

— Deux fois, seulement, nous avons été vraiment ennuyés. La première fois, à propos des jumelles ; la deuxième, à cause de Bébé. Ça, ça a été le plus grave.

— Qu'est-ce qui est arrivé ?

— Pour les jumelles ? Eh bien, nous étions chez Mlle Kew depuis quinze jours, environ, quand nous nous sommes aperçus qu'il y avait quelque chose qui n'allait pas. Nous n'arrivions presque plus à voir Bonnie et Beany. Tout se passait comme s'il y avait eu non pas une seule, mais deux maisons : l'une pour Mlle Kew, Janie et moi ; l'autre pour Miriam et les jumelles. Je pense que nous n'aurions pas mis si longtemps à nous en apercevoir si nous avions été moins dépaysés : vêtements neufs, sommeil la nuit seulement, nourriture fine, etc. Mais voilà comment cela s'est passé : nous étions tous en train de jouer dans la cour. A l'heure du déjeuner, Miriam emmène les jumelles, et nous, nous mangeons de l'autre côté. Et Janie demande :

« — Pourquoi est-ce que nous ne mangeons pas avec les jumelles ?

« — Voyons, puisque Miriam s'occupe d'elles, répond Mlle Kew.

« Janie la regarde comme elle sait regarder :

« — Je sais bien, dit-elle. Mais qu'on les laisse manger ici, et je m'occuperai d'elles.

« Mlle Kew serre les lèvres.

« — Mais Janie, ce sont des petites filles de couleur. Et maintenant, mange ce qu'il y a dans ton assiette.

« Mais cela n'expliquait rien du tout. Du moins ni pour Janie ni pour moi :

« — Je veux qu'elles mangent avec nous, dis-je à mon tour, puisque Tousseul nous a dit qu'il fallait que nous restions ensemble.

« — Mais vous êtes ensemble, dit Mlle Kew. Est-ce que nous ne vivons pas tous dans la même maison ? Nous mangeons tous la même nourriture, non ?... Allons, assez parlé comme ça !

« Je regarde Janie.

« Janie me regarde.

« Elle dit :

« — Et pourquoi pas la même nourriture et la même vie, tous ensemble, ici ?

« Mlle Kew prend l'air dur, pose sa fourchette et dit :

« — Je vous ai déjà expliqué. Assez discuté.

« Non ! rien à faire. Cela ne pouvait pas se passer ainsi. Donc, je balance ma tête en arrière et j'appelle : « Bonnie ! Beany ! » et v'lan ! les voilà.

« Et la foudre s'abat.

« Mlle Kew veut les faire sortir. Elles refusent et Miriam accourt, chargée de leurs vêtements. Mlle Kew les semonce. Puis elle me semonce moi. C'en est trop. Peut-être que nous avons eu une rude semaine ; elle aussi. Et Mlle Kew nous ordonne de partir.

« Je sors. Je prends Bébé. Janie et les jumelles me suivent. Mlle Kew attend jusqu'à ce que nous ayons passé la porte. Puis elle nous court après. Elle se place devant moi, une fois qu'elle nous a rattrapés. Elle me fait arrêter. Les autres m'imitent.

« — Est-ce ainsi que vous suivez les ordres de Tousseul ? me demande Mlle Kew.

« Et je lui réponds :

« — Mais oui, mademoiselle Kew.

« Elle m'explique comment elle avait compris que

Tousseul entendait que nous restions chez elle. Et je lui réponds :

« — Ouais, il voulait aussi et surtout que nous restions tous ensemble.

« — Revenez, elle me dit. Nous allons discuter de tout ça ensemble.

« Janie demande à Bébé ce qu'il en pense et Bébé dit : « D'accord ! » Alors nous regagnons la maison... Désormais, il y eut un compromis. Nous ne devions plus manger dans la salle à manger. Il y avait une véranda à panneaux de verre, qui communiquait par une porte avec la salle à manger. Par une autre porte de la cuisine. Et tous, nous mangions là. Mlle Kew mangeait seule dans la salle à manger.

« A cause de toute cette histoire idiote, quelque chose de curieux devait se produire.

— Quoi ? demanda Stern.

— Miriam ! Elle parlait et elle restait comme elle avait toujours été. Mais elle se mettait à nous donner des biscuits entre les repas. Vous savez, il m'a fallu des années pour comprendre de quoi il était question au juste. C'est sérieux. Si je comprends bien, il y a deux camps en présence : les uns qui veulent séparer les races, les autres qui luttent pour les rassembler. Moi, je ne comprends pas pourquoi les uns et les autres se font du souci. Pourquoi est-ce qu'ils n'oublient pas entièrement ce problème ?

— Impossible, dit Stern. Tu ne comprends pas, Gerry, qu'il est nécessaire que les gens se croient supérieurs en quelque chose. Toi et Tousseul et les gosses, vous étiez ensemble, n'est-ce pas ? Est-ce que vous ne vous sentiez pas un peu supérieurs au reste du monde ? Non ?

— Supérieurs ? Comment est-ce que nous aurions pu l'être ?

— Différents, alors ?

— Oui, je pense... Mais nous n'y pensions pas. Différents, oui ! Mais pas supérieurs.

— C'est un cas unique, affirme Stern, unique... Continue ! Raconte-nous l'autre ennui. A propos de Bébé.

— Bébé, oui ! Eh bien, ça s'est passé quelques mois après notre déménagement chez Mlle Kew. Tout commençait à tourner rond. Nous savions déjà dire : « Oui, m'dame ! merci, m'dame ! » et ainsi de suite. Et elle nous préparait pour entrer à l'école. Cinq jours par semaine, matin et après-midi, aux mêmes heures, Janie avait cessé de s'occuper de Bébé. Quant aux jumelles elles allaient là où elles avaient besoin d'aller, elles s'y rendaient sur leurs pieds. Comme tout le monde. C'était drôle même. Il leur était arrivé de surgir comme elles savaient le faire devant Mlle Kew, et Mlle Kew n'en avait pas cru ses yeux. Elle se faisait trop de mauvais sang pour comprendre. Donc, elles avaient cessé de disparaître et de réapparaître Dieu sait où, Dieu sait comme. Et mademoiselle s'en était réjouie. Il y avait un tas de choses comme ça, qui la réjouissaient. Depuis des années, elle ne voyait plus personne. Elle avait même fait placer les compteurs au-dehors de la propriété, pour que personne ne soit plus forcé d'entrer. Mais avec nous sur place, elle s'était un peu ranimée. Maintenant, elle ne portait plus ces robes de vieille dame. Elle commençait à avoir l'air à moitié humaine. Il lui arrivait même de manger avec nous.

« Un beau matin donc, je me réveille mal à mon aise. Je me sentais drôle. Comme si quelqu'un avait profité de mon sommeil pour me voler quelque chose. Me voler quoi ? Je passe par la fenêtre, je rampe par la gouttière jusque chez Janie. (C'était défendu.) Elle est au lit et je la réveille. Je me rappelle ses yeux : une petite fente. Les voiles du sommeil. Puis grand ouverts. Je n'ai pas eu besoin de lui dire quoi que ce soit. Elle a compris. Elle savait et je savais ce qu'elle savait : ,

« — Bébé est parti. »

« Qu'est-ce que ça pouvait nous faire de réveiller quelqu'un en marchant dans la maison ? Nous traversons donc le hall après avoir descendu l'escalier. Nous entrons dans la petite pièce où Bébé dormait. Incroyable. Le berceau, la commode blanche, les hochets, tout avait disparu. Il n'y avait plus dans la pièce qu'une table à écrire. Je veux dire que c'était comme si Bébé n'avait jamais été là.

« Nous n'avons rien dit. Mais nous avons fait irruption chez Mlle Kew. Je n'y étais jamais entré. Et Janie une ou deux fois seulement. Mais permis, pas permis, il s'agissait d'autre chose. Mlle Kew était couchée, les cheveux tressés. Elle avait les yeux ouverts avant que nous ayons eu le temps d'arriver près du lit. Elle se releva, s'assit, fronça le sourcil.

« — Qu'est-ce que ça signifie ? demanda-t-elle.

« — Où est Bébé ? hurlai-je.

« — Gérard, me dit-elle, il n'est absolument pas nécessaire de crier.

« Janie, elle, ne criait pas, mais elle se contenta de dire :

« — Vous feriez mieux de nous mettre au courant, mademoiselle Kew...

« Et vous auriez frémi rien que de l'entendre. Si bien que Mlle Kew change de visage, nous tend la main :

« — Je regrette, les enfants, je regrette, vraiment je regrette. Mais j'ai fait pour le mieux. J'ai envoyé Bébé vivre avec des enfants comme lui. Jamais vous n'auriez réussi à le rendre vraiment heureux, ici. Vous le savez bien.

« — Il ne nous a jamais dit qu'il était malheureux, dit Janie.

« Mlle Kew eut un petit rire creux :

« — Comme s'il pouvait parler, le pauvre trésor !

« Je n'avais pas envie de discuter :

« — Vous feriez mieux de le ramener ici. Vous ne savez pas avec quoi vous jouez. Je vous ai dit qu'il ne fallait pas, qu'il ne fallait jamais, dans aucun cas, nous séparer.

« Elle commençait à se fâcher, mais elle se contenait.

« Elle reprit :

« — Je vais essayer de vous expliquer, mes chéris. Toi et Janie et même les jumelles, vous êtes des enfants normaux, en bonne santé. Vous grandissez normalement, et vous deviendrez un beau monsieur et de belles dames. Mais le pauvre Bébé, c'est différent ; il ne grandira plus beaucoup. Jamais il ne pourra marcher, courir, jouer comme les autres enfants.

« — Aucune importance, dit Janie ; vous n'aviez pas le droit de le renvoyer.

« — Parfaitement, vous feriez mieux de le ramener. Et vite.

« Du coup, elle a tourné au vinaigre :

« — Parmi les nombreuses choses que je vous ai enseignées, je suis sûre que je vous ai appris à ne pas donner d'ordres, jamais, aux grandes personnes. Aussi, vous allez me faire le plaisir de monter vous habiller pour le petit déjeuner. Nous ne reparlerons plus de cette affaire.

« Avec toute la politesse possible, je la mis en garde.

« — Mademoiselle Kew, vous allez vous mordre les doigts de ne pas l'avoir fait revenir immédiatement. Mais, de toute façon, vous le ramènerez bientôt. Ou alors...

« Cela eut pour effet de la faire se lever et elle nous flanqua à la porte de sa chambre à coucher. »

★

... Je m'étais tu. Et Stern m'avait demandé :

— Qu'est-ce qui s'est passé après ?

— Ben, elle l'a fait revenir.

Et j'éclatai de rire.

— Je suppose que c'est assez drôle, quand on y pense.

★

154

Trois mois elle avait régné sur toute la maisonnée et nous avions obéi comme un seul homme.

Et puis, tout d'un coup, c'est nous qui prenons la situation en main. Nous nous étions efforcés de devenir meilleurs, conformément à ses vues. Mais, cette fois, sacré nom ! elle avait dépassé les bornes. La séance commença à la seconde même où elle nous referma la porte dans le dos.

La potiche de porcelaine qui se trouvait par terre monta, monta, et se fracassa en fin de trajectoire à travers le miroir de la coiffeuse. Un tiroir de la commode s'ouvrit tout seul. Un gant en sortit et vint gifler le visage de Mlle Kew.

Elle recula, tomba sur le lit et une bonne partie du plafond s'écroula dessus. L'eau s'était mise à couler dans le cabinet de toilette. Elle débordait déjà quand tous ses vêtements glissèrent des cintres vers le sol. Elle courut vers la porte. La porte ne voulut pas s'ouvrir. Quand elle réussit à décoller la porte du chambranle, l'ouverture se fit trop rapidement et Mlle Kew s'étala dans le corridor. Ce qui eut pour effet de faire claquer la porte et une nouvelle pluie de plâtre s'abattit. Nous rentrâmes dans la pièce et nous la regardâmes tout à loisir. Mlle Kew pleurait. Jusque-là, je n'avais pas imaginé qu'elle en fût capable :

— Vous allez faire revenir Bébé ?

Elle se contenta de rester couchée là, à pleurer. C'était trop triste. Nous lui vînmes en aide, la fîmes asseoir sur une chaise. Elle se contentait de nous lancer un coup d'œil, puis de contempler le plafond crevé. Enfin, elle soupira :

— Mais qu'est-ce qui se passe ? Qu'est-ce qui se passe ?

— Vous nous avez enlevé Bébé, et voilà !

Elle sauta sur ses pieds et répondit tout bas, mais clairement et avec beaucoup de fermeté :

— Quelque chose a cogné dans la maison... Un avion ? Peut-être une tornade ? Ou un tremblement de terre ? Nous reparlerons de Bébé après le petit déjeuner.

— Augmente la dose, Janie, dis-je alors.

Une trombe lui frappa le visage et la poitrine, lui colla la chemise de nuit au corps. Rien ne pouvait la bouleverser davantage. Ses tresses se dressèrent, restèrent droites en l'air, la tirèrent vers le haut. Elle ouvrit la bouche pour hurler : la houppette à poudre s'engouffra entre les dents. Elle la recracha aussitôt. Pour se mettre à crier :

— Qu'est-ce que vous êtes en train de faire ? Qu'est-ce que vous êtes en train de faire ?

Janie se contenta de la regarder, les mains derrière le dos.

— Nous ne faisons rien ! dit-elle.

— Nous n'avons encore rien fait, ajoutai-je. Vous allez ramener Bébé !

Elle se mit à hurler :

— Arrêtez ! Cessez de parler de cet idiot mongoloïde. Il n'est utile à personne. Pas même à lui-même. Comment pourrais-je jamais faire croire que c'est mon fils ?

— Des rats, dis-je à Janie, fais venir des rats.

Il y eut un grattement sur le plancher. Mlle Kew se couvrit la face et s'affala dans un fauteuil :

— Pas de rats, dit-elle. Il n'y a pas de rats ici.

Il y eut un couinement et elle s'effondra.

— Est-ce que vous avez déjà vu quelqu'un s'effondrer, vraiment s'effondrer ?

— Oui ! dit Stern.

— J'étais à peu près aussi furieux que je suis capable de l'être. C'était trop pour moi. Quand elle aurait pu ne pas nous enlever Bébé ! Il lui fallut plusieurs heures pour retrouver assez de forces pour téléphoner. Bébé était de retour avant le dîner.

J'éclatai de rire.

— Qu'est-ce qu'il y a de si drôle ?

— Ce qu'il y a de si drôle, c'est que jamais Mlle Kew n'a paru se rappeler ce qui lui était arrivé. Environ trois semaines plus tard, je l'entendais parler à Miriam, de cette histoire, précisément. Elle disait qu'il y avait eu un tassement de terrain, tout à coup. Et elle se félicitait d'avoir envoyé Bébé subir un examen médical. S'il avait eu quelque chose, le pauvre chéri ! Elle croyait réellement ce qu'elle disait, je pense.

— Sans doute. Rien n'est plus commun. Nous ne croyons jamais rien sans le vouloir.

— Et qu'est-ce que vous croyez de tout ce que je vous raconte ?

— Je vous ai répondu. Ce que je crois ou ne crois pas n'a aucune importance.

— Et vous ne m'avez pas demandé ce que j'en croyais, moi ?

— Ce n'est pas nécessaire. Tu peux très bien te faire une opinion là-dessus tout seul.

— Est-ce que vous êtes un bon psychanalyste ?

— Oui ! je crois, dit-il ; qui as-tu tué ?

La question me surprit.

— Mlle Kew, répondis-je. (Puis je me mis à sacrer et à jurer :) Je n'avais nullement l'intention de vous raconter ça.

— Ne te tracasse pas pour si peu, dit Stern ; et pourquoi as-tu fait ça ?

— Je suis venu ici pour le savoir.

— Tu devais vraiment la détester.

J'éclatai en sanglots. Quinze ans, j'avais quinze ans et voilà que je pleurais.

★

... Il devait me laisser le temps de m'exprimer complètement. D'abord des bruits, des grognements, des cris qui me meurtrissaient la gorge. Et pour finir, des mots :

— ... Vous ne savez pas d'où je sors ? Mon premier souvenir est un coup de poing sur la bouche. Je le vois s'approcher de mon visage : c'était un poing plus gros que ma tête... Parce que je pleurais... Depuis j'ai toujours eu peur de pleurer... Je pleurais parce que j'avais faim. Ou froid. Les deux peut-être. De grands dortoirs ; et qui volait le plus en avait davantage. Si vous êtes méchants, on vous fera sortir le diable du corps, avec des coups. Et si vous êtes gentils, vous aurez droit à la plus grande des récompenses. La plus grande des récompenses, c'est qu'on vous laissera tranquilles. Essayez un peu de vivre comme ça. Essayez de vivre de telle façon que la plus grande, la plus merveilleuse des récompenses de ce sacré monde, ce sera justement cela : qu'on vous fiche la paix !

« Puis un bout de temps avec Tousseul et les gosses. Quelque chose de merveilleux : je « faisais partie »... Cela ne m'était jamais arrivé auparavant. Deux ampoules jaunes et un feu ouvert, et cela éclairait l'univers. Tout ce qu'il y a et tout ce qu'il faut qu'il y ait jamais.

« Enfin, le grand changement : vêtements propres, plats cuisinés, la classe cinq heures par jour, Christophe Colomb et le roi Arthur, et le manuel d'éducation civique, édition de 1925, qui explique la fosse septique (notamment). Au-dessus de tout ça, un grand morceau carré de glace. On le regarde fondre et l'on sait que c'est à cause de vous que Mlle Kew... non ! elle a trop de sang-froid pour jamais en parler. Mais cela n'empêche pas les sentiments. Tousseul prenait soin de nous parce que cela faisait partie de son mode d'existence. Mlle Kew prenait soin de nous sans que cela fît en aucune façon partie de sa manière de vivre. C'était simplement quelque chose qu'elle voulait faire.

« Elle avait une étrange conception du bien et une idée non moins surprenante du mal. Mais elle y tenait, et cherchait à nous améliorer par ses idées. Quand elle ne comprenait pas, elle s'imaginait qu'elle n'avait pas réussi... Et il y avait un fameux tas de choses qu'elle ne comprenait pas. Ce qui réussissait, c'était à cause de nous. Ce qui allait de travers, c'était à cause de ses erreurs. Cette dernière année, c'était... bon, rien !

— Alors ?

— Alors, je l'ai tuée. Ecoutez... (Je sentais qu'il fallait me hâter de parler. J'avais le temps, certes ; mais il fallait me débarrasser de tout ça :) Je vais vous raconter tout ce que j'en sais. Le jour avant celui où je l'ai tuée, je m'étais réveillé alors qu'il faisait grand jour dans des draps qui craquaient de fraîcheur. Le soleil traversait les rideaux blancs. Il y avait aussi l'armoire remplie de vêtements, à moi... Vous comprenez, à moi. Jamais, auparavant, je n'avais jamais rien eu à moi. Et Miriam s'affairait à préparer le petit déjeuner et les jumelles riaient. Elles riaient avec elle, vous comprenez, et non l'une avec l'autre, comme auparavant.

Dans la pièce voisine, Janie saute et chante. Je sais qu'elle aura un visage brillant. Je me lève. Il y a de l'eau chaude, vraiment chaude, le dentifrice me mord la langue. Le complet me va. Je descends et ils sont tous là. Et je suis heureux de les retrouver et ils sont heureux de me revoir. Mlle Kew descend et nous lui disons bonjour.

« Et la matinée passe. Nous avons classe. Il y a récréation. Dans le grand salon, les jumelles, le bout de la langue entre les dents, dessinent l'alphabet au lieu de l'écrire. Janie peint un vrai tableau ; une vraie vache, des arbres et une palissade jaune qui fuit au loin. Moi-même, je suis perdu dans une équation du second degré. Mlle Kew se penche sur moi et m'aide. Et je sens le parfum du sachet qu'elle accroche parmi ses robes. Je lève la tête pour mieux sentir. On entend les casseroles et marmites remuées sur le fourneau de la cuisine.

« Et l'après-midi passe. Encore l'étude et la récréation dans le jardin. Les jumelles se donnent la chasse. Elles courent comme tout le monde, pour se rattraper l'une l'autre. Et Janie mouchette ses feuillages pour qu'ils soient conformes à ce que Mlle Kew affirme qu'ils doivent être. Et Bébé est dans son parc. Il ne bouge pas beaucoup. Il se contente de regarder et de baver un peu. Et il se laisse gaver de nourriture. Et il se laisse laver, frotter, brosser, de façon à être plus brillant qu'une feuille de fer-blanc neuve.

« On dîne. C'est le soir. Et Mlle Kew nous lit quelque chose. Elle change de voix pour chaque personnage de l'histoire. Elle lit vite et chuchote quand il y a quelque chose qui l'embarrasse, mais jamais elle ne saute rien.

« Il fallait partir. Il fallait la tuer. C'est tout.

— Tu ne m'as pas dit pourquoi, dit Stern.

— Qu'est-ce que vous êtes, idiot, ou quoi ?

Il ne dit plus rien. Je me remets sur le ventre. Je pose le menton dans les mains et je le regarde. On ne peut jamais savoir comment il est en train de réagir. Mais je me doute quand même qu'il est intrigué.

— Je vous ai expliqué pourquoi.

— A moi ?

Je comprends soudain qu'il ne faut pas trop lui demander. Je commence lentement :

— Nous nous réveillions tous ensemble. Tous nous faisions ce que quelqu'un d'autre voulait. Nous vivions tout le long du jour selon la volonté de quelqu'un d'autre. Nous pensions les pensées de quelqu'un d'autre. Nous parlions les mots de quelqu'un d'autre. Janie peignait les tableaux de quelqu'un d'autre. Bébé ne parlait plus à personne. Et, tous, nous étions heureux et satisfaits. Vous comprenez, maintenant ?

— Pas encore.

— Seigneur !... (Je réfléchis, puis :) On ne *mixollait* plus, comprenez-vous ?

— Bien sûr. Mais après la mort de Tousseul, c'était la même chose, non ?

— Non, c'était très différent. C'était comme une voiture qui a une panne d'essence. La voiture est toujours là. Elle n'a rien. Tandis que, avec Mlle Kew, ce n'était pas la même chose : la voiture était entièrement démontée.

Il réfléchissait à son tour. Finalement, il prit la parole :

— Ce que nous pensons nous fait accomplir des choses curieuses. Certaines nous semblent tout à fait sans motifs, stupides, folles, Et, pourtant, il y a un fondement : dans tout ce que nous faisons, il existe une chaîne solide, inattaquable, une logique. Creusez à une profondeur suffisante et vous trouverez la cause et l'effet aussi clairement dans ce domaine que dans tous les autres. Attention : je dis logique, je n'ai pas dit justesse, justice où rien de la sorte. Logique et vérité sont deux choses très différentes. Mais elles se confondent pour l'esprit qui est le créateur de cette logique... Dans ton cas, je vois bien ce que tu veux mettre en évidence : que pour préserver ou recréer ce lien qui vous unissait, il te fallait te débarrasser de Mlle Kew. Mais je ne vois pas la logique de tout cela. Je ne vois pas très bien comment le fait de retrouver la possibilité de *mixoller* valait de détruire cette sécurité que vous veniez de trouver, et qui, tu l'admets toi-même, était agréable.

Désespéré, je lui répondis :

— Peut-être qu'il ne valait pas la peine de la détruire ?

— Cela valait certainement la peine puisque tu as fait ce que tu as fait. Peut-être que les choses te paraissent différentes après coup. Mais au moment où tu as été poussé à l'action, ce qui était important, c'était de détruire Mlle Kew. De retrouver ce que vous aviez perdu à cause d'elle. Pourquoi ? Je ne vois pas. Toi non plus, du reste.

— Comment allons-nous le savoir ?

— Eh bien, attaquons le passage le plus pénible maintenant.

— Je suis prêt.

— Bon, alors raconte-moi tout ce qui est arrivé juste avant.

★

... Je trébuchai parmi les événements de cette dernière journée, essayant d'entendre les voix et de retrouver le goût des aliments. La sensation du toucher un peu raide des draps revenait, disparaissait, revenait :

— Ce que je viens de vous raconter au sujet des enfants faisant des choses selon la volonté d'autrui au lieu de la leur, et de Bébé qui ne parlait plus, et du bonheur de tout le monde, et, pour finir, comment j'ai dû tuer Mlle Kew... Il m'a fallu beaucoup de temps pour y arriver. Et beaucoup de temps aussi pour m'y décider. Je suppose que j'étais couché. J'ai réfléchi pendant quatre heures avant de me lever. Il faisait nuit. J'ai quitté ma chambre. Il faisait noir. Pas un bruit. J'ai traversé le hall. Je suis entré dans la chambre de Mlle Kew. Je l'ai tuée.

— Comment ?

— C'est tout ! C'est tout ! criai-je, de toutes mes forces. (Puis je me calmai :) Il faisait très noir... Il faisait encore très noir... Je ne sais pas. Je ne veux pas savoir. Elle nous aimait. Je le sais bien. Mais je devais la tuer.

— Très bien ! Très bien ! fit Stern. Inutile d'insister. Tu...

— Quoi donc ?

— Tu es fort pour ton âge, n'est-ce pas, Gérard ?

— Oui ! Je suppose assez fort.

— Oui !

Je m'étais mis à marteler de mon poing le divan, un coup par mot :

— Je ne comprends toujours pas de quelle logique vous parliez : pourquoi-ai-je-dû-faire-ça ?

— Assez ! me dit-il. Tu vas te faire mal.

— Il faut que je me fasse mal.

— Ah ?

Je me levai, allai chercher de l'eau.

— Que dois-je faire ?

— Dis-moi ce que tu as fait après l'avoir tuée. Jusqu'au moment où tu es venu ici ?

— Pas grand-chose. C'était hier soir. J'ai pris son carnet de chèques. Je suis retourné dans ma chambre. Un peu abruti. J'ai enfilé mes vêtements. Mais

164

je n'ai pas mis mes chaussures. Je les tenais à la main. Puis je suis sorti. J'ai marché. Très longtemps. J'ai essayé de penser. Je suis entré à la banque dès l'ouverture. J'ai encaissé un chèque de douze cents dollars. Je me suis mis dans l'idée de me faire soigner par un psychanalyste. Et j'ai passé presque toute la journée à en trouver un. Je suis venu ici. C'est tout.

— Tu n'as pas eu de difficulté à encaisser le chèque ?

— Je n'ai jamais de difficulté à faire faire par les gens ce que je veux leur faire faire.

— Ah ?

— Oui, je sais ce que vous pensez. Je n'ai pas pu faire faire ce que je voulais par Mlle Kew.

— C'est exact, ça en fait partie.

— Si j'y avais réussi, lui dis-je, elle n'aurait plus été Mlle Kew. Pour le banquier, tout ce qu'il fallait lui faire faire, c'était son métier de banquier.

Soudain, je compris pourquoi il passait son temps à tripoter le tuyau de sa pipe : c'était pour lui permettre de baisser les yeux et empêcher qu'on le regarde en face.

— Tu l'as tuée, dit-il, et tu as détruit quelque chose qui vous était précieux. Il faut croire que cette chose était moins précieuse pour toi que ce que tu avais en commun avec les gosses. Et tu n'es pas sûr de la valeur de cette chose ?... Cela décrit assez bien ce qui te gêne ?

— A peu près.

— Est-ce que tu sais ce qui pousse à tuer ?... Non ? C'est le désir de survivre. Le désir de protéger son moi, ou quelque chose qui s'identifie à ce moi. Et, dans ce cas, cela ne colle pas. Etant donné que votre combinaison avec Mlle Kew avait une plus grande valeur, vous offrait une sécurité plus grande, tant pour toi que pour ton groupe, que la combinaison antérieure.

— Peut-être alors que la raison que j'avais de la tuer était une mauvaise raison ?

— Non. Puisque tu l'as tuée. Mais nous n'avons pas fait la lumière là-dessus. Je veux dire que nous avons le motif. Mais que nous ne savons toujours pas pourquoi il avait une telle importance. La réponse se trouve quelque part en toi.

— Oui. Mais où ?

Il arpentait la pièce.

— Le récit de la vie se suit bien... Bien sûr, il y a de la fiction mêlée aux éléments objectifs. Il existe, en outre, des secteurs qui ne sont pas suffisamment explicites, mais enfin nous avons un début, un milieu et une fin... Maintenant, je ne jurerais pas que la réponse ne réside pas dans ce pont que tu t'es refusé de passer. Tu te rappelles ?

Oui, je me souvenais.

— Dans ces conditions, est-ce que nous ne pourrions pas essayer quelque chose d'autre ?

— Parce que tu viens de le dire. Pourquoi évites-tu cette chose ?

— Vous n'allez pas recommencer à couper les cheveux en quatre ?

Parfois, ce gars m'énervait.

— Oui, ça me gêne. Je ne sais pas pourquoi. Mais c'est ainsi.

— Quelque chose se dissimule. Tu veux l'atteindre. Mais la chose se défend. Tout ce qui oppose cette résistance est peut-être ce que nous recherchons. Ce qui te gêne est caché, non ?

— Euhhh... oui !...

De nouveau, cette nausée, et j'écartai la chose. Mais non, je ne voulais plus m'arrêter :

— Allons-y.

Je me recouchai.

Il me laissa regarder le plafond, écouter le silence, puis :

— Tu es dans la biliothèque. Tu viens de rencontrer Mlle Kew. Elle te parle. Elle te met au courant au sujet des enfants.

Je restai immobile. Rien ne se produisait. Si. La tension montait en moi. Cela partait des os. De plus en plus fort. Cela devenait de plus en plus douloureux. Mais rien ne se produisait toujours.

Je l'entendis se lever. Traverser la pièce. Cliquetis. Bourdonnement. Tout à coup, ma voix :

— *Eh bien, il y a Janie. Elle a douze ans comme moi. Et Bonnie et Beany qui ont huit ans. Ce sont des jumelles. Et Bébé. Bébé a trois ans.*

Et le son de mon propre cri.

Puis un blanc.

★

Quand j'émergeai du gouffre, les poings en avant, des mains robustes me saisirent. J'ouvris les yeux. J'étais trempé. Le thermos était renversé. Stern, agenouillé à mon côté, me tenait les poignets. Je cessai de me débattre :

— Qu'est-ce qui s'est passé ?

— Seigneur, dit Stern, quel métier !

Je me tenais le crâne et je gémissais. Il me jeta la serviette éponge.

— Qu'est-ce qui m'a donné ce choc ?

— J'ai enregistré sur bande tout ce que tu m'as dit. Comme tu ne réussissais pas à retrouver le fil tout seul, j'ai tenté de t'aider en te faisant entendre ce que tu avais raconté auparavant. Ce système opère parfois des miracles.

— Cette fois-ci, ça a fait un vrai miracle ; je crois bien que j'ai eu un plomb qui a sauté.

— Exactement. Tu as failli toucher ce que tu ne veux pas te rappeler. Et tu as préféré t'évanouir.

— Qu'est-ce qui vous fait tant plaisir ?

— Nous brûlons, dit-il, encore un tout petit effort.

— Attention. Je pourrais bien flamber tout à fait.

— Allons donc, il y a longtemps que tu gardes cet épisode dans ton subconscient et tu n'en es pas mort. Cela ne t'a pas fait trop de mal.

— Vous en êtes bien sûr ?

— Pas assez pour te tuer.

— Qu'est-ce qui vous prouve que de ramener ça à la lumière ne me tuera pas ?

— Tu verras bien.

Décidément, il me donnait l'impression de savoir ce qu'il faisait.

— A présent, tu te connais beaucoup mieux, m'expliquait-il, tu comprends les motifs... Ne te fais pas de mauvais sang. Fais-moi confiance. Si ça va trop mal, nous arrêterons. A présent, détends-toi. Regarde le plafond. Pense à tes orteils. Ne les regarde pas. Tes orteils, tes gros orteils. Ne les fais pas bouger, mais tu les sens. Compte-les en commençant par le gros orteil. Un, deux, trois... Tu le sens, le troisième orteil ? Tu le sens qui devient mou ? Mou, mou, mou. Tout à fait mou. Les orteils de chaque côté deviennent mous à leur tour. Tes orteils sont mous Mous, mous, mous...

— Qu'est-ce que vous êtes en train de faire ?

De la même voix soyeuse :

— Tu me fais confiance. Tes orteils me font confiance. Ils sont tout mous, parce que tu as confiance en moi. Tu...

— Vous êtes en train d'essayer de m'hypnotiser. Je ne veux pas de ça. Je ne vais pas...

— C'est toi-même qui es en train de t'hypnotiser. Tu fais tout toi-même. Je me borne à te donner des explications. Je t'ai indiqué tes orteils. Personne ne peut te faire aller là où tu ne veux pas te diriger. Et tu veux aller dans la direction que t'indiquent tes orteils. Qui sont mous, mous, mous...

Et ainsi de suite. Ainsi de suite. Où étaient les ornements dorés ? la lumière dans l'œil ? les passes magiques ? Il n'était même pas assis là où j'aurais pu le voir. Et il n'insistait pas sur la fatigue que j'étais censé éprouver. Parce qu'il savait que je n'avais pas sommeil. Que je ne voulais pas avoir sommeil. Je voulais seulement être orteils mous, mous, mous. Orteils. Dix orteils. Onze orteils. Onze. J'ai onze ans...

Je me sépare en deux parties. Et c'est parfait ainsi. Une partie qui regarde l'autre partie qui revient dans

la bibliothèque où Mlle Kew se penche sur moi.
Mais pas trop près. Et le journal craque sous moi, qui
n'ai qu'un soulier et mes orteils se balancent, mous,
mous, mous... Et je suis légèrement surpris. Car ceci
est l'hypnose. Et j'en jouis consciemment. Et Stern
est là un peu plus loin. Et moi je reste parfaitement
capable de me tourner, de me rasseoir. De lui parler.
De me lever. De sortir, si je veux. Mais justement, je
ne veux pas. Si c'est cela le sommeil hypnotique, j'en
suis tout à fait partisan.

Là, sur la table, je distingue l'ornement doré, sur
le cuir. Et je puis rester près de la table avec vous,
avec Mlle Kew, avec Mlle Kew...

... Et Bonnie et Beany ont huit ans, elles sont jumelles. Et Bébé. Bébé a trois ans.

— Bébé a trois ans, dit-elle.

Il y eut une pression, une séparation, une brisure...
Et dans une agonie de douleur, un cri de triomphe
qui noie la souffrance, nous y voilà.

Et voici l'intérieur. En un éclair unique. Tout cela.

... Bébé a trois ans. Mon bébé aura trois ans. S'il y
avait un tel bébé. Mais il n'y en a jamais eu...

Tousseul, je m'ouvre à toi. Est-ce assez ?

Ses prunelles semblables à des roues. Je suis
convaincue qu'elles tournent. Mais je ne les ai jamais
surprises en train de tourner. La sonde invisible qui
passe dans son cerveau, à travers ses yeux, dans les
miens, sait-il ce que cela signifie pour moi ? Cela lui
fait-il quelque chose ? Cela ne lui fait rien. Il ne sait

pas. Il me vide. Et il m'emplit. Et je lui obéis. Il boit, attend, et ne regarde jamais le verre où il a bu.

La première fois que je l'ai vu, je dansais au vent. Dans la nature. Je tourbillonnais. Et il se tenait là, dans les ombres feuillues. A m'observer. Et je le détestais à cause de cela. Ce n'était pas ma forêt, ce n'était pas mon vallon passementé d'or et de fougères. Il m'a pris la danse. Il l'a gelée à tout jamais. Je l'en ai détesté. Détesté sa façon de se sentir engoncé jusqu'au mollet dans la terre molle et mouillée, semblable à un arbre qui aurait eu des racines pour pieds et des vêtements couleur d'argile. Puis je me suis arrêtée, je suis restée immobile. Et il n'était plus qu'un homme, un grand singe d'animal d'homme. Et toute ma haine est devenue crainte, tout à coup, et j'étais toujours aussi gelée.

Il savait ce qu'il faisait et cela lui était égal. La danse... Ne plus jamais danser parce que plus jamais je ne saurais si les bois étaient libres de la présence, du regard des animaux-hommes sales et indifférents. Jours d'été où les vêtements m'étouffaient, nuits d'hiver quand les chères convenances m'entouraient comme un suaire ! Et ne plus jamais danser, ne plus jamais danser sans me rappeler cette secousse, ce choc que je ressens à l'idée qu'il me regarde ! Comme je le détestais. Oh ! comme je l'ai détesté !

Danser seule où personne ne savait, unique chose que je me sois dissimulée alors que j'étais connue sous le nom de Mlle Kew, cette personne de dix-neuf ans, plus vieille que son âge, et anachronique, correcte, amidonnée, linon, dentelles, solitude. A présent, certes, j'étais tout ce qu'on affirmait sur mon compte. Jusqu'à la moelle. Pour toujours et à jamais. Parce qu'il m'avait dérobé la seule chose que j'eusse osé garder secrète.

Il était venu à moi dans le soleil. Il a marché sur moi la tête inclinée d'un côté. Je restais où j'étais, glacée, entre la colère et la terreur. J'avais encore le bras tendu, arrondi, la taille ployée pour la danse et, quand il s'arrêta, je respirai enfin parce qu'il le fallait.

— Vous lisez des livres ? me demanda-t-il.

Je ne pouvais souffrir de l'avoir si proche. Mais je ne pouvais bouger. Il déplia sa rude main, me toucha la bouche, me leva le menton jusqu'à ce que je fusse obligée de le regarder dans les yeux. Je voulais me dérober, mais mon visage ne pouvait fuir sa main.

— Il faut que vous me lisiez des livres pour moi, dit-il, je n'ai pas le temps de les trouver.

— Qui êtes-vous ? lui demandai-je.

— Tousseul, répondit-il. Vous allez lire des livres pour moi ?

— Non ! non ! Laissez-moi m'en aller, laissez-moi m'en aller ! (Mais il ne me tenait pas.) Quels livres ?

Il me tapota le visage. Doucement, je levai la tête. Il laissa retomber la main : ses yeux. Les iris allaient tourner.

— Ouvrez là-dedans, dit-il, ouvrez et que je puisse voir.

J'avais une bibliothèque dans la tête et il en lisait les titres... Non, il ne lisait pas les titres, puisqu'il ne savait pas lire. Il regardait ce que je connaissais de ces livres. Tout à coup, je me sentais terriblement inutile parce que je ne possédais qu'une petite partie de ce qu'il désirait.

Il aboya :

— Ça ? Qu'est-ce que c'est ?

J'avais compris. Il m'avait trouvé cela dans la tête. J'ignorais même que cela s'y trouvait, mais lui, il l'avait trouvé.

— *Télékinésie* (1) ! dis-je.

— Comment ça se fait ?

— Personne ne sait si ça peut se faire : bouger des objets matériels par la force de l'esprit.

— C'est faisable, dit-il, et ça ?

— *Téléportation* ? La même chose. Ou presque : bouger son corps avec la force de son esprit.

— Oui !

— *Interpénétration moléculaire ; télépathie ; clairvoyance*. Je ne sais rien sur tout ça. Je crois que ça n'a pas de sens.

— Lis. Ça n'a pas d'importance que tu comprennes ou que tu ne comprennes pas. Ça ? Qu'est-ce que c'est ?

Là, dans mon cerveau, sur mes lèvres :

— *Gestalt* (2).

— Qu'est-ce que c'est ?

(1) *Télékinésie : du préfixe télé :* loin, marquant l'idée d'un phénomène qui se produit au loin, et *kinésis :* mouvement. (N.D.T.)

(2) *Gestalt :* du mot allemand qui signifie forme, aspect. etc., s'emploie en philosophie pour désigner la théorie selon laquelle les propriétés d'un phénomène psychique ou d'un être vivant ne résultent pas de la simple addition des propriétés de ses éléments, mais de l'ensemble des relations entre ces éléments. (N.D.T.)

— Un groupe. Comme si c'était un traitement unique pour plusieurs maladies différentes. Comme plusieurs pensées exprimées en une phrase. L'ensemble est plus grand que la somme des parties.

— Ah ! il faut que tu lises tout ce qui est écrit. C'est là-dessus qu'il faut lire le plus. C'est important.

Il fit demi-tour et, quand ses yeux quittèrent les miens, ce fut comme si quelque chose s'était brisé. Je chancelai, m'abattis sur le genou. Il s'enfonça dans les arbres sans se retourner. Je rentrai en courant, pleine de colère et de crainte. Je savais que je lirais ces livres. Je savais que je retournerais dans le vallon. Je savais que plus jamais je ne pourrais danser.

Donc, j'ai lu les livres et je suis retournée dans le vallon. Je retournai tous les jours, pendant cinq ou six jours. Parfois, quand je n'avais pas trouvé un livre, je passais une dizaine de jours sans revenir. Il attendait dans l'ombre et il prenait ce qu'il lui fallait des livres, et rien de moi. Jamais il ne m'a fixé un nouveau rendez-vous. J'ignore et j'ignorerai toujours s'il ne venait que quand je venais ou bien s'il venait tous les jours dans le petit vallon.

Il me forçait à des lectures qui ne contenaient rien qui me fût destiné. Des livres traitant de l'évolution des espèces, de sociologie et d'anthropologie, de mythologie et de biologie. La symbiose le retenait tout particulièrement. Nous ne faisions pas la conversation. Cela se limitait parfois à de simples grognements de surprise ou d'intérêt.

Il m'arrachait ce qui l'intéressait exactement comme on arrache des mûres à la ronce. Il sentait la sueur et la terre, et la sève verte écrasée sur son passage à travers les halliers.

Ce qu'il apprenait du monde des livres ne le transformait pas du tout.

Un jour il me demanda :

— Est-ce qu'il y a un livre qui a quelque chose comme ça (ici une longue pause) : Les termites ne peuvent pas digérer le bois. Mais les microbes qui vivent dans leur ventre peuvent le digérer. Et les termites mangent ce que les microbes laissent. Qu'est-ce que c'est ?

— La symbiose ! Deux genres de vie qui dépendent l'un de l'autre pour exister.

— Oui ! Est-ce qu'il y a un livre sur cinq ou six espèces qui font ça ensemble ?

— Je ne sais pas.

— Et ça ? Vous avez un poste émetteur. Il y a cinq ou six récepteurs, chacun est disposé pour recevoir quelque chose de différent. Un creuse et l'autre vole et l'autre fait du bruit. Mais tous sont commandés par le même. Chacun a sa chose à faire mais ils sont séparés. Est-ce qu'il y a une vie comme ça, au lieu de la radio ?

— Une vie où chaque organisme fait partie du tout mais reste distinct ? Je ne crois pas. A moins que vous ne parliez de l'organisation de la société ? L'équipe ou la bande ? Ils travaillent tous à part et prennent les ordres d'un même chef.

— Non, pas comme ça. Comme un seul animal !

Il fit un geste de ses mains en coupe que je compris.

Je demandai :

175

— Vous voulez dire une forme de vie qui soit *gestalt* ? C'est incroyable !

— Pas de livre là-dessus, non ?

— Je n'en ai jamais entendu parler.

— Il faut que je sache... Ça existe. Je veux savoir si ça s'est déjà produit.

— Je ne vois pas qu'il y ait quoi que ce soit de la sorte qui existe.

— Si : ça existe. Une partie qui va chercher. Une partie qui pense. Une partie qui trouve. Et une partie qui parle.

— Parle. Seulement des paroles humaines.

— Je sais, dit-il.

Et il partit.

Je devais chercher, chercher encore. Mais je ne devais rien trouver qui y faisait penser, même de très loin. Je le lui ai dit. Il resta sans parler, très long-temps. Puis il braqua sur moi ces iris qui donnaient toujours cette impression qu'ils allaient se mettre à tourner.

— Tu apprends, dit-il, mais tu ne penses pas... C'est ce qui arrive toujours avec les humains, dit-il un peu plus tard. Ça se produit en détail sous votre nez, et vous ne voyez rien. Vous avez des gens qui peuvent bouger des choses avec leur tête. Vous avez des gens qui peuvent se faire bouger par l'esprit. Vous avez des gens qui peuvent calculer n'importe quoi si on le leur demande ; si on pense à leur demander. Ce que vous n'avez pas, c'est l'espèce de personne qui peut les mettre ensemble. Comme un cerveau réunit les parties qui poussent et les parties qui tirent et celles qui sentent la chaleur, et qui marchent, et pensent, et toutes les autres choses... Moi j'en suis un, dit-il pour finir.

Puis il resta silencieux pendant si longtemps que je crus bien qu'il m'avait oubliée.

— Tousseul, qu'est-ce que vous faites dans les bois ?

— J'attends, répondit-il, je ne suis pas encore fini, dit-il. Non, pas « fini » comme vous le comprenez. Je veux dire que je ne suis pas encore complet. Vous savez, le ver de terre, quand on le coupe, il se remet à pousser. Oubliez qu'on le coupe. Supposez que le même ver grandisse comme ça pour la première fois. Vous comprenez ? Il y a des morceaux qui s'ajoutent. Je ne suis pas fini. Je veux un livre sur le genre d'animal que je suis, une fois qu'il est terminé.

— Je ne connais pas de livre comme celui-là. Dites-moi tout ce que vous pouvez à ce sujet. Si vous pouviez, peut-être que je trouverais le livre ou que je saurais où me le procurer.

Il avait pris un bâton entre ses doigts, l'avait cassé, placé les deux bouts l'un à côté de l'autre et il recommençait :

— Tout ce que je sais, c'est que je dois faire ce que je suis en train de faire exactement comme un oiseau doit faire son nid quand la saison vient. Tout ce que je sais est que quand je serai terminé il n'y aura pas de quoi se vanter. Un corps plus rapide et plus fort que tout ce qu'on aura jamais vu jusque-là, mais avec une mauvaise tête dessus, pas la tête qu'il faut. Maintenant, c'est peut-être parce que je suis un des premiers. La gravure que tu m'as montrée...

— L'homme du Néanderthal ?

— Ouais. Eh bien, maintenant que j'y pense, ce n'était pas un grand crack. Un essai dans une nouvelle spécialité ! C'est ce que je serai moi ! Mais peut-être que la tête qu'il faut viendra une fois que je serai tout organisé. Alors ce sera quelque chose !

Il grogna de satisfaction et s'en fut.

★

Plus j'essayais et moins je comprenais ce qu'il voulait. Dans une revue, on disait que la prochaine étape de l'évolution chez l'homme serait psychique plutôt que physique. Mais on ne soufflait mot d'un organisme *gestalt* (appelons-le ainsi). Il y avait quelque chose à propos des moisissures mais c'était plutôt une activité d'amibes organisées en essaim que quoi que ce fût se rapprochant d'une symbiose proprement dite.

Pour mon petit esprit anti-scientifique, aux intérêts tout personnels, il n'existait rien de ce qu'il voulait, si ce n'est peut-être une fanfare dont chaque membre joue d'un instrument différent selon une technique propre, dont chaque membre joue des notes différentes, et dont l'ensemble forme quelque chose d'unique. Mais il ne pensait à rien de ce genre.

Donc, un soir d'automne, je le revis. Il prit le peu qu'il put trouver dans mes yeux, se détourna avec colère, eut un mot grossier que je ne me permettrai pas de ne pas oublier.

— Tu ne peux pas le trouver, me dit-il, ne reviens pas.

Il alla s'appuyer à un vieux bouleau contrefait,

un peu plus loin, à regarder les ombres secouées par le vent. Je crois qu'il m'avait déjà oubliée. Je sais qu'il sursauta quand je lui adressai de nouveau la parole :

— Tousseul, lui dis-je, ne me reproche pas de ne pas avoir trouvé, j'ai essayé de mon mieux.

— Reproche, reproche ? Qui est-ce qui reproche quoi, à qui ?

— Je ne t'ai pas donné satisfaction, et tu es furieux.

Il me regarda pendant si longtemps que je me sentis mal à l'aise.

— Je ne sais pas de quoi tu parles.

Je ne voulais pas le laisser s'en aller. Il l'aurait fait. Il m'aurait quittée pour toujours sans même y penser. Cela ne lui faisait rien du tout. Ce n'était ni de la cruauté ni de la négligence. Simplement il n'y pensait pas plus qu'un chat ne pense à la tulipe qui est en train de fleurir.

Je le pris par les épaules et le secouai. C'était comme si j'avais essayé de secouer la façade de ma maison.

— Vous pouvez comprendre, lui dis-je, quand je lis, vous comprenez bien. Vous devez savoir ce que je pense.

Il secoua la tête.

— Je suis une personne, criai-je, une femme ! Je vous ai rendu des services et encore des services et vous ne m'avez rien donné en échange. Vous m'avez fait rompre des habitudes de toujours. Vous m'avez fait lire jusqu'à des heures indues. Vous m'avez forcée à venir sous la pluie, ou le dimanche. Et vous ne me parlez même pas. Vous ne me regardez même pas. Vous ne savez rien de ce qui me regarde et ça vous laisse indifférent. Vous m'avez jeté je ne sais pas quel sort que je n'ai pas pu briser. Et une fois que c'est fini, vous me dites : « Ne revenez plus ! »

— Est-ce qu'il faut que je vous donne quelque chose parce que je vous ai pris quelque chose ?

— Ça se fait d'habitude.

— Qu'est-ce que tu veux que je te donne : je n'ai rien.

Je m'écartai de lui. Je sentais... Je ne sais pas ce que je sentais.

— Je ne sais pas, lui dis-je... Je veux que...

— Quoi ?

— Je ne sais pas. Mais il y a quelque chose. C'est quelque chose que je ne pourrais pas dire si je savais seulement ce que c'est... Quoi ! Vous avez lu les livres dans mes yeux et vous ne pouvez me lire, moi ?

— Je n'ai jamais essayé.

Il leva son visage et s'approcha.

— Voyons !...

Ses yeux projetaient leur étrange sonde en moi, et je me mis à crier. J'essayai de me dégager. Je n'avais pas voulu ça, j'en étais sûre. Je luttai. Je pense qu'il me souleva du sol de ses grandes mains. Il me tint ainsi en l'air jusqu'à ce qu'il eût terminé. Je m'assis par terre, sanglotant. Il s'assit à côté de moi.

— Quelle salade, là-dedans, dit-il. Trente-trois ans ! Quel besoin avez-vous de vivre comme ça !

— Mais je mène une vie très confortable, lui répondis-je, légèrement mortifiée.

— Ouais ! Toute seule depuis dix années sauf quelqu'un pour faire votre travail. Personne d'autre.

— Les hommes sont des animaux et les femmes...

— Vous détestez vraiment les femmes. Elles savent toutes ce que vous ne savez pas.

— Je ne veux pas savoir. Je suis tout à fait heureuse comme je suis.

— Mon œil !

Je ne répondis rien : je méprise cette façon de s'exprimer.

— Tu veux deux choses de moi. Aucune n'a de sens. Tu veux savoir d'où je viens, comment je suis devenu ce que je suis, tout.

— Oui ! Je veux ça. Quelle est l'autre chose que je veux que tu saches et moi pas ?

— Je suis né quelque part et j'ai poussé comme une mauvaise herbe comme j'ai pu, dit-il sans faire attention à moi. Des parents qui n'ont même pas essayé de me mettre à l'orphelinat, comme ça se fait d'habitude. J'ai vagabondé, je me suis entraîné à devenir un bon idiot de village. J'y aurais réussi, mais j'ai pris les bois au lieu de ça.

— Pourquoi ?

— Sans doute parce que la façon de vivre des gens n'avait aucun sens pour moi. Ici, je peux pousser comme je veux.

— Et comment est-ce ?

— Ce que je voulais trouver dans vos livres.

— Vous ne me l'avez jamais dit.

— Tu apprends, mais tu ne penses pas. Il existe une sorte de personne qui est faite de parties différentes, mais c'est une seule personne. Elle a comme des mains, elle a comme des jambes, elle a comme une bouche qui parle, et comme un cerveau. Et c'est moi le cerveau de cette personne. Sacrément faible, mais c'est le seul qu'on ait jusqu'ici.

— Vous êtes fou.

— Non, je ne suis pas fou, répliqua-t-il, pas le moins du monde offensé, mais certain, tout à fait certain, de ce qu'il affirmait. J'ai déjà la partie qui est comme les mains. Je peux les bouger où je veux. Elles font ce que je veux. Bien qu'elles soient trop jeunes pour faire tout ce qu'il faudrait. J'ai la partie qui parle. Celle-là est tout à fait bonne.

— Je ne crois pas que vous parliez très bien. (J'ai horreur des expressions incorrectes.)

Il eut l'air surpris :

— Je ne parle pas de moi. Elle est par là-bas avec les autres.

— Elle ?

— Oui ! Celle qui parle. Maintenant j'ai besoin de quelqu'un qui pense. De quelqu'un qui peut prendre n'importe quoi et l'additionner à n'importe quoi d'autre et donner la réponse correcte. Et une fois qu'ils seront tous ajustés, que toutes les parties seront habituées à fonctionner ensemble aussi souvent qu'il faudra, je serai cette nouvelle sorte de chose que je vous disais. Comprenez ? Seulement... j'espère que j'aurai une autre tête que la mienne.

— Et qu'est-ce qui vous a fait entreprendre cette chose-là ?

Il me dévisagea gravement.

— Qu'est-ce qui vous a fait pousser des poils sous les bras ? me demanda-t-il. Une chose comme celle-là ça ne se décide pas. Simplement, ça se produit.

182

— Qu'est-ce que c'est... qu'est-ce que vous faites quand vous me regardez dans les yeux ?

— Il vous faut un nom ? Je n'en ai pas, aucun. Je ne sais pas comment je le fais. Je sais que je peux forcer qui je veux à faire ce que je veux, comme vous, vous allez être forcée de m'oublier tout à fait.

— Je ne veux pas vous oublier, dis-je d'une voix étranglée.

— Mais si. (Je ne savais pas alors s'il voulait dire que j'allais oublier ou que je voudrais oublier.) Vous allez me détester et puis, longtemps après, vous allez me remercier. Peut-être qu'un jour vous pourrez faire quelque chose pour moi. Vous serez si reconnaissante que vous serez contente de me rendre service. Mais vous aurez tout oublié sauf une sorte de sentiment. Et mon nom... peut-être.

— Et personne ne saurait jamais pour ce qui est de vous et de moi ?

— Pas possible... sauf peut-être la tête de l'animal comme moi ou un autre. Moi ou un meilleur.

Il se leva.

— Attendez, criai-je.

Non ! il ne devait pas partir. Non ! cette grande sale bête d'homme me captivait, m'avait captivée et c'était déplorable.

— Vous ne m'avez pas donné l'autre chose... Quoi que ce soit.

— Oh ! dit-il, *ça* !

Il partit comme l'éclair. Une pression et une cassure. Et dans une agonie de douleur, dans une vague de triomphe qui noyait la souffrance, c'était la fin.

★

... J'en sortais sur deux plans différents :

Onze ans, essoufflé, rompu du choc de cette agonie, de ce viol de l'identité d'autrui.

Et (en même temps, parallèlement) :

Quinze ans : couché sur le divan de Stern, Stern qui continuait à chantonner.

— Doucement, très doucement, les chevilles et les mollets, mou, mou, aussi mou que les orteils, ton ventre se détend, la nuque aussi molle que l'abdomen, tranquille, doucement, et tout est tranquille, mou, mou, mou. Encore plus mou.

Je m'assis, balançai les jambes.

— Ça colle, déclarai-je.

Stern avait l'air légèrement ennuyé :

— Je pense que ça va marcher, dit-il, mais seulement si tu veux m'aider. Etends-toi...

— Ça *a* marché, dis-je.

— Quoi ?

— Tout : de *a* jusqu'à *z*. (Je claquai des doigts :) Comme ça !

— Que veux-tu dire ?

— C'était à partir d'où vous l'avez dit : dans la bibliothèque. Quand j'avais onze ans. Au moment où elle a dit : « Bébé a trois ans. » Ça a déclenché quelque chose qui bouillait en elle depuis trois ans et le tout est sorti d'un seul coup. J'ai tout capté, bille en tête. J'étais un gosse. Sans avertissement et pas de défense. Et il y avait une douleur, dans tout ça, comme je ne savais pas qu'il pouvait en exister.

184

— Continue, dit Stern.

— Mais c'est tout ce qu'il y a. Je veux dire que ce n'est pas tant ce que c'est, que l'effet que ça a provoqué sur moi. Ce que c'est ? Une tranche de sa vie à elle. Un tas de choses qui se sont produites étalées sur une période d'environ quatre mois. Tout. Elle a connu Tousseul.

— Tu veux dire que c'était une suite entière, une série d'épisodes ? L'espace d'une seconde.

— Exactement. Ecoutez : pendant cette seconde, j'ai été Mlle Kew, vous comprenez ? J'étais elle, tout ce qu'elle a jamais fait, tout ce qu'elle a pu penser ou sentir ou entendre. Tout, tout, tout. Et dans l'ordre. Le vrai.

« Si je veux vous raconter tout ce que j'ai mangé à déjeuner, est-ce qu'il me faut vous raconter tout ce que j'ai fait depuis ma naissance ? Non ! Je vous dis que j'étais elle, et depuis ce moment. Je me rappelle tout ce qu'elle pouvait se rappeler jusqu'à ce moment. En un éclair.

— Un *gestalt !* dit Stern.

— Ah ! fis-je. Pourquoi est-ce que je n'ai pas su tout ça auparavant ?

— Parce que tu ne pouvais pas te souvenir, quelque chose t'en empêchait, une censure.

— Mais je ne vois vraiment pas pour quelle raison. Pas du tout.

— Une répugnance naturelle, dit-il. Ecoute, tu ne voulais pas, même un instant, vivre avec un moi féminin.

— Vous m'avez dit vous-même, au début, que je ne souffrais pas de ce genre de complexe.

— Alors, qu'en penses-tu ? Ecoute, tu as éprouvé une douleur à revivre cet épisode ? Peut-être que tu ne voulais pas le revivre précisément de crainte d'avoir à resouffrir ?

— Laissez-moi réfléchir ! Oui ! ça en fait partie ! ce truc de rentrer dans la peau de quelqu'un d'autre. Elle m'a laissé parce que je lui rappelais Tousseul. Je suis entré dans sa peau. Je n'étais pas prêt. Je ne l'avais pas fait auparavant. Sauf peut-être un peu. J'y suis allé jusqu'au bout et c'était trop. Ça m'a détourné d'y revenir, pour de nombreuses années. Et le tout était emballé, mis sous clef. Hors d'atteinte. Mais à mesure que je grandissais, le pouvoir de mon esprit, la possibilité de le faire ne cessaient de grandir. Et pourtant je redoutais toujours de m'y remettre. Et plus je grandissais, plus profondément je sentais qu'il... il fallait tuer Mlle Kew avant qu'elle tue le... ce que j'étais, ce que je suis...

Ici je me mis à hurler :

— Est-ce que vous savez ce que je suis ?

— Non ! répondit Stern. Mais peut-être que tu aimerais me le dire ?

— Oui, ça me ferait plaisir.

Il avait cette expression professionnelle d'homme à l'esprit large qui ne croit ni ne nie, simplement qui enregistre. Je voulais lui dire, mais soudain, je m'avisai de ceci : que les mots me faisaient défaut. Je connaissais les réalités, mais non leurs noms.

Tousseul prenait les sens et rejetait les mots.

Voir plus haut : « Vous lisez des livres. Lisez des livres pour moi. »

186

Le regard de ses yeux. Cette façon d'*ouvrir les choses*.

J'approchai de Stern. Il me regarda. J'approchai davantage.

Il eut d'abord un mouvement de recul. Puis il se rapprocha lui aussi.

— Seigneur, murmura-t-il, je n'avais pas encore vu ces yeux. On jurerait qu'ils vont tourner comme des roues.

Stern lisait des livres. Il avait lu plus de livres que je n'aurais jamais imaginé qu'on eût pu en écrire. Je cherchai ce qui m'était nécessaire.

Je ne puis dire exactement à quoi cela ressemblait, comme de marcher dans un tunnel, et dans ce tunnel, des murs ; et du toit, des bras tendus vers vous, des bras de bois semblables à ceux des carnavals, vous savez bien, ceux des manèges qui retiennent les anneaux de cuivre qu'on doit arracher si l'on veut faire un nouveau tour...

... Ça va, lui dis-je, tout va bien.

— Que m'as-tu fait ?

— Il me manquait quelques mots. Allons, allons, reprenez votre air professionnel.

Là, il m'a fallu l'admirer. Il a fourré sa pipe dans sa poche, pressé ses doigts contre son front et ses joues. Puis il s'est redressé et il s'est retrouvé dans son assiette.

— Je sais ce que c'est, lui dis-je. C'est ainsi que Mlle Kew s'est trouvée quand Tousseul lui a fait la même chose.

— Mais qu'est-ce que vous êtes ?

— Ce que je suis ?... Je vais vous le dire : le ganglion central d'un organisme complexe qui se compose, *primo* : de Bébé, cerveau électronique ; *secundo* et *tertio :* Bonnie et Beany : téléportation ; Janie, télékinésie, et moi-même, télépathie et contrôle central. Tout ça est connu et reconnu depuis longtemps. Il y a la téléportation des yogis, la télékinésie de quelques joueurs professionnels, et surtout les *poltergeist* ou esprits frappeurs, les objets qui se baladent à travers les maisons. Seule différence : chacune de mes parties donne son numéro sans la moindre bavure.

« Tousseul avait organisé la chose, ou l'avait formée autour de lui, peu importe. J'ai remplacé Tousseul. Mais je n'étais pas de taille au moment de sa disparition. Et, de plus, il y a eu cette censure à cause de Mlle Kew. Vous aviez raison à ce sujet. Mais ce n'est pas tout. Il y a une autre raison pour laquelle je ne pouvais pas franchir la barrière de *Bébé a trois ans.*

« Vous m'avez demandé ce que je plaçais au-dessus de la sécurité qui nous était apportée par Mlle Kew. Vous ne voyez pas ce que c'est maintenant ? A cause de cette sécurité : mon organisme *gestalt* était sur le point de disparaître. J'ai compris qu'il fallait qu'elle meure ou alors ce serait notre mort à Nous. Oh ! il resterait les pièces et les morceaux, oui ! Il resterait deux petites filles de couleur parlant avec difficulté, une petite fille blanche portée sur l'introspection et la peinture de chevalet, un idiot mongoloïde, et moi-même : quatre-vingt-dix pour cent d'inhibition, dix pour cent de délinquance juvénile.

J'éclatai de rire.

— Aucun doute, il fallait la tuer.

Stern produisit un bruit de bulles, puis parvint à s'exprimer :

— Je ne... fit-il, je ne vois pas...

— Inutile, inutile. C'est merveilleux. Vous êtes excellent. Vous avez été parfait. Que je vous dise, ce sera une curiosité pour le technicien que vous êtes. Vous avez parlé d'inhibition. Je ne pouvais pas dépasser cette barrière de *Bébé a trois ans*. Parce que c'est là que résidait, justement, le dilemme. Je ne pouvais pas me souvenir de cela précisément parce que je craignais de me rappeler que j'étais deux choses différentes : le petit garçon de Mlle Kew et en même temps quelque chose d'infiniment plus grand. Je ne pouvais pas être les deux à la fois. Et je ne voulais libérer ni l'un ni l'autre.

— Et à présent, vous pouvez ?

— Oui !

— Et maintenant quoi ?

— Que voulez-vous dire ?

— Il ne vous est pas venu à l'idée que peut-être votre *gestalt organismus* est peut-être déjà mort, à l'heure qu'il est ?

— Impossible.

— Qu'en savez-vous ?

— Comment est-ce que votre tête sait que votre bras fonctionne ?

— Ah ! oui !... Et alors, quoi ?

— Est-ce que l'homme de Pékin a regardé l'*homo sapiens* debout sur les deux membres inférieurs et lui a demandé : « Alors quoi ? » Nous allons vivre, un point c'est tout. Vivre comme un homme. Comme un arbre. Comme n'importe quoi d'autre de vivant. Nous allons manger et faire des expériences et nous multiplier. Et nous défendre. Nous ferons exactement ce que nous aurons à faire, naturellement, au jour le jour.

— Mais que pouvez-vous espérer ?

— Que peut faire un moteur électrique ? Tout dépend à quoi vous l'attelez.

— Mais que voulez-vous en tirer ?

Je réfléchissais. Stern attendait que j'eusse fini de réfléchir :

— Vous comprenez : depuis ma naissance, les gens m'ont donné des coups de pied au cul. Jusqu'au moment où Mlle Kew m'a pris chez elle. Et qu'est-ce qui est arrivé alors ? Elle a failli me tuer... Tout le monde s'est bien amusé, sauf moi ; le genre d'amusement qui consiste à flanquer des coups de pieds au cul à ceux qui ne peuvent pas se défendre. Ou alors, on vous fait des chatteries jusqu'à ce que vous leur apparteniez ou qu'ils vous aient tué... Et moi aussi je veux m'amuser un peu... C'est tout.

— T'en as fait du chemin, hein ! depuis que tu es entré ici.

— Vous êtes un très bon Jivaro.

— Merci beaucoup, dit-il, amer. Tu t'imagines sans doute que tu es guéri, à présent ? Adapté, prêt à tourner ?

— Bien sûr ; vous, vous ne le croyez pas ?

Il secoua la tête.

— Tout ce que tu as découvert, c'est ce que tu étais. Tu as encore un tas de choses à apprendre.

Je voulais garder mon sang-froid.

— Comme, par exemple ?

— Comme par exemple de trouver ce qui arrive aux gens qui sont forcés de vivre avec leur culpabilité. Tu es différent, Gerry, mais pas *si* différent que ça.

— Alors je devrais me sentir coupable d'avoir défendu ma propre vie ?

Mais il ne voulut pas répondre à cela.

— Autre chose, dit-il, tu as dit je ne sais plus quand que tu avais été furieux contre tout le monde pendant toute ta vie. C'est ton genre de vie. Tu ne t'es pas demandé pourquoi ?

— Non ! Je n'y ai jamais pensé.

— Il y a une bonne raison à ça : c'est que tu te sentais seul. C'est la raison pour laquelle tu attachais tant d'importance au fait de vivre avec les enfants et avec Mlle Kew.

— Et alors ? Il me reste toujours les enfants !

— Non, les enfants et toi, vous formez un seul être. Unique. Et ça ne s'est jamais vu... Vous êtes seul, SEUL.

— Assez ! lui dis-je. (Le sang commençait à me battre aux oreilles.)

— Penses-y, ajouta-t-il, très doucement ; tu peux, vous pouvez faire pratiquement n'importe quoi. Vous pouvez tout avoir. Mais rien de tout cela ne vous empêchera d'être seul.

— Taisez-vous. Tout le monde est seul.

— C'est exact, mais il y a quelques personnes qui apprennent à vivre avec cette solitude.

— Comment ça ?

— A cause de quelque chose dont tu ignores tout. Et même si je te le disais, cela n'évoquerait pas grand-chose pour toi.

— Dites-le toujours.

— C'est ce qu'on appelle parfois : la morale.

— Je suppose que vous avez raison : je ne sais pas ce que c'est. (Je m'étais déjà repris en main. Je n'étais pas forcé d'écouter ce genre d'histoires :) Je vois ce que c'est : vous avez peur de l'*Homo Gestalt*.

— Quelle jolie terminologie bâtarde, dit-il.

— C'est que, justement, nous sommes une race un peu bâtarde aussi. Tenez, asseyez-vous donc là.

Il s'assit derrière son bureau. Je me penchai sur lui et il s'endormit, les yeux ouverts. Puis je pris le thermos et je le remplis. Je remis une serviette propre sur l'oreiller du divan. J'ouvris le tiroir où était le magnétophone.

Beany fut tout de suite là.

— Regarde bien, lui dis-je ; ce que je voudrais, c'est effacer ce qui est sur cette bande. Va demander à Bébé comment il faut faire.

Elle cligna de l'œil, se pencha. Elle était là, puis elle avait disparu. Et elle était revenue. Elle tourna deux boutons. Un cliquetis. La bande se mit à courir en sens contraire.

— Parfait, lui dis-je, et maintenant, caltez, volaille.

Elle s'était déjà éclipsée.

J'avais remis mon veston. Stern était toujours assis derrière le bureau, regardant sans rien voir.

— L'excellent Jivaro, dis-je, le meilleur des réducteurs de têtes.

J'attendis un instant devant la porte, dehors. Puis je rentrai.

Stern leva la tête.

— Assieds-toi dans ce fauteuil, fiston, dit-il.

— Pardon, m'sieur, lui répondis-je, je me suis trompé de bureau.

— Ça ne fait rien...

Je sortis et refermai la porte derrière moi.

Tout le long du chemin, jusqu'au commissariat, je souriais.

On enregistrerait ma déclaration et ce serait une bonne chose de faite.

Parfois, j'éclatais de rire en pensant à Stern.

Comment allait-il s'expliquer l'après-midi perdu et les mille dollars gagnés ?

C'était beaucoup plus drôle que si j'avais été obligé de penser à son cadavre.

Et, d'ailleurs, la morale, est-ce que ça existe ?

3

LA MORALE

— Et qu'est-ce qu'il est, par rapport à vous, mademoiselle Gérald ? demanda le shérif.

— Gérard, pas Gérald, dit-elle. (Elle avait de grands yeux vert gris, une bouche étrange.) C'est mon cousin.

— Bien sûr, nous sommes tous plus ou moins cousins. Il faut que vous m'en appreniez un peu plus long, mademoiselle.

— Eh bien, dit-elle, il était dans l'armée de l'Air, il y a déjà sept ans. Il a eu... euhhh ! quelques ennuis, et on l'a réformé. Pour raison de santé.

Le shérif feuilleta le dossier qui se trouvait devant lui sur la table.

— Vous connaissez le nom du médecin ?

— Le Dr Thompson en premier ; le Dr Bromfield ensuite. C'est le Dr Bromfield qui a obtenu la réforme.

— Ouais ! Je suppose que vous le connaissez un peu, tout compte fait... Qu'est-ce qu'il faisait avant d'entrer dans l'armée de l'Air ?

— Il était ingénieur... C'est-à-dire, il aurait été ingénieur... s'il avait fini ses études.

— Et pourquoi n'a-t-il pas terminé ses études ?

Elle haussa les épaules.

— Il a disparu.

— Et comment savez-vous qu'il se trouve ici ?

— Je le reconnaîtrais n'importe où... J'ai vu... J'étais là quand la chose a eu lieu.

— Ah ! oui ! vous êtes au courant. (Le shérif grogna, referma le dossier.) Ecoutez, mademoiselle Gérard, évidemment, ça ne me regarde pas, d'accord. Mais vous avez l'air d'une jeune fille gentille et bien élevée. Pourquoi ne l'oubliez-vous pas, purement et simplement ?

— J'aimerais le voir, si c'était possible, répondit-elle, très calme.

— Il est fou, dit le shérif. Est-ce que vous le saviez ?

— Je ne crois pas qu'il le soit.

— Passer son poing à travers une vitrine d'étalage de magasin, comme ça, pour rien !

Elle se taisait. Il tenta un nouvel effort :

— Il est sale. A peine s'il se souvient de son propre nom...

— Est-ce que je peux le voir ?

Le shérif grogna une nouvelle fois, se leva.

— S'ils avaient eu le moindre bon sens, ces aliénistes de l'armée de l'Air, dit le shérif, ils l'auraient flanqué là où il n'aurait plus eu l'occasion de casser des vitres... C'est par ici, mademoiselle.

Les murs étaient des plaques d'acier, rivées comme sur un navire de guerre, et enduites d'une peinture crème et moutarde. Le bruit des pas résonnait longuement. Le shérif ouvrit une grille, poussa une lourde porte. Puis il referma la grille et la porte, et ils se trouvèrent, elle marchant devant lui, dans une sorte de grange de ciment, d'où partait une sorte de balcon ; sur le balcon s'alignaient les cellules d'acier, grillées sur l'extérieur. Il faisait froid. Il se sentait très seul.

— Où est-il ?

Il se trouvait dans une cellule du bout.

— Attention, toi, et tâche de te lever, Barrows ! fit le shérif. Y a une dame pour te voir.

Le prisonnier ne bougea pas. Il était à demi couché sur son bat-flanc rembourré, et portait le bras en écharpe, une écharpe sale.

— Impossible, vous n'en tirerez pas un seul mot, jamais, mam'zelle !

— Laissez-moi entrer, demanda-t-elle, que je puisse lui parler.

Il lui ouvrit, à contrecœur. Elle pénétra dans la cellule, se retourna vers le shérif.

— Puis-je m'entretenir avec lui, seule ?

— A vos risques et périls, alors !

Elle fit la moue.

— Bon ! finit-il par dire. Je ne m'éloigne presque pas. Si vous avez besoin de secours : vous gueulez... Et toi, Barrows, si tu essaies un de tes sales tours, je te fous une balle à travers le cou.

Et il referma la porte derrière la jeune fille.

Quand les pas se furent éloignés, elle s'approcha de l'occupant de la cellule :

— Hip ! souffla-t-elle. Hip Barrows !

Ses yeux éteints glissèrent dans leur cavité jusqu'à être à peu près fixés sur elle. Puis les paupières
s'abaissèrent en une sorte de clin d'œil.

Elle s'agenouilla à son côté.

— Monsieur Barrows, murmura-t-elle, vous ne me
connaissez pas. Je leur ai raconté que j'étais votre
cousine. Je veux vous aider.

Il se taisait.

Elle poursuivit :

— Je vais vous faire sortir d'ici.

Longuement, il la regarda. Puis ses yeux se diri-
gèrent vers la porte, aux barreaux, pour revenir se
fixer sur le visage de sa visiteuse.

— Vous ne voulez pas sortir d'ici ?

De nouveau, ce regard éloquent. Il se taisait.

Elle lui toucha le front, la joue. Elle montra l'écharpe autour du bras.

— Ça fait très mal ?

A grand-peine, il réussit à porter son regard sur
son bras.

Elle le questionna :

— Vous n'allez pas parler ? Rien dire ? Vous ne
voulez pas que je vous rende service ?

Il se taisait. Cela durait depuis si longtemps qu'elle
se leva.

— Je crois qu'il vaut mieux que je m'en aille.

Elle se rapprocha de la porte.

— Pourquoi ? demanda-t-il.

Elle reprit sa place près de lui.

— Parce que vous êtes sale et qu'on vous bat, et
que cela vous est égal. Et que rien de tout ça ne
réussit à cacher ce que vous êtes véritablement.

— Vous êtes folle, dit-il.

Elle sourit.

— C'est ce qu'on dit de vous. Vous voyez que nous avons quelque chose de commun.

Il jura comme un malpropre.

Nullement atteinte, elle répliqua :

— Pas moyen de vous dissimuler derrière ça non plus. Maintenant, écoutez-moi bien. Deux personnes viendront vous voir cet après-midi. Le médecin et l'avocat. Et nous réussirons à vous faire sortir d'ici ce soir.

Il leva le visage et, pour la première fois, ses traits parurent s'animer. Il grogna :

— Quel genre de médecin ?

— Pour votre bras seulement, dit-elle sans changer de ton, pas un psychiatre. Vous n'aurez plus jamais à supporter ça.

Il laissa sa tête retomber sur le sol. Ses traits reprirent leur aspect inexpressif. Elle attendit. Il se taisait. Elle alla à la porte et appela le shérif.

★

Ce ne fut pas très difficile.

Il avait été condamné à soixante jours de prison. Mais l'avocat fit facilement admettre qu'il aurait fallu donner le choix entre cette peine et une amende. Et cette amende fut payée. Dans ses vêtements immondes, et le bras toujours en écharpe, une écharpe immaculée, Hip Barrows fut conduit au-dehors.

Il ignora absolument le shérif qui récitait le chapelet de ses menaces, au cas où cette cloche se permettrait de jamais reparaître dans la ville.

La jeune fille attendait dehors.

Stupide, Hip s'immobilisa sur les marches du perron, cependant que la jeune fille s'entretenait avec l'avocat. Puis il n'y eut plus d'avocat et la jeune fille lui toucha le coude.

— Allons, Hip, venez.

Il la suivit, comme s'il avait été un lapin mécanique. Ils tournèrent deux coins de la rue plus loin. Ils laissèrent derrière eux trois groupes d'immeubles. Enfin, ils arrivèrent devant une maison isolée dont l'entrée s'ornait de vitres de couleurs ; une grande baie garnissait la façade. La jeune fille ouvrit la porte d'entrée avec une clef ainsi qu'une porte donnant sur le hall, mais avec une autre. Hip se trouva dans la chambre à la grande baie. La pièce était haute de plafond, aérée, claire.

Pour la première fois, il bougea tout seul, spontanément. Puis il leva le coin d'un napperon et demanda :

— Votre chambre ?

— La vôtre !

Elle vint près de lui et lança les deux clefs sur la commode :

— Vos deux clefs !

Elle ouvrit le premier tiroir de la commode :

— Vos chaussettes, dit-elle, et vos mouchoirs.

Puis elle frappa des phalanges sur les tiroirs suivants :

— Chemises, caleçons !

Indiquant une porte :

— Deux complets là-dedans. Je pense qu'ils seront à votre taille. Une robe de chambre, des pantoufles, des chaussures.

Elle désigna une autre porte :

— La salle de bains est là. Il y a des serviettes, du savon et un rasoir.

— Un rasoir ?

— Mais oui, quiconque a des clefs peut aussi avoir un rasoir ; tâchez de vous rendre présentable. Je reviendrai dans un quart d'heure. Est-ce que vous savez de quand date votre dernier repas ?

Il secoua la tête de gauche à droite, puis de droite à gauche.

— Il va y avoir quatre jours que vous n'avez rien mangé, dit-elle.

Il cherchait encore quelque chose à lui dire. Mais elle avait déjà passé la porte. Il contempla la porte, puis s'écroula sur le lit.

Il se gratta le nez. Ses doigts glissèrent le long de ses joues, le long de son menton. Ça grattait, il y avait des différences de niveau. Il se souleva à moitié, murmura : « Du diable si je le fais ! » et se recoucha. Et puis, sans savoir comment, il se retrouva dans la salle de bains, à se regarder dans le miroir. Il se mouilla les mains, se mit de l'eau sur la figure, enleva la crasse avec un coin de serviette, se regarda de nouveau dans le miroir, grogna, prit le savon.

Ensuite, il trouva les sous-vêtements, les chaussettes, les pantoufles, chemise, veston, et ainsi de suite. A se regarder un peu mieux, il regretta l'absence d'un peigne. Déjà, elle apparaissait, les mains chargées de paquets. Puis elle lui sourit, le paquet ouvert sur la table, lui tendant le peigne. Il le prit sans rien dire, se mouilla les cheveux, se peigna.

— Entrez, lui dit-elle, c'est prêt.

Elle avait ôté la lampe de dessus la table de nuit et elle avait disposé, côte à côte, un plat ovale où attendait un steak bien tendre, une bouteille d'*ale* et une bouteille de *stout*, ainsi qu'une énorme pomme de terre coupée en deux avec du beurre dessus, des petits pains roulés dans une serviette, et de la salade déjà apprêtée dans un bol de bois.

— Je ne veux rien, dit-il.

Et, immédiatement, il céda à la tentation. Plus rien n'exista au monde, pendant un instant, que cette bonne nourriture qui lui remplissait la bouche, le palais, la gorge, et le parfum de la bière, et l'odeur magique du pain grillé.

Mais quand il eut fait place nette de tout ce qu'il y avait à manger, la table et les plats firent mine de lui sauter à la figure. Et il se vit dans l'obligation de retenir le meuble, des deux mains. Et il se mit à trembler de toutes ses forces. Elle lui parla, derrière lui :

— Allons. Tout va bien.

Et elle plaça ses mains sur son épaule, et elle le força à se rasseoir. Il voulut lever la main, mais ne put y réussir. Elle lui essuya le front et la lèvre supérieure avec la serviette.

Puis il rouvrit les yeux. Il regarda autour de lui.

Oui, elle était là, assise sur le bord du lit, en train de le regarder silencieusement. Il sourit docilement.

— Eh ben ! dit-il.

Elle se leva.

— Ça ira mieux maintenant ! dit-elle. Vous feriez mieux de vous coucher. Bonne nuit.

Elle avait été dans la pièce. Elle n'y était plus. Il se trouvait seul, à présent. Cela faisait un changement difficile à supporter, impossible à comprendre. Il porta les yeux sur la porte, dit : « Bonne nuit ! » seulement parce que c'étaient les derniers mots qu'elle avait prononcés.

Puis il s'accrocha aux bras du fauteuil et il força ses jambes à obéir. Il réussissait à se tenir debout, mais c'était tout. Il s'écroula la tête en avant, mais il parvint à tomber sur le lit. Et ce fut l'obscurité.

★

— ... Bonjour !

Il dormait à poings fermés, les mains serrées sur les joues et les genoux ramenés contre son corps. Il referma les yeux pour empêcher la lumière d'y pénétrer. Il ne voulut pas sentir le léger balancement du matelas quand elle s'assit sur le rebord du lit. Il se prépara à ne pas entendre ce qu'elle dirait. Mais son odorat le trahit : il n'avait pas prévu qu'on aurait apporté du café dans la chambre à coucher et maintenant, ce café, il le désirait ardemment. Avant d'avoir songé à le refuser.

Il pensait confusément. Si elle parlait, pensait-il, si elle lui reparlait, il lui montrerait. Oui ! Il allait rester au lit jusqu'à ce qu'elle se remette à parler et, quand elle reparlerait, il l'ignorerait et il resterait encore couché.

Un peu de temps passa.

Si elle ne parlait pas, n'est-ce pas, il ne pourrait l'ignorer.

Il ouvrit les yeux, furieux, et fit les gros yeux. Elle était assise au pied du lit, à le regarder tranquille, le corps immobile. Mais la bouche et les yeux étaient en mouvement.

Il toussa, ferma les yeux, les rouvrit. Elle ne le regardait plus. Il promena les doigts sur sa poitrine.

— J'ai dormi tout habillé, dit-il.

Elle répondit : « Buvez votre café. » Elle n'avait toujours pas bougé. Elle avait l'œil gris vert, triangulaire, vu de profil. Au loin, le café. Une énorme cafetière. Une grande tasse qui fumait. Du café noir, du café fort, qui sentait bon : « Mmm », fit-il rien qu'à le tenir. « Mm », fit-il en le buvant.

Il admira l'éclat du soleil, la marquise d'étoffe que le vent soulevait et rabattait, l'ovale dessiné par l'éclat d'une glace reflété sur le mur. Il reprit de ce bon café. Il se redressa.

— Douche ! dit-il, en se sentant en sueur.

— Allez-y, dit la jeune fille.

Elle alla prendre un réchaud électrique dans le placard. Lui réussit à ouvrir trois boutons de sa chemise. Les autres vinrent tout seuls. La jeune fille ne regardait pas. Elle se contentait de faire ce qu'elle avait à faire. Il se trouva dans la salle de bains, en train de faire couler eau chaude et eau froide sur son échine. Puis il se frotta, s'enduisit de mousse

savonneuse. La pensée lui venait de quelque part :
« *Seigneur, je ressemble à un xylophone ! Il faut que
je me refasse un peu, ou je serai malade et...* » La
même pensée se retourna sur elle-même : « *Je ne
dois pas me porter bien. Devenir vraiment malade.
Devenir vraiment malade. Rester malade. Devenir
plus malade.* »

Furieux, il se demanda :

« Qui me dit de devenir plus malade ? »

Il ferma le robinet, mit pied à terre ; puis, pre-
nant une serviette éponge de dimensions exception-
nelles, il commença à s'en frotter le crâne. Bientôt,
il jeta la serviette par terre pour en reprendre une
autre et poursuivre ses frictions jusqu'à se rendre
écarlate. Enfin, il gagna la chambre. La robe de
chambre attendait sur un fauteuil. Il l'enfila.

La jeune fille préparait dans un plat trois œufs
dont les jaunes intacts furent bientôt glissés dans
une assiette. Elle le servit. Il mangea aussi des rôties
dorées, où le beurre coulait dans les crevasses du
pain. Sans oublier le lard ni trop dur ni trop mou.
Puis de la marmelade couleur rayon de soleil. Ensuite, il but du café. Puis il mangea encore. Et, pendant ce temps, elle était assise, sa chemise aux boutons arrachés sur ses genoux.

Il la regardait. Et quand elle eut fini de coudre,
il voulut reprendre sa chemise. Mais elle secoua la
tête.

— Non, pas celle-là. Une propre.

Pendant qu'il s'habillait, elle remettait tout en ordre, rangeait la vaisselle. Quand elle eut terminé,
elle lui refit son pansement.

— La plaie se cicatrise. Vous pouvez vous passer de l'écharpe maintenant.

Elle avait l'air satisfaite.

Dehors, un loriot poussait son cri : une note chantée, puis interrompue, qui retombait comme brisée un peu plus loin. Une mouche bourdonnait. Un petit chat essayait de l'attraper. Puis la mouche s'arrêtait de bourdonner. Le petit chat avait perdu de vue la mouche. La mouche reprenait son bruit. Le petit chat sautait deux pattes en avant. Et ainsi de suite.

Tout était paix et tranquillité dans la pièce.

Puis elle se leva, simplement parce qu'il était temps de le faire. Elle prit un sac à main, alla jusqu'à la porte, et attendit. Il se leva, la rejoignit. Ils sortirent.

Dehors, ils allèrent vers une pelouse où des enfants jouaient au ballon. Ils les regardèrent. Un peu plus loin, près de la mare aux canards, elle cueillit une primevère qu'elle lui mit à la boutonnière. Puis ils s'assirent sur un banc public. Un homme qui poussait un chariot rouge vint vers eux. Elle lui acheta une paire de saucisses de Francfort et une bouteille d'eau minérale qu'elle tendit à Hip.

— Mangez, dit-elle, buvez.

Il mangea. Il but.

Le temps passait tranquillement.

Quand il se mit à faire noir, ils rentrèrent. Elle lui prépara son dîner. La dernière bouchée avalée, il se mit à bâiller.

— Bonne nuit ! lui dit-elle, et elle disparut.

Le lendemain, ils prirent l'autobus et déjeunèrent au restaurant.

Le surlendemain, ils restèrent dehors un peu plus tard parce qu'ils écoutaient la fanfare au kiosque à musique.

Puis il y eut l'après-midi où ils entrèrent dans un cinéma. Dehors, il pleuvait. Il regardait les images sans piper. Il ne souriait pas et restait insensible à la musique.

— Votre café...

— Allons voir cette blanchisseuse !

— Bonne nuit !...

Voilà les choses qu'elle lui disait. Le reste du temps, elle surveillait son visage et, sans rien demander de plus, elle attendait.

★

... Il ouvre les yeux. Mais il fait trop noir ! Où est-il ? Le visage est là devant lui : le front énorme et creux, d'énormes verres de lunettes, le menton pointu. Le visage est là devant lui : le front énorme et de ce visage. Puis il s'avise que le visage n'est pas dans la chambre à coucher, mais dans sa tête. Et le visage se dissipe. Non ! Plus exactement, il sait que le visage n'est pas là. Il est furieux. Pourquoi le visage n'est-il pas là ? Il se demande :

« Qui est-ce ? »

Et il se répond :

« Je n'en sais rien. Je n'en sais rien. Je n'en sais rien. »

Sa voix est un gémissement qui s'affaiblit, qui s'affaiblit jusqu'au moment où elle n'est plus. Il aspire à plus grands traits. Et quelque chose se brise en lui et il se met à pleurer.

Quelqu'un lui a pris la main. Une main, puis l'autre, les deux mains. Quelqu'un tient ses mains réunies. C'est la jeune fille. Elle a entendu, elle est accourue : il n'est plus seul.

Plus seul ! Les mots, l'idée le font pleurer plus fort, amèrement. Il lui tient les poignets comme elle se penche sur lui.

Elle ne le quitte pas jusqu'à ce qu'il aille mieux. Elle reste encore auprès de lui, jusqu'à ce qu'il lui lâche les mains. Il les a lâchées, il s'est endormi. Elle tire la couverture jusqu'au menton et sort sur la pointe des pieds.

Il est assis sur le bord du lit et regarde la vapeur monter de la tasse, se répandre, se mêler aux rayons du soleil. Quand elle place les œufs sur le plat devant lui, il a les lèvres qui remuent. Elle reste debout, qui attend.

Il finit par dire :

— Est-ce que vous avez déjà déjeuné ?

Quelque chose s'allume dans son regard et elle secoue la tête.

Il contemple son assiette, comme s'il y cherchait quelque chose. Pour finir, il l'écarte.

— Prenez ceci, dit-il : je vais en préparer d'autres.

Elle s'assied et mange. Il se lève. Il prépare des œufs. Pas aussi bien qu'elle. Au dernier instant, il se souvient qu'il faut faire griller le pain et il le brûle. Mais elle n'a pas essayé de lui venir en aide, même quand il a eu l'air perdu et s'est gratté la joue, le front plissé. Puis il a quand même trouvé ce qui lui manquait : la tasse. La seconde tasse, sur le buffet. Il lui verse du café, prend sa propre tasse et boit. Et elle sourit une seconde fois.

— Comment vous appelez-vous ? demanda-t-il.

— Janie Gérard.

— Oh !

Elle l'examine sérieusement, va prendre le sac qui pend au pied du lit, l'ouvre et y prend un morceau de métal. C'est un morceau d'alliage d'aluminium de profil ovale, pareil à beaucoup d'autres, à première vue. Mais il est flexible, tressé et non pas embouti. Elle place le morceau de métal dans sa main gauche dont elle referme les doigts.

Il doit l'avoir vue, puisqu'il regarde sa tasse. Mais il ne resserre pas les doigts. Il prend du pain grillé. Le morceau d'alliage d'aluminium lui échappe des doigts, hésite sur le bord de la table, choit sur le sol. Il beurre son pain grillé.

★

... Ce premier repas pris en commun a changé leur mode de vie. Désormais, il ne se déshabillera plus jamais devant elle. Plus jamais il ne négligera le fait qu'elle n'a pas encore mangé. Et il s'est mis à payer au lieu de le lui laisser faire : l'autobus, l'addition au restaurant. Et, un peu plus tard, il la laissera passer la première, et il lui prendra le bras pour traverser les rues. Il l'accompagnera au marché et portera les paquets.

Maintenant, il se rappelle le nom qu'il porte. Il se souvient même que « Hip » est la forme raccourcie de « Hippocrate ». Mais comment diable, et pourquoi, a-t-il reçu ce nom ? Et où est-il ? Et mille autres questions.

Mais Janie Gérard ne le presse nullement. Elle ne lui demande rien. Elle se contente de passer les journées avec lui. Elle attend. Et l'aluminium tressé est là, bien en vue.

Il est là, à côté de son assiette, au petit déjeuner. On le retrouve dans la salle de bains, passé autour de la brosse à dents. Le revoilà dans la poche de côté de sa veste, où naissent régulièrement et sans qu'il ait à s'en préoccuper, les billets verts. Et, cette fois, la tresse d'aluminium est enroulée autour des billets. Il l'ôte maladroitement et la laisse tomber. Il faut que Janie la ramasse. Elle la place dans la chaussure qu'il va mettre à son pied. Quand il s'est aperçu qu'il ne pouvait pas se chausser, il a mis le morceau de métal par terre, où il est resté. C'est comme si ce morceau d'aluminium était invisible, transparent. Janie ne dit toujours rien. Elle se contente de le replacer sur son chemin, là où il ne saurait lui échapper, inlassablement, avec une patience de pendule.

A présent, les après-midi de Hip commencent à avoir un matin, ses jours, une veille. Son aujourd'hui, un lendemain. Il a commencé à se souvenir d'un banc sur lequel ils se sont assis. Ils sont allés au théâtre et il a su trouver le chemin du retour. Janie le laisse faire, se laisse guider. Bientôt, c'est Hip qui dresse le programme de la journée.

Comme il n'a plus de souvenirs à quoi se raccrocher, les jours qu'il vit sont des jours de découverte. Ils apprennent ensemble à pique-niquer, à prendre l'autobus, à rouler aux quatre coins de l'horizon. Ils découvrent une mare où il y a, outre des canards, des cygnes.

Autres découvertes : un jour, il se trouve au milieu de la pièce et il s'arrête, l'interrogeant du regard.

— Est-ce que je n'ai pas été malade ? lui demande-t-il.

Une autre fois, il s'arrête au pied d'un immeuble lugubre et il dit :

— J'ai été là-dedans.

Enfin, quelques semaines plus tard, il ralentit, fronce le sourcil, et reste pensif devant un magasin d'articles pour messieurs.

— Non ! Je n'ai pas été à l'intérieur. Mais la vitrine...

Et Janie le surveille, à côté de lui.

Il lève lentement la main gauche, la courbe, regarde la cicatrice sinueuse, les deux cicatrices que porte cette main : une longue et une courte, autour du poignet.

— Voilà, dit Janie.

Elle lui fourre le morceau d'aluminium dans la main.

Sans regarder, il referme les doigts dessus, serre le poing. Il a une expression d'étonnement, puis de crainte, enfin quelque chose comme de la colère. Il oscille sur ses pieds.

— Allons ! allons ! fait Janie, doucement, pour le rassurer.

Il grogne, paraît sortir d'une autre vie, la reconnaître. Il ouvre la main, regarde soigneusement le métal, le lance et le rattrape.

— C'est à moi, dit-il. (Puis :) J'ai cassé la vitre de ce magasin. (Il regarde soigneusement le métal, le lance, le rattrape, le fourre dans sa poche, se remet à marcher normalement. Il se tait jusqu'à la maison, mais, dans l'escalier, il parle :) J'ai cassé la vitre. Et ils m'ont fourré en prison. Et vous m'en avez fait sortir. Et j'ai été malade. Et vous m'avez fait venir ici. Et je suis resté ici jusqu'à ma guérison.

Il prend ses clefs et ouvre, s'efface pour la laisser passer :

— Et pourquoi avez-vous fait ça ? lui demande-t-il. Pourquoi ?

— Simplement comme ça, répond Janie.

Sans repos. Il tourna, retourna les poches de ses deux complets et de son veston sport. Il ouvrit les tiroirs, les fouilla. Vainement.

— Quoi ? Qu'est-ce que c'est ?

— Le truc, dit-il, sans précision. Vous savez bien, ce morceau de tuyau, ou un machin de ce genre ?

— Ah ! fit-elle.

— Oui ! je l'avais... Tiens, il est là. (Il s'installa

dans le fauteuil, serrant l'objet dans sa main.) Je ne voudrais pas le perdre. Il y a si longtemps que je l'ai.

— Oui, dit Janie, c'était dans l'enveloppe déposée au greffe de la prison.

— Ah oui !

Elle attendait.

— Je l'ai depuis longtemps, recommença-t-il. Je cherchais un gars qui... Ah ! je ne me rappelle pas.

— C'est très bien comme ça, dit-elle doucement.

Il se prit la tête entre les mains :

— Et j'ai bien failli le trouver. Je l'ai cherché longtemps, très longtemps. Je le cherchais depuis toujours.

— Depuis toujours.

— Eh bien, depuis... Janie, je ne parviens pas à me rappeler.

— Bon !

— Bon ! bon ! bon ! Non ! Mais non ! (Il se redressa.) Je regrette, Janie, je n'avais pas l'intention de vous parler sur ce ton.

Elle sourit.

— Où se trouvait la grotte ?

— Quelle grotte ? fit-elle en écho.

— Une sorte de grotte. Une caverne, quoi, moitié caverne, moitié cabane de rondins. Dans les bois. Où était-ce ?

— Est-ce que je m'y trouvais avec vous ?

— Non ! Je ne me rappelle plus.

— Ne vous faites pas de mauvais sang pour ça.

— Mais si ! Je me fais du mauvais sang à cause de ça. Bien sûr, vous ne comprenez pas ! (De nouveau, il eut l'air d'implorer son pardon. Le regard de Janie le rassura. Il poursuivit, calmé :) Il faut que je me rappelle ; il n'y a rien de plus important au monde. Et je n'y parviens pas.

— Ce sont des choses qui arrivent.

— Ça n'arrive qu'à moi !... Et ça ne me plaît pas du tout, en plus !

— Et ça vous fait un effet !

— Bien sûr !... Et, d'abord, qu'est-ce que je fais ici ? De toute façon, qui êtes-vous, Janie ? Pourquoi faites-vous tout ce que vous avez fait ? Quelle raison avez-vous de le faire ?

— Je veux que vous vous rétablissiez.

— Me rétablir ! Bien sûr ! Non !... Je veux, je dois être malade et le rester. De plus en plus malade, voilà ce qu'il faut que je fasse.

— Et qui vous a dit ça ?

Ce fut un aboiement :

— Thompson ! hurla-t-il.

Après quoi il retomba en arrière, frappé de stupeur. D'une voix d'adolescent qui mue, il murmura :

— Thompson. Thompson. Et qui est Thompson ?

Elle haussa les épaules, le bon sens personnifié.

— C'est sans doute celui qui vous a dit d'être malade.

— Sans doute !... Mais je l'ai vu, ce Thompson. (Il regarda le morceau d'aluminium avec un intérêt accru.) Je cherchais...

— Thompson ?

— Non ! Je n'ai jamais voulu le voir, celui-là... ou plutôt si, pour lui arracher l'intérieur de la tête !

— Ah ! oui ?

— Eh oui !

— Allons, allons, un peu de calme.

— Vous comprenez qu'il était... C'est... C'est... Qu'est-ce qu'elle a, ma tête ?

— Un peu de calme !

— Je ne peux pas... Je ne parviens pas à me souvenir, dit-il. C'est comme... comme quelque chose qui monte au-dessus du sol. Il faut l'attraper. On saute, avec tant de force que les genoux vous en font mal, et les bras tendus aussi loin qu'on peut les étendre. Et vous l'effleurez à peine du bout des doigts... Et on reste là, sur les genoux. Sachant que jamais, même en faisant de son mieux, jamais on ne réussira... Jamais. Jamais.

Il parlait dans un souffle.

Il serra les poings. Il tenait le morceau de métal dans l'un d'eux.

— Oui, j'ai eu ça, il y a très longtemps... Je dois vous donner l'impression que je suis complètement fou, Janie ?

— Oh ! non.

— Vous croyez que je suis fou ?

— Sûrement pas !

— Je suis malade, gémit-il.

Elle éclata de rire, vint vers lui, le tira pour le faire se lever, puis, l'entraînant dans la salle de bains, elle le poussa devant le miroir placé au-dessus du lavabo.

— Hein ? Regardez un peu ! Qui est-ce qui est malade ?

Il regarda le visage solide, bien en chair, qui se

reflétait dans la glace, yeux clairs, cheveu brillant. Surpris, il s'exclama :

— Oui, je n'ai pas eu l'air aussi en forme depuis que j'étais dans... Janie ! est-ce que j'aurais jamais été dans l'armée ?

— Est-ce que vous y avez été ?

— Bien sûr ! Je n'ai pas l'air malade du tout... Ce Thompson, je voudrais bien le casser en deux. Non, deux morceaux, ce n'est pas suffisant. Ou bien lui faire traverser un...

— Lui faire traverser un quoi ?

— C'est drôle. J'allais dire un mur de brique. Mais ce n'était pas ça. Je voudrais lui faire traverser une vitre, une vitrine. Oui, je l'ai vu. Il était debout dans la rue à me regarder. J'ai crié. Je lui ai sauté dessus. Et... et... (Il regarda sa main balafrée :) au lieu de lui taper dessus, j'ai tapé dans la vitre. Bon Dieu !... Et c'est pour ça qu'ils m'ont mis en prison ! Et c'était fini. Saleté de prison : ne pas manger, pourrir sur place, devenir de plus en plus malade. Tout est perdu, plus rien à faire...

— Mais tout espoir n'est pas perdu, maintenant ?

— Non, grâce à vous... Mais vous-même, Janie, qu'est-ce que vous recherchez ?

Elle baissa les yeux, sans répondre.

— Je regrette, je regrette, reprit-il ; j'ai dû vous paraître... Je ne sais pas ce que j'ai, aujourd'hui. C'est que... Dites-moi quand même, Janie, qu'est-ce que j'ai bien pu faire pour vous, Janie ?

— Mais vous vous portez mieux.

— Ce n'est pas suffisant, ça... Où habitez-vous ?

Elle pointa son index en avant.

— De l'autre côté de l'entrée.

Ah ! oui, il se rappelait la nuit où il avait crié.

— Bon ! si nous sortions ?

— D'accord !

Dans sa voix, n'était-ce pas du soulagement ?

★

... Ensemble, ils firent de la périssoire sur les vagues qui roulaient jusqu'à la plage. Ensemble, ils mangèrent de la barbe à papa. Et ils dansèrent. Il se demandait à haute voix où il avait bien pu apprendre à danser. Mais, à part cette allusion, il se garda de parler de tout ce qui le préoccupait la veille. C'était la première fois que, consciemment, il se plaisait en compagnie de Janie. Mais c'était plutôt une circonstance, une occasion, qu'un mode de vie. Jamais il ne l'avait connue aussi rieuse. Jamais il ne l'avait vue ainsi, toujours prête à monter sur ce manège, à goûter ceci ou à essayer cela, ou à aller voir là-bas ce qui s'y passait. Au crépuscule, ils se trouvaient, coude à coude, à la balustrade qui donne sur le lac, en train d'admirer les baigneurs. Des couples d'amoureux se trouvaient dispersés sur la plage, ce qui fit sourire Hip. Il se retourna pour en parler à Janie. Mais son attitude pensive l'en retint. Une vague d'émotion, indéfinissable, subtile, le força à changer de sujet. D'une part, elle était rarement songeuse et il ne voulait pas la distraire. D'autre part, il s'avisait que lui-même ne constituait pas l'unique préoccupation de Janie. Et si l'existence commençait pour Hip à l'instant où Janie avait pénétré dans sa cellule, jamais, auparavant, il n'avait eu le loisir d'imaginer que le quart de siècle vécu par la jeune fille était bien une autre affaire que l'ardoise nette et vide de son passé à lui. Elle l'avait sauvé, pourquoi ? Pourquoi lui ? Que pouvait-elle bien lui trouver, à lui ? Existait-il dans la vie perdue de Hip quelque chose qui pût l'attirer ?

Ces couples d'amoureux... Mais oui ! Il savait très bien, lui pauvre déchet de Hip, il savait ce que c'était. L'âcre amour l'avait gonflé de torpeurs enivrantes... Là-bas, quelque part dans les brumes du passé. Où ? Avec qui ? Dieu savait... Mais ce n'en était pas moins ainsi. Il ressentait même, il obéissait même encore à son réflexe d'alors : *Pas avant que je l'aie abattu*, se répétait-il encore sans savoir au juste de qui il s'agissait... Puis de nouveau le noir... Le brouillard. Mais de toute façon, cette autre chose, qu'il ne se représentait plus que de façon fragmentaire, avait eu pour lui plus d'importance que l'amour, et que le mariage, et que n'importe quelle place ou même qu'un grade de colonel. (Quoi ? Est-ce qu'il aurait jamais rêvé de devenir colonel ? Allez savoir !)

Peut-être que c'était une conquête. Peut-être que Janie était éprise de Hip ? Elle l'aimait ? Elle l'avait vu et la foudre s'était abattue ? Et elle le désirait ? Ce qui expliquait qu'elle prît soin de lui ? Alors ?...

Il fermait les yeux. Il voyait son visage. Il assistait à la projection accélérée d'une séquence d'images prises par la caméra de son esprit de bon mâle... C'étaient les jambes de Janie projetées sur fond de fenêtre ensoleillée, vues à travers le nuage polychrome de sa jupe de soie *Liberty*, sa blouse de paysanne valaque au soleil du matin qui mettait en valeur les bras nus, les épaules nues et la douce courbe de la gorge. Et Janie dansait, allait vers lui, se collait à lui comme si elle et lui avaient été les feuilles d'or de l'électroscope. (*Où avait-il vu, où avait-il travaillé avec un électroscope ? Oui, bien sûr, au...* Non, plus rien. Contact coupé.) Janie à peine visible sur fond noir, nimbée d'une vague clarté dans une brume de nylon, à travers le rideau piquant des larmes qu'il versait, lui, Hip.

Mais non, ce n'était pas l'amour, ça : l'intimité des repas, les promenades ensemble, le silence partagé. Jamais un mot ni un doigt de cour. L'amour est plus exigeant. Janie ne faisait qu'une seule et unique chose : ATTENDRE. Si vraiment elle s'attachait à son histoire obscure, c'était en adoptant une attitude parfaitement passive, en se contentant de se rendre réceptive à ce qu'il jugerait bon de ramener à la lumière. Si elle recherchait un fait ou une action de son passé, est-ce qu'elle ne l'aurait pas éprouvé, harcelé, sondé, questionné ? Que dis-je questionné, retourné sur le gril, et cuisiné à la manière de Thompson et de Bromfield ? (*Mais Bromfield, qui est-ce ?*) Non ! Jamais elle n'avait agi de cette façon. Non ! Ce devait être cette autre chose qui la faisait contempler les couples énamourés avec cette mélancolique retenue, une retenue d'amputé des deux bras enivré de violon.

Image de la bouche de Janie, bouche brillante, immobile, dans l'attente.

Image du corps de Janie, certainement aussi tendre et joli que l'étaient ses épaules et ses bras...

Et puis quelque chose se produisit en lui. Comme si au centre de lui-même était apparu un endroit de vide absolu. Il respira et la magie qui flottait autour d'eux s'évanouit. A part un bref changement d'expression, tous les deux étaient restés parfaitement immobiles. La magie s'était envolée. De nouveau ils étaient deux et non plus un. Mais non... la véritable différence entre il y a une seconde et la seconde présente était en lui et non en elle. Le baiser qui aurait pu naître s'envola.

— On part ? demanda Hip.

En silence ils retournèrent à l'endroit d'où ils étaient partis. Les ampoules avaient beau brûler leurs dérisoires milliers de chandelles, le véritable éclat ils le laissaient derrière eux.

Dans une baraque tout ce qu'il y a d'*up to date* des servo-mécanismes des stocks américains reproduisaient une installation antiaérienne. Un canon miniature commandait à l'énorme mécanisme automatique et permettait d'abattre les maquettes d'avions lancées à travers le ciel du plafond en forme de dôme.

Hip mania le petit canon, d'abord par amusement oisif ; puis il se passionna pour ses mécanismes dociles. Le premier avion, il le manqua. Et le second aussi. Puis, ayant observé la dérive de son arme, il calcula sa visée et démolit chacune des cibles aussi rapidement qu'elles étaient lancées. Janie applaudissait et le préposé tendit à Hip une statuette de plâtre représentant un chien policier qui valait bien un cinquième du prix d'entrée. Hip prit fièrement le trophée qu'il venait de remporter et céda la place à Janie.

Janie visa, l'œil légèrement rétréci. Elle abattit la première cible presque avant qu'elle fût apparue au firmament de la baraque. Et la seconde et la troisième. Puis Janie prit l'attitude du monsieur préoccupé qui se force malgré ses soucis et parvient à prendre part à la conversation. Un, deux, trois, quatre. Maintenant elle ratait à chaque coup.

— Pas fameux, dit-elle timidement.

— C'est pas mal, fit-il, galant. Attention à l'effet d'anti-magnétisme. Quoi ? Qu'est-ce que je dis ? Anti-magnétisme ?

Elle regarda le chien policier.

— Je le garderai jusqu'à la mort... Non ! Hip ! voilà que la poussière de diamant qui est sur cet affreux roquet vous a sali tout le devant de votre veste... Si on le donnait ?

Ils prospectèrent le luna-park en quête d'un bénéficiaire convenable, et finirent par trouver un gavroche grave et haut comme trois pommes qui suçait avec persévérance un reste de sucre de pomme autour d'un bâtonnet.

— Voilà pour toi, susurra Janie.

Le gamin ne daigna même pas étendre la main. Il observait la jeune fille avec des yeux affreusement adultes.

— Macache ! dit Hip. Vous repasserez.

Il s'accroupit à côté du gosse :

— Ecoute, commença Hip, on va faire une affaire, toi et moi. Est-ce que tu veux me débarrasser de cette bête pour un dollar ?

Pas de réponse. L'enfant suçotait toujours son bâtonnet en regardant Janie de plus belle.

— Rude client !

Soudain Janie trembla, plus du tout amusée :

— Laissez-le, disait-elle à présent.

— Pourquoi, il ne peut pas surenchérir, dit Hip. (Il posa la statuette devant l'enfant, glissa un billet d'un dollar dans celle des déchirures de sa culotte qui ressemblait le plus à une poche :) Content d'avoir pu traiter avec vous, monsieur. Tout le plaisir est pour moi... Quelle conversation il a, ce garçon, dit-il encore à Janie quand il l'eut rattrapée.

Il se retourna : le gamin regardait toujours la jeune fille.

— Décidément, Janie, vous lui avez fait une impression impérissable.

Mais Janie n'écoutait pas Hip. Retournée en direction du bambin, les yeux grand ouverts, la bouche plus triangulaire que jamais, vivante image de la surprise peinée.

— A son âge, dit-elle. Ce petit démon !

Décidément les yeux de Hip Barrows devaient lui jouer des tours, car il vit distinctement le bâtonnet du sucre de pomme, là-bas, quitter les doigts poisseux, effectuer une giration de quatre-vingt-dix degrés, et cogner violemment la joue de l'enfant, avant de choir sur le sol.

Puis l'enfant, qui avait reculé de six pas, hurla d'une voix de crécelle des choses abominables (trop abominables pour être imprimées) et disparut au fond d'une contre-allée.

— Eh ben, s'écria Hip, comme vous avez raison...

Grand-mère, comme vous avez de grandes oreilles qui entendent tout ! Moi je n'avais pas compris tout de suite ce qu'il criait.

— Ah ! ah !

Pour la première fois, elle parut ennuyée. Mais il sentait bien que ce n'était pas à cause de lui.

— Allons, Janie, ne vous tracassez pas pour si peu. Venez plutôt manger quelque chose.

Un sourire et tout était arrangé de nouveau.

★

Ils avaient réveillé le chauffeur de taxi dans son premier sommeil pour lui indiquer leur adresse.

— Est-ce que je peux être plus en vie que ça ? murmura Hip dans son coin de la banquette. (Puis il s'aperçut que c'était à haute voix qu'il venait de parler.) Je veux dire, poursuivit-il, je veux dire que tout se passe comme si mon univers entier, tous les lieux où j'ai vécu se trouvaient enfoncés si profond dans ma tête que je ne sache plus où. Et puis tout à coup, ça grandit, ça grandit. C'est grand comme une chambre, puis grand comme un village et ce soir... eh bien, grand comme... Beaucoup plus grand, quoi !

Arrachée au passage, la lueur d'un réverbère lui permit de distinguer le sourire fugitif de Janie.

— Oui, dit Hip, je me demande comme quoi ce serait plus grand.

— Ce serait beaucoup, beaucoup plus grand.

Il s'enfonça dans les coussins.

— Je me sens merveilleusement bien, Janie, mur-mura-t-il. (Puis d'une voix étrange :) Ah ! Janie, ça y est, je suis malade.

— Vous savez ce que c'est, dit-elle, calmement.

Hip sentit en lui-même une tension, qui disparut aussitôt et il rit doucement :

— Encore lui ! Il a tort. Il ne me rendra plus jamais malade... Chauffeur !

— Pardon, m'sieur ?

— Retournez en arrière, chauffeur !

— Bon Dieu de bois, fit le chauffeur et il fit tour-ner le taxi.

Hip regarda Janie, pour lui expliquer. Mais elle ne paraissait pas curieuse. Elle était assise tranquil-lement dans un coin. Au chauffeur, il donna les indications nécessaires.

— Le groupe d'immeubles précédent. Oui... Là-bas. A gauche. Tournez à gauche... Oui, c'est ça. La maison avec le garage et la grande haie.

— Vous voulez que j'entre, m'sieur ?

— Non, non !... Roulez un peu plus loin, que je puisse mieux voir.

— Bon, vous descendez là ? Ça fera un dollar.

— Sssss !

Le chauffeur se tut, du coup, pendant que Hip contemplait la grande maison, l'entrée monumentale, la porte cochère, les persiennes repeintes et les can-délabres devant le bâtiment.

— Bon ! Conduisez-nous à la maison maintenant.

Plus un mot jusque-là. Hip paya, reprit la mon-naie, tendit un pourboire au chauffeur, et garda la monnaie dans le creux de la main.

Ils entrèrent. Il alluma. Elle accrocha son sac au lit et attendit.

Il réfléchit, puis il regarda les pièces de monnaie qu'il tenait. Elles devaient lui paraître n'avoir pas de signification. Puis, visiblement, il reconnut ce que c'était. Et il les jeta sur la table de nuit.

— Cet argent n'est pas à moi, dit-il.

— Bien sûr que si ! répondit Janie.

— Non, rien de tout ça n'est à moi. Ni l'argent pour faire les courses, ni l'argent pour payer les périssoires... Rien. Et je suppose que vous payez un loyer, ici ?

Elle se taisait.

— Cette maison, expliqua-t-il, dès que je l'ai aperçue j'ai su que j'avais été là auparavant. Je n'avais pas d'argent. Je me souviens bien. J'ai frappé à la porte, j'étais sale comme un peigne et j'étais fou, et on m'a dit de faire le tour et qu'on me donnerait à manger derrière. Je n'avais pas le sou, je me rappelle comme si j'y étais encore. Tout ce que j'avais, c'était ça.

Ici, il produisit le morceau de métal.

Puis il reprit avec passion :

— Maintenant, depuis que je suis ici, j'ai de l'argent. Dans la poche gauche de mon veston. Tous les matins. Jamais je ne demande comment cet argent vient là. Mais c'est votre argent à vous, Janie ?

— C'est le vôtre, Hip. N'y pensez plus, ce n'est pas important.

— Quoi ? Qu'est-ce que vous entendez par là : mon argent ? Parce que vous me le donnez !... Oui, c'est bien ce que je croyais.

Il secoua la tête. La colère, l'humiliation... Il s'effondra dans le fauteuil, les mains sur le visage.

Ensuite il la sentit tout près de lui. Peu après il sentit la main qu'elle lui plaçait sur l'épaule.

— Hip, murmura-t-elle.

Il haussa les épaules et la main s'en alla.

— Il faut comprendre, Janie... Je n'ai pas oublié tout ce que vous avez fait. Ce n'est pas ça... Mais tout se mélange... D'abord, il y a ce que je dois faire. Ab-so-lu-ment. Il faut que je fasse certaines choses, mais je ne sais pas lesquelles. Comme par exemple...

Il s'arrêta pour y réfléchir, pour classer les innombrables fragments de scènes et de raisonnements qui voletaient en lui, au vent, qui le traversaient :

— Comme par exemple de trouver que ceci ne pouvait pas continuer ; ce n'est pas juste. Je ne devrais pas me trouver ici à dépenser de l'argent. Mais du diable si je sais qui m'a jamais dit que je ne devais pas, où j'ai ramassé ça...

Il s'arrêta. Le silence remplit la pièce pendant un long instant.

— Oui, je disais tout à l'heure que mon monde, l'endroit où je vis grandissait tout le temps. Il vient d'annexer encore cette maison blanche avec cette belle porte d'entrée, que nous avons vue en passant. Du coin de la rue, j'ai su que la maison était là, que j'avais déjà été là ! J'étais sale et tout ému. J'ai frappé, j'ai hurlé. On m'a dit de faire le tour... Je leur ai crié des sottises. Quelqu'un d'autre est arrivé. Je leur ai demandé ce que je voulais savoir. Je voulais savoir ce qu'étaient devenus plusieurs... plusieurs enfants qui avaient habité là. Et j'ai hurlé. Ils se sont effrayés. Je me suis remis un peu. Je leur ai expliqué que je voulais simplement savoir. Qu'ils me disent, et je partirais aussitôt. Je ne voulais faire peur à personne. Il n'y avait pas d'enfants ? Alors tant pis, qu'on me dise où était Alice Kew. Qu'on me dise seulement où se trouvait Alice Kew.

Hip se redressa, désigna le bout de métal à Janie.

— Vous voyez bien que je me rappelle... Je me suis rappelé son nom maintenant : Alice Kew... Malheureusement, Alice Kew est morte... Puis ils m'ont dit : « ses enfants », ah ! et ils m'ont expliqué où il fallait les trouver. Ils ont écrit ça quelque part. Je dois l'avoir encore. Mais non ! C'est dans ces vêtements déchirés. Les vieux. Ceux que je portais avant d'aller en prison... Vous devez les avoir. Vous les avez cachés quelque part ?

Si elle s'était décidée seulement à parler, à lui fournir une explication, tout se serait arrangé. Mais elle le regardait parler, seulement.

— Bon, reprit-il, je me suis souvenu d'une chose, pourquoi est-ce que je ne me rappellerais pas les autres. Ou alors, je peux retourner là-bas et leur demander de nouveau. Je n'ai pas besoin de vous pour ça.

Elle n'avait pas changé d'expression, mais rien qu'à l'observer, il comprit qu'elle faisait un grand effort sur elle-même.

Il continua plus doucement :

— Ce que j'ai eu besoin de vous ! Sans vous, je serais mort... Seulement je n'ai plus besoin de vous de la même manière. J'ai un certain nombre de choses à découvrir. Mais il faut que je fasse ça tout seul.

Elle prit enfin la parole.

— Mais vous avez trouvé tout seul, Hip ! Je me suis contentée de vous mettre à même de le faire. Et je suis disposée à continuer à le faire.

— Ce ne sera plus nécessaire, dit-il. Je suis un grand garçon, maintenant... Je viens de loin. Et je m'en suis tiré avec tous mes os. Il ne doit plus y avoir beaucoup de choses à découvrir.

— Il y en a encore beaucoup, affirma-t-elle tristement.

— Quand je vous dis que je sais. J'avais trouvé l'adresse d'Alice Kew et puis celle des enfants, celle où ils étaient installés après leur départ de la grande maison. Après ça, c'était fini. J'avais le bout des doigts sur... enfin sur la chose que je cherche. Il ne me manque plus que l'adresse des enfants. Je n'ai besoin de rien d'autre. Je dois le retrouver là.

— Le retrouver, qui donc ?

— Celui que je cherche, vous savez bien. Il s'appelle... Son nom est... J'ai oublié, murmura-t-il d'une voix changée. Tant pis, je le retrouverai bien.

Elle lui conseilla de s'asseoir.

— Oui, Hip ! Asseyez-vous et essayez de m'écouter.

Il lui obéit, mais à contrecœur. Il avait le cerveau tout rempli d'images presque comprises à force d'efforts et de phrases qui, peu à peu, prenaient un sens. Et il pensait :

« *Est-ce qu'elle ne peut pas me ficher la paix ? Est-ce qu'elle ne peut pas me laisser réfléchir un peu ?* »

Mais parce que... parce qu'elle était Janie, il atten- dit patiemment.

— Vous avez raison, lui disait-elle, oui, vous pou- vez réussir tout seul. Demain vous pouvez vous ren- dre à la grande maison, demander et obtenir cette adresse et découvrir ce qui vous intéresse. Mais même cela ne signifiera rien du tout pour vous, n'aura aucun sens. *Je le sais.*

Il avait l'air de ne pas la croire.

— Croyez-moi, Hip, croyez-moi !

Il bondit à travers la pièce et la saisit par les poignets.

— Vous savez ! hurla-t-il nez à nez avec elle, je suis certain que vous savez. Vous savez tout. Et de- puis toujours. Et moi qui deviens fou, qui redeviens fou furieux, qui m'échine à vouloir connaître la vé- rité, vous me regardez comme ça, un point c'est tout !

— Hip, vous me faites mal aux poignets.

Il serra un peu plus fort.

— N'est-ce pas que vous savez tout ? Vous êtes au courant de tout ce qui me concerne.

— Lâchez-moi, Hip. Hip, vous ne savez plus ce que vous faites.

Il la jeta sur le lit. Elle se retourna aussitôt, se redressa, appuyée sur un coude et à travers des larmes qui n'appartenaient à aucune des Janie qu'il connaissait, elle le regarda. Elle massait ses avant- bras meurtris et sanglotait.

— Vous ne savez pas... Vous ne savez pas... ce que vous...

Puis elle se calma et lui transmit à travers ses

larmes impossibles un message qu'il ne comprenait pas, qu'il ne pouvait comprendre.

Il s'inclina lentement le long du lit.

— Ah ! Janie ! Janie !

Les lèvres de la jeune fille frémirent. Pauvre esquisse de sourire. Elle lui toucha les cheveux.

— Ce n'est rien ! souffla-t-elle.

Maintenant il s'était assis par terre, avait posé les deux bras sur le lit et enfoui son visage entre ses mains.

— Voyons, Hip, je vous comprends. Et je veux vous venir en aide. Croyez-moi. Je veux vous aider.

— Non ! dit-il sans amertume, mais avec émotion. Vous savez ce que je cherche, ce que je veux trouver. (Cela ressemblait fort à une accusation en règle mais le moyen de faire autrement ?) Oui. Vous savez. N'est-ce pas ?

Les yeux toujours fermés, elle fit oui de la tête.

— Alors ?

Il se leva lourdement, retourna s'installer dans le fauteuil. « Quand elle désire quelque chose de moi, elle n'a qu'à s'asseoir, elle n'a qu'à attendre. » Il attendait à son tour.

— Hip, dit-elle, il faut me croire sur parole. Il faut me faire confiance... Ce morceau de métal ?

Le morceau d'aluminium était par terre, là où il était tombé.

— Oui, qu'est-ce qu'il y a ?

— Rappelez-vous. Quand est-ce que vous vous souvenez de l'avoir eu pour la première fois en votre possession ?

— Quand je suis arrivé à la grande maison, je l'avais déjà.

— Non, ce n'est pas ça. Je veux dire quand vous avez été malade.

— Je me rappelle la devanture cassée. Et puis... Vous me l'avez remis entre les mains...

— C'est vrai. Une semaine de suite. Je vous le fourrais entre les doigts. Et je l'ai placé dans votre chaussure, une fois. Et j'en ai même entouré votre brosse à dents, une autre fois.

— Je ne comprends pas.

— Vous ne comprenez pas, Hip ? Oh ! je ne peux pas vous en tenir rigueur. C'est trop naturel.

— Non, ce n'est pas exactement ce que je voulais dire. Ce que je veux dire, c'est que je ne vous crois pas.

— Et pourtant, ça s'est bien passé comme ça. Comme je vous le dis.

— Bon, je veux bien, moi !... Mais qu'est-ce que ça a à voir avec...

— Attendez donc un peu... Vous comprenez, à chaque fois que vous touchiez ce morceau de câble métallique, vous vous refusiez à admettre son existence. Vous le laissiez tomber par terre, vous échapper d'entre les doigts. Vous marchiez dessus les orteils nus, sans même vous en rendre compte. Une fois, vous l'avez même trouvé dans votre assiette, vous avez mangé les légumes et laissé échapper le morceau de câble, vous ne vouliez pas le voir, tout simplement.

— *Inhibition !* dit-il alors. C'est ce que Bromfield

appelait de l'inhibition. La *censure,* aussi ! *Mais qui était Bromfield ?*

Il ne le saurait jamais. Janie s'était remise à parler :

— Exactement ! Maintenant, écoutez-moi bien : quand il en a été temps cela s'est fait tout seul. Vous avez pris le câble dans la main, sachant parfaitement ce que vous faisiez, conscient de ce que vous teniez... Tout ce que j'aurais pu faire auparavant n'aurait servi à rien, si vous n'aviez pas été mûr pour la chose.

— Et qu'est-ce qui a fait que je me sois trouvé mûr, comme vous dites ?

— Vous êtes revenu.

— Je suis revenu au magasin, la vitre de la devanture ?

— Oui ! Ou plutôt non ! Vous êtes revenu à vous dans cette pièce. Vous l'avez dit vous-même : le monde grandissait, grandissait. Le même phénomène se produisait dans votre mémoire. Votre mémoire s'est agrandie suffisamment pour comprendre hier et la semaine dernière, et puis la prison et ensuite ce qui vous avait entraîné en prison. Faites bien attention : à ce moment-là, ce câble est redevenu pour vous quelque chose d'extrêmement important. Mais cela n'a commencé à compter qu'au moment où votre mémoire s'est montrée capable de remonter jusque-là. Là, c'est redevenu vrai.

— Oh ! fit-il.

— Je savais, au sujet du câble, dit-elle, j'aurais pu vous expliquer ce qu'il en était. J'ai fait de mon mieux pour attirer votre attention mais il fallait

attendre le moment où vous y seriez préparé. Oui !
Je sais encore un tas d'autres choses à votre sujet.
Et alors ? Vous ne voyez pas que si je me contentais de vous les dire, tout simplement, vous ne me
croiriez pas ?

— Mais enfin, voyons... Je ne suis plus... euhhh...
malade... Ou alors, est-ce que je le serais encore ?
Allons donc ! Vous n'allez pas prétendre que je vais
devenir sourd-muet parce que vous m'apprendriez
que j'ai fait mes études secondaires dans telle ou
telle école ?

— Bien sûr que non ! Simplement, ça n'aurait pas
de sens pour vous, ça ne collerait pas avec le reste...
Tenez, en voici un exemple : vous avez cité le nom
de Bromfield une demi-douzaine de fois.

— Bromfield, moi ! Non ! jamais ! Quel Bromfield ? Connais pas.

Elle le scruta.

— Eh bien si, Hip ! vous avez prononcé son nom,
plusieurs fois, et pour la dernière fois encore il y a
une demi-heure à peine.

— Ah ! (Il fit un pénible effort de mémoire et de
réflexion.) Mais oui ! s'exclama-t-il tout d'un coup.
C'est pourtant vrai !

— Très bien... Et qui est-ce ? Qu'est-ce qu'il était
par rapport à vous ?

— Qui ça ?

— Hip, fit-elle cinglante.

— Excusez-moi, je suppose que je suis un peu
perdu.

Une fois de plus il fit un sérieux effort, un terrible
effort pour retrouver le passé. Il fit de son mieux

pour reconstituer la phrase en entier. Pour en retrouver tous les mots. Il finit par prononcer, non sans quelque difficulté :

— Be... be... Bromfield !

— Non ! Ça, ce n'est qu'un éclair qui vient de trop loin. Cela ne signifiera rien pour vous tant que vous n'aurez pas refait le chemin entier jusqu'à l'endroit nécessaire.

— Refaire quel chemin ? Comment ?

— Mais avez-vous rien fait d'autre ? En arrière, toujours en arrière, de votre maladie ici jusqu'à la prison et de la prison jusqu'à cette maison. Pensez-y, Hip. Rappelez-vous. Pour quelle raison avez-vous cherché cette maison ?

Il eut un mouvement d'impatience.

— Inutile. Vous ne comprenez pas. Je suis allé dans cette maison parce que je cherchais quelque chose... Je cherchais quoi ? Mais qu'est-ce que c'était ? Oui ! Ça y est. Des enfants. Des enfants qui pourraient me dire où était une sorte d'innocent.

Hip sauta en l'air, éclata de rire.

— Vous voyez bien que je me rappelle ! Je vais tout me rappeler vous verrez. Cet innocent... Je le recherche depuis des années, je le cherche depuis toujours. Je... J'ai oublié pour quoi au juste... Mais ça ne fait rien. Ce que je veux vous dire, c'est que je n'ai pas besoin de refaire tout ce chemin en sens contraire. J'en ai déjà fait assez pour ce qui est de ça. Je reprends la piste. Demain je retourne à cette maison. Je retrouve cette adresse. J'y vais. Peu importe où c'est. Et je termine ce que j'ai commencé au moment où j'ai perdu le...

Il se mit à balbutier, prit le morceau de métal posé sur le bras du fauteuil :

— ... Ça... poursuivit-il. J'ai perdu ça. Ce machin faisait partie du... du... du... oh ! zut !

— Vous voyez bien !

— Je vois quoi ?

— Si vous allez là-bas, demain, vous vous trouverez plongé dans une situation que vous ne comprenez pas, pour des raisons dont vous n'arrivez pas à vous souvenir. Vous demanderez des nouvelles de quelqu'un dont vous aurez tout oublié. Tout ça pour découvrir quelque chose dont vous ne parviendrez pas à vous former une idée... Ça ne fait rien, Hip, vous avez raison, rien ne vous empêche de le faire.

— Si je le fais, tout me reviendra.

Elle secoua la tête dubitativement.

— Vous savez tout, hein, fit-il avec dureté, vous savez tout ?

— Oui, Hip !

— Eh bien, tant pis ! J'essaie quand même.

— Vous serez tué.

— Comment ?

— Si vous allez là-bas, Hip, on vous tuera... Ecoutez, Hip, est-ce que je n'ai pas toujours eu raison jusqu'ici ?

— Voyons, Janie : vous me dites que je puis sortir d'ici, demain, pour trouver ce que je cherche, pour trouver ce qui est ma raison de vivre... Et vous me dites que j'en mourrai. Qu'est-ce que vous voulez donc que je fasse ?

— Je veux que vous continuiez ce que vous êtes en train de faire.

— Quoi ! Retourner en arrière, m'éloigner de plus en plus de ce que je recherche. A quoi bon ? Mais...

— Arrêtez, dit-elle avec force, ou, dans cinq minutes, vous allez mordre dans le tapis. Inutile !

— Tout de même, est-ce que vous croyez qu'il ne faut pas que... que je ne retrouverai jamais l'idiot du village ? le... enfin, peu importe ce que c'est.

— Non ! Si, Hip ; vous les retrouverez ; sincèrement, vous les retrouverez, mais il faut que vous sachiez ce que c'est, que vous sachiez pourquoi.

— Ça va durer combien de temps ?

— Je n'en sais rien.

— Je ne peux pas attendre. Demain... aujourd'hui (le soleil allait se lever), aujourd'hui, je pourrais y aller... Vous dites qu'on me tuera. Mais j'aime mieux mourir avec les mains dessus. C'est pour ça que j'ai vécu, de toute façon...

— Hip !

— Non, vous ne réussirez pas à me convaincre.

Elle fit mine de parler, s'arrêta, courba la tête.

— Janie, voyons, aidez-moi. S'il existe un danger quelconque, dites-moi quoi. Dites-moi, au moins, de quoi je dois me méfier.

— Je n'ai pas dit qu'on essaierait de vous tuer, j'ai dit qu'on vous tuerait.

— Bon !... J'irai quand même, Janie. Il vaut mieux que vous rentriez chez vous. Merci pour tout.

Elle partit, traînant la semelle, sans se retourner. C'était plus qu'il ne pouvait supporter. Mais il ne fit rien pour la retenir.

★

Le dessus-de-lit était chiffonné. Il le toucha, il y colla le visage. Il y sentit la chaleur de son corps. Un instant, fugace, il y sentit quelque chose comme l'union des deux souffles, deux âmes charmées se tournant l'une vers l'autre. Qui allaient devenir une...

Plus rien.

« *Allons ! Rends-toi malade, replie-toi sur toi-même et meurs !* »

— Très bien ! souffla Hip.

Et pourquoi pas ? Qu'est-ce que ça pouvait bien faire ? Mourir ou se faire tuer ? Qui s'en soucierait ?

Pas même Janie.

Il referma les yeux, vit une bouche.

Il crut d'abord que c'était la bouche de Janie. Mais le menton était trop pointu.

La bouche parlait, disait : « Couche-toi et meurs, c'est tout ! » Et elle souriait et le sourire projetait de la lumière sur le verre épais des lunettes. Il voyait le visage entier. Puis il sentit une douleur rapide et vive, il leva la tête et poussa un grognement. Sa main, sa main était coupée. Il vit les cicatrices, il sentit de nouveau leur brûlure.

— Thompson ! Je vais tuer Thompson !

Qui est ce Thompson et qui est ce Bromfield et qui était l'innocent dans la caverne ? Où est-ce, cette caverne ? La caverne où les enfants... Mais quels enfants ? Enfants, enfants ? Il ne restait, à vrai dire, que de vieux vêtements dans cette caverne. Des loques, des chiffons déchirés, mais c'est ainsi que...

— Janie... Tu seras tué. *Couche-toi et meurs.*

Quelqu'un disait :

— Allons, caporal, hausse de trente degrés sur la gauche !

Qui disait ça ?

Lui, Hip Barrows ?

Janie avec sa main fine sur le prototype de pièce de D.C.A. ?

Non ! Pas de caporaux autour de Janie !

— ... Oui, mon lieutenant, la réalité n'est pas l'atmosphère la plus agréable. Mais nous aimons à croire que c'est elle qui nous forme. C'est ingénieux. Ingénieux même pour un ingénieur. Ajoutez une obsession. La réalité ne la tolère pas. Il faut qu'un des éléments cède. Si c'est la réalité qui cède, votre création ingénieuse disparaît. Donc, il faut chasser l'obsession. Et se remettre à tourner selon le plan primitivement prévu.

Mais qui parlait ? Oui ! C'était Bromfield. Quelle idée aussi de vouloir discuter technique avec un ingénieur !

— Mais voyons, capitaine Bromfield (pour la vingt millième fois au moins), si je n'avais pas été ingénieur, si je n'étais pas ingénieur, je n'y aurais vu que du feu, je le répète. Je n'aurais rien trouvé, rien découvert. Je n'aurais pas reconnu la chose et je ne me casserais pas la tête à ce sujet à l'heure qu'il est.

— Peu importe !

Peu importait :

— Couche-toi et aussi longtemps que Thompson n'aura pas montré le bout de son nez...

— Non, non, non et non ! hurla Hip Barrows.

Il sauta à bas du lit et resta à trembler au centre de la pièce. Les deux mains collées sur les yeux, il oscillait, tel un sapin assailli par un vent de tempête. Tout devait se mélanger. La voix de Bromfield et le visage de Thompson, et la grotte aux vêtements d'enfant, et Janie qui voulait qu'il fût tué. Mais, d'une chose, il était certain : Thompson ne réussirait pas à le faire se replier sur soi-même et mourir. Pour ce qui était de ça, Janie l'en avait guéri.

Il se prit à gémir, tout en se balançant :

— Janie... Janie !

Janie ne désirait pas sa mort.

Elle ne voulait pas qu'il fût tué... Oui ? Janie veut, tout simplement. Allons, marche à reculons. Retourne d'où tu viens. Prends ton temps.

Il vit le jour blanchissant la fenêtre.

Prendre le temps.

Ce matin, aujourd'hui, il pourrait peut-être retrouver l'adresse, il pourrait peut-être entrer en contact avec les enfants, mettre la main sur l'innocent du village... Et... et... Mais c'était bien là son but, n'est-ce pas ? Retrouver... *aujourd'hui*. C'est alors qu'il montrerait à Bromfield si c'était une obsession, oui ou non !

S'il vivait, il montrerait à Bromfield.

Mais non ! ce n'était pas ce que Janie voulait. Elle voulait prendre l'autre direction, marcher dans l'autre sens. Pendant combien de temps encore ? Encore ces années de famine. Personne ne vous aide. Vous crevez la faim et vous gelez, vous donnez la chasse au moindre petit indice qui puisse vous conduire vers... Et encore un petit indice qui s'ajoute au premier. Et c'est l'adresse qu'on vous donne dans la grande maison qui se trouvait indiquée sur le bout de papier trouvé dans les vêtements d'enfant par terre, dans la... dans la...

— Caverne, dit-il à haute voix.

Il s'arrêta de se balancer.

Il venait de découvrir la caverne.

Et, dans la caverne, se trouvaient les vêtements d'enfant. Et, parmi ces hardes, le petit papier sale, avec l'adresse écrite dessus. Ce qui l'avait conduit dans la ville où il se trouvait à présent. Jusqu'à la maison à porte cochère.

Encore un pas en arrière, et un pas important aussi, il le sentait : la découverte dans la caverne prouvait que Bromfield avait tort. Elle prouvait qu'il avait bien vu ce que Bromfield s'obstinait à nier qu'il eût vu. Il en avait un morceau. Et il souleva le morceau de tube métallique tressé, argenté. Naturellement ! Le morceau de métal provenait de la caverne.

Janie lui avait conseillé de revenir en arrière. Il ne devait pas y avoir plus de vingt minutes qu'il s'y était mis et il avait obtenu, malgré sa fatigue, malgré la colère et la douleur, ce premier résultat. Que serait-ce s'il tentait le même effort, calmement, de sang-froid, et avec l'aide de Janie ?

Il courut à la porte, l'ouvrit, bondit de l'autre côté du hall, il cria :

— Janie ! (Mais, déjà, il avait freiné brutalement, avait refermé la porte de l'autre pièce et était reparti en arrière en balbutiant :) Je... je... vous... demande pardon !

Elle aurait pu le prévenir.

Il eut un rire étouffé qui le soulagea un peu.

Puis il retourna dans sa chambre, reprit le morceau de métal. Décidément, il lui fallait revoir Janie. Il le fallait de toute urgence. C'était peut-être de la folie, mais elle saurait à quoi s'en tenir. Peut-être, après tout, qu'il y avait moyen d'accélérer le *retour en arrière* et d'y parvenir de telle façon qu'il pourrait partir à la recherche de l'innocent ce matin même ? Entreprise sans espoir, sans doute. Mais, de toute manière, Janie saurait à quoi s'en tenir. Elle viendrait quand elle serait prête à venir. C'était obligatoire.

Il se rejeta en arrière, se détendit, jusqu'à ce que le dos du fauteuil lui cognât le cou. La fatigue, soudain, l'emplissait, lui embuait les yeux, lui bouchait les narines. Ses mains s'abandonnèrent, ses paupières tombèrent. Il eut encore un petit ricanement. Mais l'image ne se forma pas avec une suffisante clarté pour le détourner bien longtemps de sa chute dans le sommeil.

★

... *Boum ! badaboum ! boum ! badaboumboumboum ! boum !*

« Calibre cinquante », se disait-il, là-bas dans la montagne. C'était bien l'ambition de tout garçon ayant un peu de sang dans les veines, de prendre ainsi une mitrailleuse et de s'en servir comme si ç'avait été un arrosoir dans un jardin.

Boum ! badaboum ! boum ! boum ! boum ! boum ! badaboum !

Des œrlikons ! Où avaient-ils été déterrer ces engins-là ? On se le demande vraiment ! Est-ce que c'était un poste de D.C.A. ou bien un musée rétrospectif de l'artillerie spéciale ?

— Oh ! Hip ! Hip ! Barrows !

Sacré nom d'un chien ! Quand le caporal allait-il apprendre à l'appeler « mon lieutenant », comme tout le monde ? Non pas que cela lui fît chaud ou froid, à lui, Barrows, mais, un de ces jours, il allait l'appeler comme ça devant un colonel et, tous les deux, ils en supporteraient les conséquences. Ce qui n'était vraiment pas la peine.

Nouvelles détonations. Nouveaux cris :

— Hip ! Oh ! Hip !...

Il se releva, se frotta les yeux, et les détonations étaient, en vérité, des coups frappés à la porte et le caporal était Janie. Et le poste de D.C.A. s'évanouit pour retourner à la fabrique des rêves.

— Hip !

— Entrez ! Entrez !

Par-dessus son épaule, il voyait l'autre porte, et il se rappela.

— Je regrette, Janie, ce qui s'est passé. Je me sens le dernier des idiots.

— Vous savez bien, Hip, que ça n'a pas la moindre importance... Comment allez-vous ?

— Oh ! je suis un peu secoué. Mais ça ne fait rien, laissez-moi me passer un peu d'eau sur la figure et ça ira mieux. Où êtes-vous allée ?

— Me promener. Prendre l'air. Et puis j'ai attendu dehors. J'avais peur que vous... Vous savez. Je voulais vous suivre, ne pas vous quitter. Je pensais pouvoir vous être utile... Vraiment, ça va ?

— Bien sûr ! Mais, à propos de l'autre personne... J'espère qu'elle va bien ?

— Quoi ? Qui ?

— Je suppose que la surprise a été plus grande pour elle que pour moi ? Si vous m'aviez dit qu'il y avait quelqu'un dans votre chambre, je ne me serais pas précipité comme ça à l'intérieur.

— Qu'est-ce que vous êtes en train de raconter, Hip ? Qu'est-ce qui est arrivé ?

— Grand Dieu ! Vous êtes venue tout droit ici ? Vous n'êtes pas encore passée chez vous ?

— Non ! Mais de quoi pouvez-vous bien parler ?

Il rougit pour lui dire :

— J'aurais préféré qu'elle vous mette au courant elle-même... Ce qui s'est passé ? Tout à coup, il a fallu que je vous voie absolument. Sans attendre. J'ai bondi à travers l'appartement. Je ne pouvais pas imaginer que vous n'auriez pas été seule dans la chambre, et me voilà au milieu de la pièce avant de voir votre amie.

— Mais qui, Hip ? Qui était là, pour l'amour du ciel ?

— La femme. Ça devait être une amie à vous, Janie. Les souris d'hôtel, d'habitude, ne se promènent pas toutes nues.

— Je vois... Une jeune fille de couleur, toute jeune, c'est bien ça ? Oh !...

— Mais voyons, Janie, ça ne peut pas être si grave que ça ?

— Il a retrouvé notre piste, Hip !... Il faut s'en aller d'ici.

Janie avait les lèvres blanches. Elle tremblait de tous ses membres.

— Allons, venez, dépêchez-vous.

— Voyons, Janie ! Attendez un petit moment. Il faut que je vous parle.

Elle lui sauta dessus comme une tigresse en colère et lui ordonna sans réplique possible :

— Taisez-vous plutôt ! Ne me posez pas de question, vous ne comprendriez pas. Allez, sortez, partons !

Avec une force qu'il ne lui connaissait pas, elle le tira en avant, elle l'entraîna derrière elle. Il sauta deux marches afin de ne pas s'étaler. Elle ouvrait déjà la porte. Il se retint au chambranle de la porte d'entrée de l'immeuble. Elle ne dit rien. Blanche de terreur, elle bondit sur le trottoir, et il se retrouva à côté d'elle qui appelait un taxi.

Le véhicule n'eut même pas le temps de s'arrêter tout à fait. Elle se trouvait déjà à l'intérieur :

— Allons, allons, roulez !

— Dans quelle direction, m'dame ?

— Aucune importance. Dans n'importe quelle direction, roulez ! Mais vite.

Hip, lui aussi, colla le front à la vitre : il ne distingua rien d'autre que les passants et les façades qui se profilaient au loin.

— Qu'est-ce qu'il y a ? Que se passe-t-il ?

Elle se contenta de secouer la tête.

— Quoi ? La maison va exploser ?

Elle secoua la tête, puis se blottit dans le coin de la banquette. Et, de ses petites dents blanches, se mit à se mordre le dos de la main. Il lui abaissa la main. Elle le laissa faire.

Deux ou trois fois encore, il lui adressa la parole. En vain.

Aux limites de la ville, là où les deux routes nationales se croisent, le chauffeur demanda, timide :

— De quel côté ?

— Prenez à gauche, répondit Hip.

Un peu plus loin et simplement à la voir se détendre, sans doute, il dit :

— Alors, ça va mieux comme ça ?

— Pas plus mal, en tout cas.

— Effrayée ?

— Oui !

— Moi aussi.

— Oui, Hip, vous ne pouvez savoir comme je regrette. Je ne m'y attendais pas. Pas maintenant, de toute manière. Et je crains de ne pouvoir rien faire du tout.

— Et pourquoi donc ?

— Je ne peux pas vous le dire.

— Vous ne pouvez pas me le dire ou bien vous ne pouvez pas me le dire maintenant ?

— Je vous l'ai déjà expliqué : retourner en arrière. Toujours en arrière. Et retrouver tous les lieux par où vous êtes passé. Tout ce que vous avez vu, depuis le début. Si vous prenez le temps nécessaire, vous y arriverez très bien.

Elle reprit son masque terrifié pour ajouter :

— Mais il n'y a plus le temps.

Il rit, comme d'une excellente plaisanterie.

— Il y a tout le temps qu'il faut. (Il lui avait pris la main.) Ainsi, ce matin, j'ai découvert la grotte. La grotte ou la caverne. Comment savoir ? Il y a deux ans de ça, Janie, je sais où elle est située. Je sais ce que j'y ai trouvé. C'étaient des vêtements d'enfant en lambeaux. Et l'adresse de la maison, la grande maison à porte cochère. J'y ai trouvé aussi mon morceau de tube, le bout d'alliage d'aluminium, vous savez bien ? La seule chose au monde qui soit une preuve que j'ai vu ce que j'ai vu et que j'ai eu raison de chercher à le retrouver... Mais ça, c'est l'étape d'après. Ou plutôt d'avant. La chose importante, c'est que j'ai retrouvé la grotte, la caverne. Et c'est à peine si j'ai mis un grand quart d'heure à redécouvrir tout ça. Et j'y suis arrivé sans faire aucun effort. Maintenant, je ferai un effort. Vous dites que nous n'avons pas le temps. Pourquoi ? Nous ne disposons peut-être pas de mois ni de semaines, mais un jour, Janie ? Est-ce que nous n'avons pas un jour devant nous ? une demi-journée même ? ça suffirait peut-être ?

Les yeux de Janie se mirent à briller.

— Peut-être que si, dit-elle. Peut-être... Chauffeur, ça suffira comme ça.

Et elle le paya sans que Hip s'en formalisât.

Ils avaient atteint l'extrême limite de la ville, un faubourg éloigné qui était déjà la campagne, où la ville n'étendait plus que le pseudopode isolé d'une pompe à essence ou d'un marchand de fruits ou encore d'une villa flambant neuf de stuc et de bois verni. Janie désigna de l'index les pentes boisées :

— On nous découvrira. Mais, là-haut, nous serons

seuls... Et si... quelque chose se produit, nous le ver-
rons de loin, nous serons prévenus.

Ils s'assirent, là-haut, l'un en face de l'autre, au
milieu du regain qui faisait de son mieux pour recouvrir le chaume de la moisson à peine faite.

Le soleil montait et se faisait brûlant. Hip Barrows s'exténuait à se souvenir. Il n'arrêtait plus. Et
Janie écoutait, attendait, et, en même temps, elle
guettait le lointain.

En arrière, toujours en arrière... La folie et la
crasse. La crasse et la folie...

Il avait fallu à Hip Barrows, crasseux et dément,
près de deux années pour situer la maison, la grande maison à porte cochère. L'adresse, en effet, comportait le nom de la rue et le numéro dans la rue ;
il manquait le nom de la ville.

En tout, il lui avait fallu trois ans pour aboutir
à la caverne en partant de l'asile d'aliénés. Un an
pour arriver à trouver l'asile d'aliénés à partir des
renseignements fournis par les autorités municipa-
les. Six mois pour mettre la main sur le service com-
pétent, à compter du jour de sa démobilisation. Et
six mois pour obtenir sa réforme, à partir du jour
où l'obsession avait commencé.

Et, avant ça, sept années entières de cheminements,
d'obligations, d'horaires suivis (de rires aussi), pour
en arriver au jour de souffrance d'une cellule de la
prison du comté.

Il repassa les sept années d'arrière en avant, jusqu'à ce qu'il comprît ce qu'il avait été auparavant.

C'est au polygone de D.C.A. qu'il avait trouvé la
réponse, le rêve, le désastre.

Très jeune et plus brillant que jamais, mais sans cesse surpris de la répulsion qu'il suscitait autour de lui, le lieutenant Barrows s'était trouvé soudain disposer de beaucoup de loisirs. Et il avait cela en horreur.

★

Le polygone, peu important, tenait de la curiosité archéologique et du musée aussi, en raison d'une forte proportion de matériel tout à fait désuet. Et, d'abord, les installations elles-mêmes étaient anachroniques, dépassées depuis longtemps par un système de réseau défensif plus efficace et plus ample. A présent, le polygone n'était plus intégré dans aucun système de défense. Il gardait sa fonction, qui était d'entraîner les pointeurs, spécialistes du radar, et divers techniciens.

Le lieutenant, dans un de ces moments d'oisiveté qu'il abhorrait, avait mis la main sur les résultats concernant l'efficacité des fusées, et sur d'autres résultats concernant l'élévation minima à partir de laquelle ces engins ingénieux, munis d'un récepteur-émetteur radar gros comme le poing et d'un mécanisme d'horlogerie, pouvaient être déclenchés. Sans doute les artilleurs aimaient-ils mieux atteindre un avion volant bas que de courir le risque de faire éclater leurs obus ultra-sensibles involontairement et trop tôt, à cause d'un sommet d'arbre ou d'une ligne à haute tension qui se seraient trouvés là.

Mais le lieutenant Barrows était de ceux à qui

une irrégularité, une contradiction mathématique, si menues soient-elles, n'échappent pas plus qu'à Toscanini la note fausse d'une clarinette. Un secteur donné comportait une aire de faible étendue qui se caractérisait par ceci : la moyenne des obus à fusée qui ne partaient pas était au-dessus de la norme fixée par le calcul. Une moyenne de non-détonés sensiblement au-dessus de ce qui était normal pendant un an pouvait indiquer la mauvaise qualité des produits mis en œuvre. Mais quand tous les obus tirés au-dessus d'un certain point font explosion au contact seulement, ou alors ne font pas explosion du tout, il y a quelque chose qui accroche. L'esprit scientifique s'émeut devant des irrégularités de cet ordre. Il faut qu'il poursuive le phénomène responsable avec le sérieux que la société met à traquer ses délinquants à elle.

Ce qui ravissait tout particulièrement le lieutenant Barrows, c'est qu'il était seul à se soucier de ce problème. Personne n'avait jamais eu un intérêt quelconque à faire partir un grand nombre d'obus à trajectoire non tendue. Encore moins à le faire au-dessus du secteur en cause. Aussi personne n'avait jamais disposé de données suffisantes pour entreprendre des recherches à ce sujet jusqu'au moment où Barrows s'y attela, après avoir dépouillé des archives couvrant une douzaine d'années.

C'était et ce serait son œuvre à lui. S'il n'en sortait rien, personne n'en aurait entendu parler. Si les résultats devaient se révéler de taille, il attirerait, avec clarté et modestie, l'attention du colonel sur la question. Et peut-être que le colonel réviserait son opinion sur ce lieutenant de réserve que, jusqu'ici, il tenait en piètre estime. Sitôt dit, sitôt fait ; Hip Barrows était parti à la découverte. Il avait trouvé une zone donnée où son voltmètre de poche ne réagissait plus de façon normale. Et il lui était venu alors à l'esprit que ce qu'il suivait ainsi à la piste, c'était quelque chose qui empêchait le magnétisme. Les fils, les relais dans la fusée des projectiles cessaient donc d'opérer quand il traversait cette zone donnée, au-dessous d'une hauteur de quarante mètres. Et les aimants purs et simples ne fonctionnaient pas mieux que les électro-aimants.

Rien auparavant dans sa courte mais brillante carrière n'avait paru à Barrows aussi rempli de possibilités que ce phénomène extraordinaire. Il en avait des visions : l'identification et l'analyse du phénomène (l'effet Barrows ?), puis la synthèse en laboratoire, synthèse victorieuse, bien entendu. La production en grand de cet effet qui aurait, entre autres conséquences, un mur invisible qui barrerait la route à toute communication aérienne : les avions ne pouvaient fonctionner sans électro-aimants. Les fusées volantes, les engins téléguidés... c'était, décidément, l'arme antiaérienne de l'avenir. Sans compter le reste. Et il y aurait, bien sûr, la démonstration, le colonel qui le présenterait aux grands savants, et aux personnalités de l'armée et qui dirait :

— Le voilà, messieurs, votre *réservoir !*

Mais, pour commencer, il fallait trouver la source du phénomène. Il l'avait localisé. Il fallait le définir. Aussi avait-il construit un appareil de détection ; simple, ingénieux, parfaitement calibré. Pendant qu'il y travaillait, son esprit, infatigablement, brassait et rebrassait, refondait toute cette conception du *contramagnétisme*. Et il avait extrapolé une série de lois et d'effets dérivés, en guise de passe-temps mathématique, avant d'envoyer le tout à l'institut des ingénieurs-électriciens où l'on apprécierait sûrement à sa juste valeur le produit de ses efforts. Barrows avait même été jusqu'à mettre ses canonniers en garde, au cours de leur manœuvre, contre le tir à trajectoire peu tendue au-dessus d'une certaine zone.

— Vos fusées seront démagnétisées, leur annonçait-il. Les fées les démagnétiseront.

Cette petite plaisanterie le ravissait : il se voyait déjà, par la suite, en train d'expliquer qu'il n'avait dit que la vérité. Et que, si cette bande de cornichons avaient eu un tout petit peu plus de discernement qu'un troupeau d'oies, ils auraient pu en tirer des conclusions et partir, comme lui, à la recherche de la cause de ces phénomènes.

Et, pour finir, il avait terminé la mise au point de son détecteur. Détecteur qui comprenait notamment un solénoïde et un contact au mercure. Cela pesait une vingtaine de kilos, mais tant pis ; il n'avait pas l'intention de le porter. Et c'était sensible. Donc, il s'était procuré la meilleure carte de la région, et il avait engagé un volontaire : un soldat de première classe qui s'était trouvé sous sa main. Il avait l'air plus bête encore qu'il n'est d'usage chez les première classe. Et il avait passé une journée entière de permission en compagnie de ce porteur idéal, à parcourir le polygone, marquant le résultat de ses mesures sur la carte d'état-major, jusqu'au moment où il avait atteint le centre de l'effet de démagnétisation.

Cela s'était produit près d'une ferme abandonnée. Au centre du champ, un camion dans un état de parfaite décrépitude ; si oxydé qu'on voyait au travers. Les effets conjugués de la sécheresse et de l'érosion, du ruissellement et du gel, du temps aussi, avaient quasiment enterré le véhicule. Donc, le lieutenant et le première classe s'étaient mis à creuser. Après de longues heures de terrassement sous le soleil torride, ils avaient réussi à dégager ce qui restait du camion. C'est ainsi qu'ils avaient mis la main sur la source du phénomène, qu'ils avaient mis le doigt sur le générateur d'antimagnétisme.

De chacun des coins du châssis partaient, en diagonale, des fils argentés qui aboutissaient au pied du volant sur lequel ils venaient s'attacher. Là était fixé un câble assez court qui disparaissait un peu plus loin dans une petite boîte fermée. De cette boîte sortait un levier. Pas de prise de courant visible, mais la chose fonctionnait. Il avait suffi à Barrows de pousser le levier en avant, et l'épave tordue avait gémi, avant de se renfoncer dans le sol. Quand il avait ramené le levier en arrière, un craquement s'était produit et le camion s'était hissé aussi haut que pouvaient le porter ses ressorts brisés. Mais Barrows avait ramené le levier au point zéro et il avait reculé de quelques pas.

Exactement ce qu'il avait espéré découvrir ! Le plus étrange de ses rêves, matérialisé devant lui. C'était là, indubitablement, la source d'antimagnétisme. Il ne restait qu'à faire l'autopsie du générateur.

Tout cela, à vrai dire, ce n'était en quelque sorte que les corollaires, les sous-produits.

Le levier poussé en avant : le camion devenait plus lourd.

Le levier tiré en arrière : le camion devenait plus léger.

Tout simplement, c'était ça, l'*antigravitation*.

★

L'antigravitation... imagination... rêve ! Antigravitation, c'est-à-dire transformation immédiate et totale de la face de la Terre. C'est-à-dire réduction des inventions classiques de la vapeur, de l'électricité, de l'énergie atomique même, aux dimensions de modestes bourgeons dans le grand verger du progrès nouveau. Voici l'architecture qui allait monter vers le ciel, telle qu'aucun artiste n'avait osé la laisser pressentir. L'antigravitation, c'était, en puissance, le *vol aptère* et la fuite vers les autres planètes ou astres. C'était une ère nouvelle pour les transports, la logistique, la danse, même, et la médecine. Et la science, c'était son domaine.

Le première classe, l'abruti de première classe, avança, tira le levier en arrière, aussi loin que le levier pouvait aller. Il sourit. Puis il se jeta de tout son poids sur les jambes de Hip Barrows. Hip se débattit, se libéra, s'élança. Son genou craqua. Il s'étendit de tout son long. Il toucha, du bout des doigts, le dessous d'un des câbles argentés, sous le camion. Cela n'avait pas duré plus d'un dixième de seconde, mais, bien des années plus tard, une partie de son corps lui paraissait encore être restée là, dans cet instant immobile où il avait senti du bout des doigts le miracle : son corps à la dérive, libéré de la terre.

Il s'écroula pour de bon.

★

Cauchemar !

D'abord le souffle, le battement qui brise la poitrine, le cœur qui bat, qui bat, et la folie de cette ruine qui se relève d'entre ses éléments disjoints... qui se relève toujours plus vite et qui est dans le ciel une tache, une nuance, là où le soleil l'a touchée. Puis une faiblesse, un engourdissement, et la respiration reprend son rythme normal.

Des cris, une discussion insensée, des hurlements, des yeux souriants qui s'éloignent, et une forme qui fuit. C'est lui qui m'a fait ça.

C'est lui qui m'a fait ça.

Tuer...

Mais il n'y a rien à tuer. Se traîner dans les ténèbres qui s'épaississent, avec du feu dans le ventre et un éclair dans la tête.

Puis le retour solitaire au trou si désespérément vide, creusé dans la terre, comment ? Tiens-toi là et soupire après ce fil d'argent que tu ne reverras plus. Jamais.

Puis c'est le chemin interminable jusqu'aux baraquements, les lourdes mains de l'agonie qui lui agrippent le pied, son pied cassé. « Ecroule-toi ! Repose-toi » et ainsi de suite.

Jusqu'au moment où tu atteins quand même le camp.

Les marches de bois du Q.G. La porte sombre. Le poing qui sonne contre elle... Des pas... Des voix... Surprise, souci, ennui, fureur.

Les casques blancs et les brassards blancs de la police militaire.

— Dites au colonel de venir... Le colonel. Non ! le colonel seulement... Tant pis. Vous le réveillerez.

— Ta gueule ! Tu vas la fermer, morveux de réservoir !

Coups dans le noir. Corps qui basculent. Une douleur fulgurante quand quelqu'un lui marche sur son pied brisé.

Le cauchemar était terminé. Il se retrouvait couché sur un lit de camp dans une pièce blanche, des barreaux noirs aux fenêtres. Et un gigantesque M.P. sur le pas de la porte.

— Où suis-je ?

— A l'hôpital, mon yeutenant ! A l'infirmerie de la prison.

— Grand Dieu ! Qu'est-ce qui m'est arrivé ?

— Allez donc le savoir, mon yeutenant... Je crois que vous avez voulu massacrer un certain soldat de première classe... Vous n'arrêtiez pas de donner son signalement.

— Ah ! oui, le première classe. Vous lui avez mis la main dessus ?

— Rien sur les contrôles, mon yeutenant ! Sauf tout le respect que je vous dois, mon yeutenant, faut pas vous casser la tête.

On frappe. Le M.P. ouvre. Des voix.

— Mon yeutenant, y a le major Thompson qui veut vous parler. Comment est-ce que vous vous sentez ?

— Au trente-sixième dessous, sergent. Mais ça ne fait rien, s'il veut me voir, faites-le entrer. Je le verrai.

— Il est calmé, monsieur le major.

Une autre voix. *La Voix !* Celle qui... Et Barrows se cache la tête sous ses mains. Il ne veut pas voir. Ne regarde pas, mon garçon. Si, tu regardes ? Si c'est bien ce que tu crois, tu le tuerais.

Bruit de portes. Des pas.

— Bonsoir, lieutenant, est-ce que vous avez déjà vu un psychiatre, dans votre vie ?

Lentement, très lentement, terrorisé d'avance par cette explosion dont il savait qu'elle allait se produire, Barrows souleva les mains, ouvrit les yeux : peu importaient la veste bien coupée et les insignes du grade et du service de santé, peu importaient les manières un peu sucrées et les gestes professionnels. Cela ne signifiait rien. Une seule chose était importante : quand lui, Hip Barrows, avait vu ce visage pour la dernière fois, il avait appartenu à un certain soldat de première classe, qui, sans se plaindre et de façon toute désintéressée, avait traîné à travers les montagnes ce détecteur qui cassait les épaules. Et Dieu sait qu'il faisait chaud ce jour-là. Le première classe avait partagé les émois de la découverte. Sans rien dire. Par ses expressions de visage. Puis, brusquement, il avait eu un sourire, mais un sourire... Il avait tiré le levier à fond, et c'était ainsi que le camion en ruine et le rêve de la vie entière de Barrows avaient disparu ensemble, étaient, ensemble, *tombés vers le haut*, dans les profondeurs du vaste ciel.

Hip se mit à gronder et bondit.

Retour du cauchemar.

★

On ne peut pas dire, ils avaient fait tout ce qui avait été en leur pouvoir pour lui venir en aide.

On l'avait autorisé à fourrager personnellement dans les archives du polygone, de façon à éclairer sa religion. Non ! Jamais il n'y avait eu au camp un première classe comme celui qui l'avait accompagné. L'effet de démagnétisation était inconnu au corps, également.

Le lieutenant reconnaissait lui-même qu'il avait emporté les rapports à ce sujet dans sa propre chambre. Tout avait disparu. Certes, il existait un trou d'origine inconnue, dans la terre, au lieu indiqué. Et l'on avait retrouvé son détecteur. Mais cet appareil n'avait ni queue ni tête. Il se contentait de donner le degré d'aimantation de son propre électro-aimant, il était branché sur son propre champ. Quant au major Thompson, des témoignages irrécusables prouvaient qu'il s'était trouvé dans l'avion qui l'avait amené ici, au moment du drame.

— Si le lieutenant voulait bien faire un effort en vue de se débarrasser de l'idée que le major Thompson et le première classe qui n'existe pas ne font qu'une seule et même personne, nous pourrions peut-être nous entendre au mieux de ses intérêts. Des intérêts du lieutenant, s'entend. Ce n'est pas lui. Il est matériellement impossible que ce soit lui... Peut-être, tout de même, vaudrait-il mieux que ce soit le capitaine Bromfield qui vous traite.

— *Je sais ce que j'ai fait, je sais ce que je dis, je sais ce que j'ai vu. Je trouverai cet engin, et celui qui l'a inventé. Et Thompson, je le tuerai.*

Bromfield était un fort brave homme. Dieu sait qu'il faisait de son mieux. Mais l'existence, chez son patient, d'un don très vif et très entraîné de l'observation ne facilitait en rien la tâche qui devait consister à convaincre Hip de l'inexistence de facteurs qui, pour lui, avaient la rigueur de données scientifiques.

Une fois passé l'hystérie et l'hypocondrie subséquentes, une fois atteint cet équilibre précaire qu'on avait recherché, on voulut procéder de nouveau à la confrontation du malade et du major. Hip avait sauté à la gorge de Thompson et il avait fallu au moins douze hommes forts et quatre infirmiers militaires pour le maîtriser.

— *Ces garçons très brillants, vous avez vu com-*

ment c'est ? Un rien, et ils tombent en pièces déta-
chées.

Donc, on l'avait gardé encore un peu plus, histoire
de bien s'assurer qu'il n'en voulait qu'au major
Thompson. Après quoi, on avait solennellement averti et prévenu Thompson d'avoir à se méfier pour le
cas où... Et on avait fichu le lieutenant à la porte.

— Dommage, vraiment, vraiment dommage ! qu'ils
avaient dit.

Les premiers six mois avaient été un long cauchemar. Il avait docilement suivi les instructions du
capitaine Bromfield et essayé de garder l'emploi
qu'il avait obtenu en attendant cette adaptation dont
Bromfield faisait un tel plat ; l'adaptation ne s'était
pas faite.

Il avait fait de petites économies et touché sa
prime de démobilisation. Décidément, mieux valait
prendre quelques mois de vacances pour essayer d'en
avoir le cœur net.

D'abord, la ferme.

Puisqu'ils avaient découvert le camion dans le
champ, le camion devait obligatoirement appartenir
au fermier ou relever de la ferme. Trouver le propriétaire et il n'y aurait plus d'énigme.

Six mois, il fallut six mois pour localiser les archives du village intéressé, étant donné que le dit
village avait été vidé de ses habitants pour faire place
au polygone de D.C.A., il y avait déjà plusieurs années de ça. Six mois pour trouver les archives, le
cadastre et le nom du propriétaire de la ferme, puis
le nom de ceux qui pourraient le renseigner au sujet
du camion échoué au milieu du champ. Il s'agissait

d'un certain Prodd, A. Prodd, propriétaire, et aussi d'un de ses employés, une sorte de valet de ferme à moitié innocent, nom inconnu, parti sans laisser d'adresse.

Un an plus tard, il était tombé sur A. Prodd. Des rumeurs l'avaient conduit jusqu'en Pennsylvanie. Il avait eu l'intuition que c'était du côté de l'asile d'aliénés qu'il fallait poursuivre l'enquête. Effectivement, Prodd s'y trouvait, au dernier stade du gâtisme, mais pas du tout bavard, bien au contraire. Malgré tout, Hip avait appris que Prodd attendait son épouse et que leur fils Jack n'avait jamais réussi à naître, que le vieux Tousseul était peut-être un innocent, mais qu'il n'avait jamais existé quelqu'un d'assez habile pour désembourber le camion, et que Tousseul, d'ailleurs, était un brave garçon. Tousseul vivait dans les bois avec les animaux sauvages, alors que lui, Prodd, n'avait jamais manqué une seule traite. « Pas une seule, non, monsieur ! »

Hip n'avait jamais rencontré un homme plus heureux.

Barrows avait pris le maquis. Il avait vécu dans les bois avec les animaux. Trois ans et davantage, il avait sillonné la forêt à la recherche de ce Tousseul. Mangeant des baies sauvages et du gibier attrapé Dieu sait comme. Son chèque, le montant de sa pension, n'avait jamais manqué de lui parvenir, mais lui avait totalement oublié d'aller l'encaisser à la banque. Il avait oublié la technique de l'ingénieur et c'est tout juste s'il n'avait pas oublié son propre nom. La seule chose qu'il savait encore, et qu'il se souciait de savoir, est que le fait de placer un engin de cette sorte sur un camion, c'était le geste d'un innocent, et que cet innocent ne pouvait être que Tousseul.

Et il avait découvert la grotte, la caverne. Il y avait trouvé des hardes et loques d'enfants, et un morceau de câble argenté. Il y avait trouvé l'adresse.

Muni de l'adresse, il s'était rendu sur place, et il avait décidé de trouver les enfants. Mais il était tombé sur Thompson... puis Janie était venue le chercher.

En tout, sept ans.

★

Il faisait frais là où il se trouvait étendu ; mais sous sa tête il sentait un oreiller doux et chaud, et une main douce lui caressait les cheveux. Il dormait ou plutôt il avait dormi. Il était vidé, usé, à un tel point que dormir ou ne pas dormir, ça n'avait plus aucune importance. Rien n'avait plus aucune importance d'ailleurs. Il savait qui il était, il n'ignorait plus qui il avait été. Il savait ce qu'il avait voulu savoir, ce qu'il avait cherché et où il fallait le chercher. Et il allait le trouver dès qu'il aurait fait un petit somme.

Il s'étira dans une grande sensation de confort et la main s'arrêta de lui caresser les cheveux pour lui caresser la joue. « Oui, pensait-il réconforté, demain matin j'irai voir l'innocent. Mais je crois que je vais m'arrêter pendant une ou deux heures, simplement pour le plaisir de me rappeler. A l'école du dimanche j'ai remporté l'épreuve de marche sur la tête et on m'a donné le grand prix, un mouchoir kaki. Et j'ai attrapé trois brochets avant le petit déjeuner, au camp de vacances, tout en pagayant, et avec la ligne tenue entre les dents. Le plus gros m'a coupé la bouche. Je déteste le riz au lait et j'adore Jean-Sébastien Bach et le pâté de foie, et les deux dernières semaines du mois de mai, ainsi que les yeux clairs et profonds comme... Janie.

— Oui, oui, je suis là !

Il sourit, et il renfonça la tête dans l'oreiller. Non ! ce n'était pas un oreiller mais les genoux de Janie. Il ouvrit les yeux. La tête de Janie était comme un nuage noir sur le ciel étoilé.

— Il fait nuit ?

— Oui ! dit-elle très bas. Dormez bien !

Il songea à ce sommeil qu'il avait fait : comme il avait bien dormi !

— Je n'ai pas rêvé parce que je savais que je pouvais rêver.

— Je suis contente.

— Mais vous devez être raide comme un piquet ?

— Oh ! non ! Ça m'a fait plaisir de vous voir dormir comme ça.

— Nous pourrions peut-être reprendre le chemin de la ville ?

— Non, pas encore. A mon tour maintenant. J'ai un tas de choses à vous raconter, Hip.

— Mais vous avez froid. Ce n'est pas urgent.

— Très urgent au contraire... Il faut que vous sachiez avant qu'il nous retrouve.

— Il ? Qui, *il* ?...

Elle commença :

— Quand vous avez découvert cet appareil dans un champ, vous avez eu le doigt dessus pendant juste assez de temps pour savoir ce que c'était et ce que ça pouvait vouloir dire pour vous et le reste de l'univers. C'est à ce moment que l'homme qui était avec vous, le soldat, vous a fait tout perdre. Pourquoi supposez-vous qu'il l'ait fait ? Pour quelle raison ?

— Un bougre d'imbécile, un écervelé qui a fait ça par pure sottise !

— Après quoi l'officier médecin qu'on vous envoie ressemble comme deux gouttes d'eau à votre première classe, pourquoi ?

— Ils m'ont prouvé que je me trompais.

— Des preuves ? Des hommes qui étaient avec lui dans l'avion... Maintenant il y a aussi ces rapports que vous aviez pris dans votre chambre. Qu'est-ce qu'ils sont devenus ?

— Je ne sais pas. Pour autant que je sache, ma chambre a été fermée à clef quand je l'ai quittée après qu'ils l'eurent fouillée. Alors ?

— Dites, Hip, vous n'avez jamais pensé que ces trois choses : le première classe qu'on ne retrouve pas, les rapports qui manquent, la ressemblance qui existe entre le major et le première classe sont précisément les trois choses qui font qu'on vous a cru fou ?

— C'est évident. Je pense que si j'avais réussi à prouver une de ces trois choses, à prouver que j'avais raison et non pas eux, je n'aurais pas souffert de cette obsession.

— Bon ! très bien. Maintenant, autre chose : vous mettez ensuite sept ans à retrouver la trace et à vous rapprocher toujours davantage de ce que vous avez perdu. Vous trouvez celui qui a construit l'engin, vous allez mettre la main sur lui, et quelque chose se produit.

— Oui, et c'est de ma faute. Je tombe sur Thompson et je pique une crise.

Janie mit la main sur l'épaule de Hip.

— Supposez que ce ne soit pas le simple hasard et que le première classe ait fait exprès de tirer ce levier ?

Il n'aurait pas été plus surpris si elle lui avait lâché un flash de magnésium dans la figure. La lumière était aussi vive, aussi aveuglante, aussi inattendue. Quand il eut repris haleine :

— Comment ai-je pu ne pas y penser ?

— On ne vous laissait pas y penser, dit-elle avec amertume.

— Que voulez-vous dire. J'étais...

— Non, pas encore... Supposez seulement que quelqu'un vous a fait ça. Avez-vous la moindre idée au sujet de l'identité de cette personne ? et pourquoi elle l'aurait fait ? et comment ?

— Non, aucune. Supprimer le premier et seul générateur antigravitation, ça n'a pas de sens pour moi. Et me choisir comme victime, me persécuter de façon si compliquée, je ne comprends pas beaucoup plus. Quant aux méthodes employées... Si je comprends bien il a fallu entrer dans des chambres

264

aux portes fermées à clef sans les ouvrir, hypnotiser les témoins, lire dans les pensées...

— Il peut tout ça, dit Janie.

— Qui, Janie, qui ?

— Celui qui a fait le générateur !

Hip sauta sur ses pieds et poussa un cri :

— Ça y est !

— Voyons, Hip, que se passe-t-il ?

— Ne vous effrayez pas, Janie, je viens de comprendre. Je viens de comprendre que la seule personne qui ait pu détruire le générateur antigravitation était précisément le seul qui était capable d'en reconstruire un au cas où il aurait eu envie de le faire. Ce qui signifie que le soldat de première classe et l'innocent et peut-être, oui, certainement Thompson, ne sont qu'une seule et même personne. Comment est-il possible que je n'y aie jamais songé ?

— Je vous l'ai déjà dit : parce que cela vous était interdit...

— Il faudra que vous me racontiez, que vous me racontiez tout, Janie.

★

Et elle lui raconta tout. Elle lui raconta Tousseul et Bonnie et Beany et elle-même et Mlle Kew et Miriam, toutes deux mortes à présent, et Gérard. Elle lui raconta comment l'on avait déménagé, après la mort de Mlle Kew, et vécu de nouveau dans les bois. Tout s'était très bien passé pendant un temps. Puis...

— Gerry devenait ambitieux. Il avait décidé d'aller suivre les cours de l'université. C'était facile. Tout était facile. Il passait inaperçu. A condition de porter des lunettes. Pour cacher son regard. C'est ainsi qu'il a étudié la médecine et la psychologie.

— Il est vraiment psychanalyste ?

— Non ! Il s'est contenté de suivre les cours et de passer les examens. Il y a une différence, quand même. Il s'est caché dans la foule, il a falsifié toutes sortes de papiers afin d'être admis à l'université. Et jamais on ne l'a démasqué. Parce qu'il lui suffisait, quand quelqu'un lui demandait quelque chose, de le regarder pendant une fraction de seconde et la personne indiscrète oubliait tout. Et il n'a jamais échoué à un examen. Il suffisait qu'il y ait des cabinets.

— Des cabinets ?

— Parfaitement !... Et ça a bien failli tourner mal une certaine fois. Vous comprenez, il s'enfermait dans une cabine et il appelait Bonnie ou Beany. Il leur disait ce qui n'allait pas, et elles revenaient au triple galop. Elles venaient me le dire, je demandais ce qu'il en était à Bébé. Puis elles repartaient porter la réponse. Et cela en quelques secondes, tout compris. Tant et si bien qu'un beau jour un étudiant a entendu Gerry qui parlait dans la cabine voisine. Il s'est penché en avant et a regardé par-dessus la porte à claire-voie. Vous vous imaginez un peu ! Bonnie et Beany ne peuvent même pas porter un cure-dent sur elles quand elles font de la transmission à distance. Encore moins un vêtement.

— Et qu'est-ce qui est arrivé ?

— Oh ! Gerry a trouvé le moyen de se tirer d'affaire. Il est sorti de là en courant. Il hurlait qu'il y avait une fille toute nue dans les cabinets. La moitié des étudiants inscrits à l'université sont venus voir. Bien entendu il n'y avait plus personne. Ah ! c'était le bon temps ! Gerry s'intéressait à tant de choses ! Il lisait tout le temps. Et il ne cessait pas de questionner Bébé. Il s'intéressait aux gens et aux livres, aux machines, à l'histoire, aux arts. A tout. Il m'a appris un tas de choses. Parce que, comme je vous le disais, toutes les informations passent nécessairement par moi... Mais ça n'a pas duré. Bientôt Gerry est devenu — comment dire ? — est tombé malade ; non ce n'est pas tout à fait ça... Je sais qu'il existe des gens qui sont véritablement *progressifs*, qui vraiment creusent et s'instruisent et qui utilisent ce qu'ils ont appris. Ils sont faits comme ça. Mais la grande majorité n'est pas comme ça du tout. Il y en a quelques-uns qui s'intéressent sincèrement à ce qu'ils font. Les autres veulent se prouver quelque chose. Ils veulent devenir plus riches, plus forts, ou meilleurs, ou plus puissants. Comme Gérard, quoi ! Il n'avait jamais reçu d'instruction d'aucune sorte, à vrai dire. Et il avait toujours eu peur de se mettre sur les rangs. Evidemment, la vie n'avait pas toujours été douce pour lui. Il s'était évadé à sept ans de l'orphelinat où il était enfermé. Il avait vécu comme un rat d'égout jusqu'au moment où Tousseul l'avait recueilli. Maintenant ce n'était pas désagréable, bien entendu, d'être premier en classe et de gagner tout l'argent qu'il voulait simplement en faisant un petit mouvement du doigt. Et pendant une courte période, ça l'a intéressé, je veux dire : deux ou trois matières l'ont intéressé, la musique et la biologie entre autres... Mais, très vite, il a compris qu'il n'avait aucun besoin de prouver quoi que ce soit à quiconque. Il était plus intelligent et plus fort, et il disposait de plus de pouvoir que n'importe qui. Il pouvait avoir ce qu'il voulait. A quoi bon s'instruire ? Et c'est ainsi que Gérard a abandonné ses études et qu'il a cessé de jouer du hautbois. Qu'il a tout abandonné. Pendant un an, il n'a plus rien fait du tout. Il lui arrivait de rester des semaines entières couché, sans parler... Notre *Gestalt* — c'est ainsi que nous l'appelions entre nous — notre *Gestalt* avait été un idiot, Hip, du temps où Tousseul se trouvait à notre tête, à l'époque où il était « notre tête », ou notre chef, si vous préférez. Quand Gérard l'a remplacé, c'est devenu quelque chose de fort et de nouveau, une chose en expansion. Puis Gérard a traversé la période que je viens de dire, il est devenu par un retour des choses un mélancolique anxieux : un cyclothymique à fond dépressif.

— Je vois ce que c'est : un mélancolique avec assez de puissance pour régner sur le monde entier.

— Oui ! Mais ça ne l'intéressait pas. Il savait que ça lui lui était possible. Que ça lui aurait été possible. Mais il ne voyait aucune raison de le faire. Mais comme c'était décrit dans les manuels de psychologie qu'il avait lus, il a réagi, et abordé une période de régression caractérisée. Et il est devenu infantile. Et son genre d'infantilisme était passablement laid. Laid et méchant. **Pervers.**

« J'ai commencé à bouger un peu. Je ne pouvais plus supporter la maison. Je me suis mise à rechercher ce qui pourrait le tirer de cette humeur où il se trouvait... Donc un beau soir, à New York, j'ai passé un moment avec un bonhomme que je connaissais et qui était un des dirigeants de l'I.R.E.

— Tiens, dit Hip, l'Institut des Radio-Electriciens... Un truc épatant, je sais, j'en faisais partie.

— On le sait ! dit-elle. Le type m'a mise au courant.

— Il vous a mise au courant de quoi ? De moi ?

— Oui ! Il nous a renseignés, il nous a parlé de ce que vous aviez appelé une *récréation mathématique*. Une extrapolation des lois probables et des phénomènes à prévoir dans un *générateur gravitationnel*.

— Seigneur Dieu !

Janie eut un petit rire peiné.

— Oui, Hip, c'est moi qui vous ai valu ça. Il faut dire que je ne vous connaissais pas, à ce moment. Je voulais seulement intéresser Gérard à quelque chose... Et d'ailleurs, ça l'a vraiment intéressé, je dois dire. Il a posé des tas de questions à Bébé. Et Bébé lui a répondu en quatrième vitesse. Vous comprenez, Tousseul avait fabriqué cette machine avant l'arrivée de Gérard. Et nous ne nous en souvenions plus du tout. Nous avions tout à fait oublié de quoi il s'agissait.

— Comment ! Vous aviez oublié une chose pareille ?

— Ecoutez, nous ne sommes pas des gens comme tout le monde.

— Bien sûr. Pourquoi seriez-vous comme tout le monde ?

— Oui, Tousseul avait construit ça pour le vieux fermier Prodd. Ça, c'est du Tousseul tout craché ! Faire un générateur antigravitation pour augmenter et diminuer le poids du camion. C'était un vieux camion et il voulait lui permettre de s'en servir comme d'un tracteur. Tout ça parce que le cheval de Prodd était mort et qu'il ne pouvait pas se permettre d'en acheter un autre.

— Ce n'est pas possible !

— Mais si ! Pour un idiot, c'était un idiot, Tousseul ! Donc Gérard a demandé à Bébé quelles seraient les conséquences, si cette invention venait à être connue. Et Bébé a répondu que ça en aurait beaucoup. Plus que la *révolution industrielle* du siècle dernier. Pire que n'importe quoi d'autre avant. Et que, si les choses ne s'arrangeaient pas d'une certaine manière, nous aurions une guerre comme on n'en avait jamais vue. Il paraît que la *gravitation* est la clef d'un tas de choses. Ce qui mène à ajouter un élément au champ intégré des forces, et cet élément c'est le psychisme.

— Ah ! oui ! Matière, énergie, espace, temps, plus psychisme ! fit Hip.

— Oui ! Tout ça, c'est la même chose. Tout simplement il n'y aurait plus de secrets.

— Ça, c'est ce que j'ai entendu de plus étonnant. Alors Gérard a décidé que nous autres, pauvres singes sous-développés, nous ne méritions pas de...

— Gérard, lui, il s'en fiche bien de ce qui vous arrive à vous autres singes ! Eh bien oui ! C'est Bébé qui a donné cette idée que d'une façon ou d'une autre, on nous retrouverait toujours comme pionniers de l'antigravitation. Vous devriez savoir de quoi il s'agit, Hip, étant donné que vous y êtes arrivé tout seul. Avec cette différence que le 22ᵉ Bureau, lui, y serait arrivé en sept semaines au lieu d'y mettre sept années comme vous. Ou sept jours, avec un peu de chance... Et c'est bien ce qui gênait Gérard. Il était dans sa période de solitude. Il voulait mariner dans son jus au fond de sa cachette du milieu des bois. Il ne voulait pas être tarabusté par les forces armées des Etats-Unis qui viendraient lui demander de se montrer bon patriote... Bien sûr, il aurait pu en faire son affaire, il aurait pu, à mesure, leur régler leur affaire à tous et à chacun. Mais seulement à condition de ne pas y travailler à mi-temps. L'ennui, c'est que travailler à journée pleine, ce n'était pas dans ses cordes. Et il a piqué une crise. Il était fou furieux. Il en voulait à Tousseul qui était mort et à vous encore plus, parce que vous ne l'étiez pas.

— Brrrr ! il aurait pu me tuer. Pourquoi est-ce qu'il ne l'a pas fait ?

— Pour la même raison qu'il n'a pas été confisquer l'engin avant... Je vous dis qu'il était mauvais et rancunier comme un enfant. Vous le gêniez. Il allait vous apprendre... Maintenant, je dois confesser qu'à l'époque, ça ne me faisait pas grand-chose, d'une façon ou d'une autre. Ça me faisait tant de bien de le voir de nouveau vivant ! C'est ainsi que je l'ai accompagné au polygone... Bien entendu, vous ne pouvez pas vous rappeler. Il est entré dans votre laboratoire pendant que vous étiez en train de procéder au calibrage de votre détecteur. Il vous a regardé dans les yeux, et il est ressorti muni de tout ce que vous saviez ou aviez pensé jusque-là. Y compris le fait que vous aviez l'intention de — comment dire ? — ah ! oui, de *désigner un volontaire*.

— Oui ! j'étais jeune, en ce temps-là.

— Vous ne pouvez pas savoir... Donc, vous sortez avec cet énorme instrument pendu à une lanière le long de votre bras. Je vous vois, Hip. Oui, je vous revois, votre joli uniforme, le soleil sur vos cheveux... J'avais dix-sept ans, mon cher... Donc Gérard m'ordonne de lui trouver une chemise de première classe, immédiatement. Et j'en prends une dans un des baraquements.

— Alors comme ça, une jeunesse de dix-sept ans peut entrer dans un baraquement militaire ou en sortir sans se faire pincer, maintenant ? Pas une femme normale, voyons !

— Mais je n'y suis pas entrée !

Et Hip sentit la chemise qu'il portait sur son dos soulevée, arrachée avec violence. Les pans de la dite chemise dépassèrent la ceinture d'où ils sortirent pour se répandre autour de lui, dans l'aube venteuse.

— Assez, assez, hurla-t-il.

— C'est pour vous montrer, dit Janie. Donc, Gérard a enfilé la chemise. Il s'est placé contre la palissade et il vous a attendu. Vous avez marché droit sur lui et vous lui avez fourré le détecteur entre les mains.

« Hep, militaire, prenez-moi ça, vous venez de vous désigner comme volontaire pour un pique-nique dans la montagne et voici notre panier de provisions.

— Ce que je pouvais être odieux, non ?

— Non ! je n'ai pas trouvé. Je regardais de derrière la cabane des M.P. Je vous ai trouvé plutôt... merveilleux, vraiment, Hip !

— Oui ! Continuez, racontez-moi le reste. Janie.

— Le reste, vous le connaissez. Gérard a envoyé Bonnie chercher les rapports dans votre chambre. Elle me les a apportés et je les ai brûlés, Hip, de mes propres mains. Je regrette, je ne connaissais pas les intentions de Gérard.

— Et après ?

— Après, tout y était. Gérard avait fait le nécessaire pour que vous fussiez définitivement discrédité. Il le fallait. Vous prétendiez qu'un certain soldat de première classe avait bel et bien existé. Or, personne ne le connaissait ou n'avait jamais entendu parler de lui. Vous prétendiez que le psychiatre et lui ne faisaient qu'un. Ce qui est mauvais signe, comme vous le dira n'importe quel élève de première année de médecine. Et vous parliez de rapports qui corroboraient ce que vous assuriez. Ces rapports avaient disparu. Ennuyeux, ça ! Vous pouviez prouver, bien sûr, que vous aviez fait un trou pour déterrer quelque chose, mais quoi ? D'autre part il y avait votre esprit, un esprit entraîné de physicien, esprit en pleine possession des faits, de faits que le monde entier contestait et dont il pouvait prouver qu'ils n'étaient pas fondés. C'était vous ou le monde, l'un des deux devait céder.

— Charmant !

— Et pour faire bonne mesure, Gérard vous avait laissé une inhibition pour quand vous vous réveilleriez : celle de ne pas pouvoir l'associer ni sous la forme de première classe, ni sous celle du psychiatre ou du major Thompson, à l'affaire du générateur antigravitation... Quand j'ai découvert ça, j'ai tenté de lui faire faire quelque chose pour vous venir un peu en aide. Mais il s'est contenté de me rire au nez. J'ai consulté Bébé sur ce qu'on pouvait faire. Rien, m'a-t-il répondu. L'inhibition post-hypnotique ne pouvait être levée que par une *abréaction régressive*.

— Ah ! Ça alors, qu'est-ce que ça peut bien être ?

— C'est le fait de procéder à un retour en arrière, de *revivre* mentalement l'affaire elle-même avec tous les détails. Impossible, puisque vous souffriez de cette inhibition, de la censure qui vous frappait depuis le moment où il vous l'avait infligée. La seule méthode thérapeutique à suivre c'était de vous immobiliser complètement, de ne pas vous expliquer pourquoi. Et d'arracher chacune des couches successives, subséquentes à l'événement, l'une après l'autre, de la même manière qu'on épluche un oignon, jusqu'au moment où l'on atteindrait l'instant où Gérard vous a frappé d'inhibition. Comme c'est une inhibition « à partir de maintenant », elle ne pouvait pas s'opposer au voyage régressif. Mais comment vous retrouver ? Comment vous immobiliser sans vous expliquer pourquoi ?

— Dieu du ciel ! Hein ! Si je suis quelqu'un d'important pour qu'un gars comme ça, que je n'ai ja-

mais seulement vu, se donne tout ce mal pour moi !
Quand même, ça fait du bien !

— Oh ! ne soyez pas si content de vous... Il vous
a écrasé comme on écrase un cancrelat. Une chique-
naude et puis on n'y pense plus.

— Merci quand même !

— Et pas une fois seulement ! Il a remis ça. Vous
étiez là avec vos sept bonnes années fusillées ! Votre
bonne tête de scientifique disparue. Il ne vous restait
que votre carcasse en mauvais état et cette sourde
obsession que vous ne pouviez comprendre et dont
vous ne pouviez vous soulager. Le ciel vous avait
doué d'assez de... de je ne sais trop quoi, ni comment appeler ça, mais indiscutablement vous en
aviez — pour vous permettre de traverser ces sept
années terribles et de rassembler toutes les pièces
du puzzle. Jusqu'au jour où vous vous retrouvez sur
le pas de sa porte. Alors, quand il vous voit venir
(c'est une coïncidence, justement il était en ville),
il sait immédiatement qui vous êtes et ce que vous
recherchez. Au moment où vous l'attaquez, il vous
fait dévier sur la vitrine de magasin d'un seul clin
de ses... sales... yeux qu'il a.

— Allons, allons Janie, un peu de calme...

— Ça me rend folle, expliqua Janie en se couvrant les yeux de ses doigts. (Puis elle se rejeta les
cheveux en arrière, redressa les épaules et poursuivit :) Il vous a envoyé vous écraser contre cette vitrine de magasin. Et en même temps il vous a donné l'ordre hypnotique de vous replier sur vous-même et de mourir. Je l'ai vu. Je l'ai vu faire... Saleté !
(Elle reprit son souffle avec peine.) Peut-être que si

ç'avait été un cas isolé, j'aurais pu lui pardonner. Je n'aurais jamais pu approuver, mais il y a eu un temps où j'avais foi en lui... Il faut que vous compreniez, nous sommes des membres différents d'un même corps, Gérard, les enfants et moi. C'est quelque chose de réel et qui vit. Et de le détester, c'est comme de détester ses jambes ou ses poumons.

— Mais ça se trouve dans la Bible, ça. Il est écrit : « *Si ton œil gauche t'est un sujet de scandale, arrache-le. Si ta main droite...* »

— Oui ! Ma main, mon œil, d'accord. Mais pas ma tête !... de toute façon, votre cas n'a pas été un cas isolé. Vous n'avez pas entendu parler de la fusion de l'élément 83 ?

— Si, un vrai conte de fées !... Je me souviens vaguement. Il y avait un certain bonhomme, une espèce de dingue nommé Klackenhorst, n'est-ce pas ?

— Un certain Klackenheimer, plutôt !... Gérard avait traversé une de ses périodes de prétention excessive, et il avait parlé d'une différentielle dont il n'aurait jamais rien dû laisser entendre. Klack a ramassé la chose. Il a bel et bien réussi la fusion du bismuth. Et Gérard s'est mis à devenir inquiet. Ça allait faire trop de bruit. Et un tas de gens pourraient prendre la piste. Si bien qu'il s'est débarrassé du pauvre vieux Klack.

— Mais Klackenheimer est mort d'un cancer.

Elle le regarda bizarrement.

— Mais oui, bien sûr... Oh ! il y en a eu d'autres, encore. Pas tous aussi en vue que celui-là. Un jour je l'avais mis au défi de faire la cour à une fille à son propre compte, sans utiliser ses atouts spéciaux. Et il a été vaincu par un rival. Le vainqueur, c'était un charmant enfant, qui vivait de la vente de machines à laver. Il les vendait en faisant du porte à porte. Les affaires marchaient bien. Le gosse a été atteint *d'acné rosacée.*

— Oui, je connais ça. J'en ai vu : le nez comme une betterave.

— Une betterave particulièrement cuite et très gonflée. Finies les machines à laver.

— Finie la jolie fille ?

— Eh bien non ! Elle s'est accrochée à lui. Ils ont un petit magasin de verreries et de porcelaines. Il garde l'arrière-boutique.

— Bon ! Je veux bien vous croire, Janie. Qu'il y en ait eu des tas, c'est dans l'ordre de ce genre de choses. Mais pourquoi moi ? Vous m'avez tous sauté dessus.

— Pour deux raisons. *Primo :* je l'ai vu vous faire ça dans la grand-rue de la ville ; vous faire traverser la vitrine après vous avoir fait croire qu'il se trouvait derrière la glace. C'était la dernière manifestation de méchanceté gratuite que j'étais prête à supporter. *Secundo :* il s'agissait de vous. Oui, de vous.

— Je ne comprends pas très bien.

— Ecoutez-moi bien, commença-t-elle, passionnée, nous ne sommes pas une bande de phénomènes. Nous sommes l'*Homo Gestalt*, vous savez, c'est-à-dire une identité unique, une nouvelle forme d'être humain. Nous n'avons pas été inventés. Nous avons évolué tout seuls. Nous sommes l'étape suivante. L'échelon supérieur. Nous sommes seuls. Il n'y a personne d'autre comme nous. Nous ne vivons pas dans le même monde que vous. Nous vivons sans système moral, sans code pour nous guider. Nous habitons une île déserte que nous partageons avec un troupeau de chèvres.

— Et la chèvre, c'est moi ?

— Bien entendu. Vous ne vous en rendez pas compte ? Mais nous sommes nés sur cette île, avec personne pour nous enseigner, pour nous montrer quoi faire. Nous pouvons apprendre des chèvres tout le nécessaire pour faire d'une chèvre la meilleure des chèvres, mais cela ne changera rien au fait que nous ne sommes pas une chèvre. On ne peut nous appliquer le même jeu de règles et de lois qu'à l'humain ordinaire. Non, non, Hip, ne m'interrompez pas, ce n'est pas le moment... Vous avez déjà vu, au musée, la série des squelettes, mettons du cheval. Cela commence avec le petit eohippus, puis ça monte, monte, monte. Jusqu'au percheron, mettons à dix-huit ou dix-neuf numéros de là. Certes, il existe une différence sensible entre le numéro un et le numéro dix-neuf. Mais y en a-t-il véritablement une entre le numéro quinze et le numéro seize ? Bien peu...

— Oui, mais qu'est-ce que ça a à voir avec ce que vous disiez tout à l'heure ?

— Vous ne voyez pas ? L'*Homo Gestalt* est quelque chose de nouveau, et de supérieur. Mais les parties qui le composent : les bras, l'abdomen, la mémoire commune, c'est comme dans le cas des os du squelette, ce sont les mêmes qu'à l'étape immédiatement antérieure. Ou du moins, la différence n'est pas très grande. Je suis moi, je suis Janie. Je l'ai vu vous écraser. Vous étiez tout râpé et tellement plus vieux que votre âge. Mais je vous ai reconnu. Je vous voyais. Puis je voyais l'homme que vous aviez été sept années auparavant. Comme vous sortiez avec le détecteur à bretelle. Et le soleil sur vos cheveux. Vous étiez grand et fort, et vous avanciez comme un étalon tout luisant de santé. A vous voir, on comprenait les teintes flamboyantes qu'a le coq nain. Vous étiez cette chose qui secoue la forêt quand l'élan mâle pousse son cri de défi... J'avais dix-sept ans, que diable, j'avais dix-sept ans, Barrows, et c'était le printemps et j'avais rêvé, des rêves qui m'effrayaient...

— Oh ! Janie... Janie !

— Arrière, hurla-t-elle, arrière ! Si vous croyez que c'était le coup de foudre ! Non ! C'est enfantin, ça ! L'amour, c'est différent ! Je ne parle pas de l'amour. Je parle d'avoir dix-sept ans et de se sentir... (De nouveau elle se couvrit les yeux de ses doigts.) Et de se sentir tout humaine !

— Et c'est pour cette raison que je vous ai aidé, vous et personne d'autre.

Hip se leva et avança dans le frais matin... Il souvenait de la panique qui avait été celle de Janie quand il lui avait annoncé l'apparition de Bonnie. A travers ses yeux, il voyait maintenant quel aurait été son sort, à lui pauvre chétif, aveugle, mou, désarmé s'il s'était de nouveau aventuré seul, sous le talon cruel de l'ennemi invisible.

Il se souvenait de ce jour où il était sorti, arrogant, content de soi, étroit d'esprit et d'aspiration, cherchant le plus abruti des première classe qu'on pût trouver sur le polygone.

Il pensait à ce qu'il avait été. Et plus il y songeait, plus il se sentait empli, gonflé d'humilité, d'une humilité brûlante, qui l'étranglait, l'étouffait, le remuait tout entier.

— Janie, dit-il, Janie, il faut que je vous dise, il faut que vous sachiez ce qui était en moi ce jour-là, ce n'était pas ce que vous imaginiez. Je ne veux pas gâter rétrospectivement vos dix-sept ans... Je me rappelle beaucoup plus fidèlement que vous. Pour vous il y a sept ans de ça alors que pour moi, il s'agit d'hier, du moment qui était avant le sommeil d'où je m'éveille. Janie, j'ai eu des ennuis de jeunesse. La première chose que j'ai apprise c'est que j'étais un inutile. Et ce que je désirais n'avait donc, par définition, aucun intérêt. Je n'avais pas essayé de discuter jusqu'au moment où je suis parti. Là j'ai trouvé un monde qui avait des valeurs entièrement distinctes de celles du monde d'où je venais. Dans mon nouvel univers, j'étais estimé. On voulait de moi. J'étais *intégré*.

« Après, je suis entré dans l'armée de l'Air, et, brusquement, j'ai cessé d'être un héros de terrain de football ou le grand manitou de la Société d'Eloquence. J'étais un poisson brillant mais sorti de l'eau, et qui sentait la sécheresse tout autour de lui.

« Oui, c'est tout seul que j'ai trouvé le champ de démagnétisation. Mais ce que je voudrais que vous n'ignoriez pas est que, ce jour où je suis sorti du laboratoire, je n'étais pas cet oiseau charmeur et le reste, j'étais un garçon qui veut découvrir quelque chose et l'apporter en don à l'humanité, non pas pour l'amour de l'humanité, mais... Mais pour qu'on me tape dans le dos et qu'on veuille bien me demander de venir jouer du piano au mess des officiers. Et qu'on me regarde quand j'entrerais quelque part. Rien d'autre. Je ne désirais rien d'autre... Et quand je me suis rendu compte que je n'avais pas découvert un *amortissement des ondes magnétiques* qui m'aurait rendu célèbre, mais l'*antigravitation* qui devait changer la face de la terre, je n'ai senti qu'une seule et unique chose : que ce serait le président qui me taperait dans le dos et des généraux qui me demanderaient de leur jouer du piano. Ou le contraire. Ce que je désirais, en somme, n'avait pas changé.

Pour finir, elle lui posa la question :

— Et maintenant ? Qu'est-ce que vous voulez ?

— Ce n'est plus ça, dans tous les cas... Quelque chose d'autre. Quelque chose de différent... C'est drôle, vous savez, Janie, je ne sais plus très bien quoi. Je ne sais pas quoi.

— Vous finirez peut-être par le savoir, Hip... Vous savez, il va falloir partir.

— Bon, très bien. Mais où ?

— Chez moi. A la maison !

— Chez Thompson ?

— Oui !

— Il faut qu'il apprenne quelque chose que ne peuvent pas lui enseigner les machines à calculer. Il faut qu'il apprenne à avoir honte.

— Avoir honte de quoi, mon Dieu ?

— Je ne sais pas comment fonctionnent les systèmes moraux. Je ne sais pas du tout comment une morale s'établit. Tout ce que je sais de la morale, c'est que si on viole ses commandements, on en est puni par la honte qu'on ressent. Nous commencerons par-là.

— Et que puis-je pour vous ?

— Venir avec moi. Je veux qu'il vous voie. Je veux qu'il sache qui vous êtes et comment vous raisonnez. Je veux qu'il se rappelle ce que vous étiez auparavant, les promesses que vous donniez, de façon qu'il sache ce qu'il vous a coûté.

— Et vous croyez que cela peut avoir un effet quelconque ?

Elle sourit. Et l'on pouvait à coup sûr tout craindre d'une personne qui savait sourire comme ça.

— Sûrement ! dit-elle. Il faudra qu'il comprenne qu'il n'est pas tout-puissant et qu'il ne peut pas tuer un être meilleur que lui, simplement parce que lui est le plus fort.

— Vous voulez qu'il essaie de me tuer ?

— Il n'essaiera pas. Ne vous tracassez pas pour cela, Hip ; je suis le seul lien qu'il possède avec Bébé. Vous croyez qu'il désire se pratiquer une lobotomie préfrontale ? Vous voulez qu'il s'ampute lui-même de sa propre mémoire ? Et ce n'est pas tout à fait la mémoire d'un homme ordinaire. C'est la mémoire de l'*Homo Gestalt*. Ce sont tous les renseignements, la combinaison de toutes les données et le résultat de toutes ses combinaisons. Tous les résultats possibles. Il peut se passer de Bonnie et de Beany, il peut faire des choses à distance par d'autres procédés. Il peut se passer des autres choses que nous lui faisons, mais pas de celle-là. Il ne peut se passer de l'aide de Bébé et, à présent, il peut toucher Bébé, le soulever, lui parler, mais il ne peut rien tirer de lui. Il ne peut obtenir quelque chose de lui que par mon intermédiaire.

— Oui, oui ! C'est dit, je viendrai. Vous n'aurez pas besoin de vous suicider.

★

Pour commencer, ils regagnèrent leur maison à eux. Janie se mit à rire et elle ouvrit les verrous sans y toucher, rien qu'en les regardant.

— J'ai eu si souvent envie de le faire, dit-elle, mais je n'osais pas.

D'une pirouette elle entra dans sa chambre.

— Regardez ! dit-elle à Hip.

La lampe quitta la table de nuit, traversa les airs, pour aller se poser par terre, dans la salle de bains. Le fil électrique tournoya comme la queue d'un serpent, les fiches allèrent s'introduire dans la prise, l'interrupteur fit un petit bruit sec, et l'ampoule s'alluma. Elle regarda le réservoir et le robinet tourna, l'eau glacée se mit à couler, emplit le verre.

— Regardez, regardez, criait Janie.

Et le tapis se soulevait, avançait en direction de la porte d'entrée, prenait l'aspect d'un bœuf de labour pour retomber un peu plus tard à son niveau primitif. Et les couteaux, les fourchettes, deux cravates, une ceinture, le rasoir et la brosse à dents montaient vers le plafond avant de retomber en pluie, et se disposer sur le sol, en dessinant un cœur traversé d'une flèche. Il rit, il la serra contre son cœur, et la fit tourner sur elle-même, et lui demanda :

— Comment se fait-il, Janie, que je ne vous aie jamais embrassée ?

Elle s'immobilisa, avec dans les yeux une expression indescriptible : tendresse, amusement ou quoi d'autre ? Puis elle parla.

— Je ne vous dirai pas comment cela se fait, Hip, parce que vous êtes merveilleux, et brave, et fort, et intelligent, mais, aussi, un petit peu fat.

Elle s'éloigna de lui, et l'air se remplit de couteaux et de fourchettes, et de cravates, et de lampes et de cafetières, tout cela qui regagnait sa place primitive.

— Dépêchez-vous ! dit-elle encore quand elle fut arrivée à la porte.

Il bondit derrière elle, qui riait, dans le corridor.

— Je sais pourquoi je ne vous ai jamais embrassée.

— Ah ! oui ?

— Vous pouvez ajouter de l'eau dans un récipient qui reste fermé. Ou la faire diminuer sans l'ouvrir.

— Oui.

— Quand nous autres pauvres mâles, nous nous mettons à ruer, à frapper de nos cornes les branches basses, c'est peut-être le printemps qui nous travaille, ou l'idéalisme sous une forme concrète, ou peut-être l'amour. Mais c'est toujours déclenché par l'action d'une pression hydrostatique à l'intérieur de réservoirs plus petits que l'ongle de mon auriculaire.

— Oui.

— Si bien que quand l'humeur diminue dans les réservoirs susindiqués, eh bien... euh... il devient plus facile de respirer et la lune perd de sa signification.

— Oui.

— Et voilà ce que vous m'avez fait.

— Oui...

Elle s'arracha à lui, lui lança un regard, et lui fit entendre l'arpège mélodieux de son rire. Et quand elle eut repris haleine, elle ajouta :

— Avouez que ce n'est pas immoral du tout ?

— Je ne sais pas, mais aucune jolie fille ordinaire n'aurait fait ça.

Elle plissa les ailes de son nez, et se glissa hors de sa chambre. Il regarda la porte fermée, puis revint sur ses pas.

... Intrigué, enchanté, terrifié, pensif, il fit couler la douche et se mit en devoir de se déshabiller.

★

... Ils restèrent sur la route jusqu'à ce que le taxi eût disparu. Puis Janie lui montra le chemin sous les arbres. S'ils avaient jamais eu affaire à la hache, ces arbres, personne ne pouvait le savoir. La piste était sinueuse, à peine marquée entre les branches. Ils avancèrent vers une falaise recouverte de mousse. Non ! ce n'était pas une falaise. D'un peu plus près, on distinguait le mur à droite et à gauche, à perte de vue. Et dans le mur une énorme porte de fer, massive et sans un ornement, attendait. Un cliquetis. Il sut que c'était l'œuvre de Janie. La porte glissa sur ses gonds et se referma derrière eux. Derrière la muraille, la forêt restait la même. Le chemin de brique tournait deux fois sur lui-même. Un kilomètre plus loin, on apercevait la maison. Elle était trop grande et trop basse. Le toit donnait l'impression d'être écrasé. De près, on sentait que le paysage entier était comme en prison.

— Moi non plus, dit Janie.

Et il lui fut reconnaissant d'avoir regardé son visage.

Quelqu'un se tenait sous un chêne tordu, qui les épiait.

— Attendez-moi, je reviens tout de suite.

Janie alla jusqu'à l'arbre. Il l'entendit parler à quelqu'un :

— Il le faut. Vous voulez me voir morte ?

Ce qui parut rendre la discussion inutile. Quand elle fut revenue près de lui, il regarda de nouveau sous le chêne tordu : plus personne.

— C'était Beany expliqua Janie ; vous ferez sa connaissance plus tard. Venez.

La porte de lourdes planches de chêne était armée de fer, et elle s'harmonisait parfaitement avec d'énormes gonds sertis dans l'ogive massive dont elle épousait le contour. Les fenêtres étaient des meurtrières à barreaux.

Cette porte, d'ailleurs, venait de s'ouvrir sur eux et sans grincement.

Une sorte d'écho lui résonna dans le ventre. Cela et les tuiles au dessin en diamant, gris-brun et jaune foncé, dont le motif était repris sur les murs, l'air humide et le plafond qui pesait sur la tête, le fit penser à l'intérieur d'une bouche. Oui ! on avait vraiment le sentiment d'être à l'intérieur d'une grande bouche de malade.

Un corridor qui paraissait n'en plus finir, mais ce n'était qu'une illusion d'optique...

— Tout va très bien, lui souffla Janie.

Elle s'arrêta devant la porte qui se dressait au bout du corridor. Derrière, une sorte d'antichambre.

— Attendez-moi ici, Hip, vous voulez bien ? Il faut que je le voie d'abord. Faites-moi confiance, Hip, s'il vous plaît.

Elle avait tout son sang-froid. Lui, il souhaitait qu'il y eût un peu plus de lumière.

— Il est là, derrière la porte ?

— Oui ! Il ne me fera rien. Allons, reculez, Hip.

Il fit un pas en arrière. La porte s'était refermée, silencieusement ; on ne la voyait plus. Ni poignées ni ferrures. Les bords étaient fondus dans le mur.

Il eut un instant de panique, qui disparut peu après. Aussi inexplicablement, du reste, qu'il était venu.

Pas un bruit.

Il s'appuya contre le mur.

Faire quelque chose au lieu de rester ainsi. Mais quoi ? Ou penser ? Penser à ce mystère. Au mystère en train de se dérouler là derrière. Au visage pointu, à lunettes aux verres énormes. Qui souriait et vous disait : « Meurs donc ! »

— Non, pensons vite à autre chose.

A Janie en face de l'homme au visage pointu.

L'*Homo Gestalt :* une fille, deux Noires muettes, un idiot mongoloïde et un homme au visage pointu, et...

Encore un petit effort sur le même thème : l'*Homo Gestalt* un échelon plus haut ? Et pourquoi pas, en somme ? Pourquoi pas une évolution non plus physique, mais psychique ? Soudain, l'*Homo Sapiens* impuissant, nu, désarmé, à part la gelée plissée qu'il porte à l'intérieur du crâne. L'*Homo Sapiens* aussi différent des bêtes.

Pourtant, cet *Homo Sapiens* était bien resté le même. Affamé, vorace de bien, vorace de proies, vorace d'engendrer, assassin sans scrupule, voleur quand il est le plus fort, fuyard quand il est le plus faible, et qui meurt quand il est trop faible pour fuir.

L'*Homo Sapiens* allait disparaître.

L'effroi qu'il avait en lui était le bon effroi. La peur est l'instinct de la conservation. Et la peur est quelque chose de réconfortant en ce sens, puisqu'elle signifie que quelque part l'espoir subsiste encore.

Janie voulait que l'*Homo Gestalt* acquît un système moral de façon à protéger des hommes comme lui, Hip Barrows. Mais elle souhaitait, à part ça, que l'*Homo Gestalt* crût et s'épanouît. Et elle-même en était une partie intégrante. Ma main veut que je survive, ma langue aussi, et mon abdomen, et ainsi de suite.

La morale ? Elle n'est qu'un instinct codifié de vivre, de survivre. Que pensez-vous de ces sociétés où il n'est pas immoral de manger la chair humaine ? Et si le groupe mange de la chair humaine, l'individu aussi. Il doit exister un nom pour ce code, pour ce jeu de règles qui prévoient que, par sa manière de vivre, l'individu aide l'espèce à vivre. Quelque chose de distinct, de supérieur à la morale.

Convenons d'appeler cela l'*ethos* ou si l'on préfère, l'*éthique*.

C'est bien ce dont l'*Homo Gestalt* a besoin : non pas la morale, mais une éthique.

« Et je suis là, assis, le cerveau bouillonnant de terreur, en train d'imaginer une éthique de surhommes !

« Je vais essayer. C'est tout ce qui est en mon pouvoir.

« Définitions :

« La MORALE : c'est un code de la société destiné à permettre la survie de l'individu ;

« L'ETHIQUE : c'est un code individuel destiné à permettre la survie de la société.

« C'est un peu sommaire, c'est un peu gros, mais tâchons de nous en servir.

« En tant que groupe, l'*Homo Gestalt* peut trouver une solution à ses problèmes ; en tant qu'entité ?

« Il ne peut avoir de morale parce qu'il est seul.

« Il a une sorte de société et il constitue sa propre espèce.

« Peut-il, doit-il se choisir un code qui puisse bénéficier à l'humanité entière ? »

A cet instant de ses cogitations, Hip Barrows a un éclair soudain, un éclair d'intuition, saugrenu et impertinent, si l'on considère les circonstances présentes. Il n'en reste pas moins qu'avec cet éclair, une lourde charge, tout un poids d'hostilité et de folie, de violence aveugle l'abandonne, se libère de lui. Et le laisse léger, confiant en lui-même. Voici l'éclair :

« Qui suis-je, moi, pour tirer des conclusions positives au sujet de la moralité et des codes qui puissent servir à l'humanité entière ?

« Je suis le fils d'un médecin, d'un homme qui avait choisi de servir les hommes, et qui savait de façon positive qu'il avait raison de le faire. Et il a essayé de me faire suivre le même chemin, parce que c'était le seul bien dont il fût sûr. Et c'est la raison qui m'a fait le haïr pendant toute ma vie... Je vois, à présent, papa, je vois. »

Il éclata de rire, par pur plaisir. Comme si la lumière eût été soudain plus claire. Et son esprit revint à ce qui le sollicitait immédiatement.

La porte s'ouvrit.

— Hip, appela Janie, vous venez ?

Il entra, pour se trouver dans une sorte d'immense serre dont les panneaux descendaient pour se courber jusqu'aux pelouses du parc...

Il vit venir l'homme. Et il avança vers lui, moins pour le rencontrer plus rapidement que pour s'éloigner de Janie, au cas où il y aurait une explosion. Et il y aurait une explosion, il le savait.

— Eh bien, mon lieutenant, ça alors ! On m'a prévenu, mais quand même, pour une surprise, c'est une surprise !

— Pas pour moi, dit Hip. Je savais depuis sept ans que je finirais par vous retrouver.

— Grand Dieu ! fit Thompson, surpris et en même temps aux anges — un genre de ravissement dont il fallait sans doute se méfier ! (Et, par-dessus l'épaule de Hip, il lançait à Janie :) Pardon, Janie, pardon

290

mille fois ; jusqu'à maintenant, je ne te croyais pas vraiment. (Et de nouveau à Hip :) On peut dire que vous faites preuve d'une remarquable puissance de récupération.

— Qu'est-ce que vous voulez, monsieur le major, ce vieil imbécile d'*Homo Sapiens* est un animal robuste.

Thompson retira ses lunettes : ses yeux, grands et ronds, avaient exactement la couleur et l'éclat de l'écran blanc et noir d'un téléviseur. Les iris entourés de blanc donnaient la sensation qu'ils allaient vraiment se mettre à tourner sur eux-mêmes.

Il y avait eu un temps où quelqu'un avait dit :

— *Tenez-vous éloignés de ces yeux-là et vous vous en porterez bien.*

— Gerry ! hurla Janie, derrière Hip.

Hip se retourna vers elle.

Elle tenait la main levée au-dessus de la tête. Entre ses dents était placé un tube de verre, un cylindre plus petit qu'une cigarette.

— Je t'ai averti, Gérard : tu sais ce que j'ai là. Touche-le seulement, et je mords dans ce tube. Et, après ça, tu pourras vivre toute ta vie avec Bébé et les jumelles, comme un singe dans une cage d'écureuils.

Je pensais, à part moi :

« Je voudrais voir Bébé. »

Thompson parut se dégeler. Il était resté parfaitement immobile, à regarder Janie. A présent, il faisait tourner ses lunettes au bout d'une branche, en un cercle étincelant. Et il parla :

— Mais vous ne le trouveriez pas aimable du tout.

— Oui, mais je voudrais lui poser une question.

— Personne ne lui pose de question que moi... Et je suppose que vous voudriez aussi avoir la réponse à votre question ?

— C'est exact.

— Il ne répond plus à personne, ces temps-ci.

— C'est par ici, Hip, dit Janie, très tranquille.

Distinctement, Hip sentait une tension s'établir entre elle et Thompson-Gérard. Dans l'air. Tout près de sa chair à lui, Hip Barrows. Et il se posait la question : est-ce que la célèbre tête de Gorgone avait fait le même effet aux hommes de ce temps-là ? Même à ceux qui ne la regardaient pas ?

Dans celui des murs qui n'était pas de verre courbé, au fond d'une niche, il y avait un berceau, de la taille d'une baignoire.

(Bébé était donc si gros !)

— Avancez ! dit Janie.

Et le cylindre de verre s'agitait à chacune de ses paroles.

— Oui, avancez, avait répété Thompson dans son dos...

Hip suivit et demanda à Janie :

— Et maintenant, qu'est-ce que je fais ?

— Maintenant, vous pensez aux questions que vous allez lui poser. Probablement qu'il comprendra. D'aussi loin que je me souvienne, il a toujours tout capté.

Hip s'était penché sur le berceau. Les yeux d'un éclat éteint comme celui de chaussures noires poussiéreuses le retinrent. Et il pensa ce qui suit :

« Ce *Gestalt* a eu déjà une autre tête, un autre

chef. Il peut, à coup sûr, avoir d'autres télékinésistes et d'autres téléporteurs. »

— Bébé, est-ce que *vous*, vous pouvez être remplacé ?

— Il dit que oui ! répondit Janie. Cet horrible petit télépathe à sucre d'orge, vous vous souvenez bien ?

Thompson parla avec une amertume évidente :

— Je ne pensais pas que vous commettriez une énormité de cette taille, Janie. Je vous tuerais pour moins que ça.

— Vous savez comment ? répliqua l'interpellée avec beaucoup de douceur.

Hip se tourna vers elle. C'était comme si sa pensée approchait, approchait. Comme si ses doigts touchaient véritablement l'objet de sa recherche. Comme s'il allait refermer ses doigts.

Si Bébé, c'est-à-dire le cœur, le moi, le tabernacle de ce nouvel être, si Bébé pouvait être remplacé, alors l'*Homo Gestalt* était immortel.

Et, en un éclair, il comprit.

Il parla, sans émotion :

— J'ai demandé à Bébé s'il pouvait être remplacé, si sa mémoire, son pouvoir de combinaison pouvaient être transférés.

— Ne lui dites pas ça ! hurla Janie.

Thompson avait glissé dans un silence total, dans une immobilité complète.

Enfin il répondit :

— Bébé a répondu affirmativement. Oui, je suis déjà au courant. Janie, toi, tu l'as toujours su, n'est-ce pas ?

Janie fit un bruit, quelque chose comme une petite toux ou un bâillement.

Thompson poursuivait :

— Et tu ne m'as jamais rien dit. Bien sûr Bébé ne peut pas communiquer directement avec moi. Son successeur le pourra peut-être. Mais je peux tout saisir par l'intermédiaire du lieutenant ! Donc, en avant pour le drame ! Je n'ai plus besoin de toi, Janie.

— Fuyez, Hip, fuyez !

— Non, dit Thompson, l'œil sur Hip, non ! Ne fuyez pas.

Les yeux allaient tourner comme un rouet, comme des roues... comme... comme...

Le cri de Janie... Un nouveau cri de Janie. Puis il ne vit plus les yeux.

Il recula, la main devant les yeux. Un autre cri, brisé soudain. Et il regarda par la fente entre ses doigts.

Thompson était couché sur le dos, la tête en arrière. Il se débattait et ruait. Agrippée à lui, la main devant ses yeux, le genou dans son dos, Bonnie l'attirait victorieusement en arrière.

Hip partit en avant, dans un bond si furieux qu'il ne touchait plus terre, le poing serré avec une telle force qu'il sentait la douleur monter jusqu'à l'épaule, une douleur qui venait de loin, qui remontait à sept ans d'obsession. Et ce poing s'enfonça dans le plexus solaire raidi. Et Thompson s'effondra sans bruit. La petite Noire également. Mais elle se dégagea aussitôt et sauta légèrement sur ses pieds, courut vers lui et, avec un sourire de lune pleine, elle lui serra le biceps avec affection, lui caressa la joue, et elle bredouilla.

— Je vous remercie, souffla-t-il.

De l'autre côté, une petite Noire aussi vive et aussi complètement nue relevait Janie.

— Janie, criait Hip. Bonnie, Beany ! Qui que vous soyez, qu'est-ce qu'elle a... ?

Janie ouvrait les yeux. Elle regarda Hip avec surprise. Celle qui la soutenait sourit, et désigna un point sur le parquet : le cylindre de verre se trouvait là, écrasé sous le pied, une trace d'humidité alentour.

— Si j'ai ?... Mais je n'ai pas eu le temps. Avec cette espèce de papillon qui s'est abattu sur moi. Et Gérard, est-ce qu'il est... ?

— Non, je ne crois pas que je l'aie tué ; pas encore.

— Je ne puis vraiment pas vous demander ça, vous savez bien.

— Oui... je sais...

— Vous savez, c'est la première fois que les petites osent porter la main sur lui. Et c'est vraiment d'un courage ! Pensez donc, un seul regard aurait suffi à les brûler à mort, à leur brûler l'intérieur du crâne.

— Elles sont merveilleuses. Bonnie !

— Ho !

— Trouve-moi un couteau. Un couteau pointu et qui coupe. Long comme ça, au moins ! Et un morceau d'étoffe noire, grand comme ça et large comme ça.

Bonnie regarda Janie. Janie demanda :

— Quoi donc ?

Hip posa la main sur les lèvres de Janie, des lèvres d'une douceur extrême :

— Chut ! fit-il.

— Non, non, Bonnie ! Ne le fais pas.

Mais Bonnie avait déjà disparu.

— Laissez-moi en tête à tête avec lui, un moment, vous voulez, Janie ?

Janie voulut dire quelque chose, mais elle se tut, et s'éloigna. Beany disparut à son tour.

Hip se dirigea vers la forme étendue et regarda. Il ne pensait plus. Il avait trouvé sa pensée. Il ne lui fallait plus que la garder telle quelle.

Bonnie arriva, chargée d'un morceau de velours noir ainsi que d'un couteau d'une trentaine de centimètres. Elle avait une bouche minuscule et des yeux qui lui mangeaient la tête.

— Merci, Bonnie. (Il prit le couteau, une arme magnifique, un couteau finlandais avec le tranchant duquel il aurait pu se raser à sec.) Et maintenant, Bonnie, tu les mets !

Elle avait disparu, *pffrt !* semblable à un pépin de pomme qui part entre les doigts. Hip posa l'étoffe et le couteau. Il assit Thompson dans un fauteuil. Il vit une sonnette, l'arracha. Peu importait qu'on l'appelât de Dieu savait où. Ce qui importait, c'était de ne pas être dérangé. « Je suis en conférence. » Puis il attacha les coudes et des chevilles de Thompson au siège, repoussa sa tête en arrière et assujettit le bandeau dessus.

Il s'installa à côté de l'homme évanoui, ligoté et bâillonné. Puis il attendit.

Tout en attendant, il disposait sa pensée comme on dispose une draperie. Il la pendait de son mieux, veillait à la régularité de ses plis, s'arrangeait pour qu'elle pendît bien jusqu'au sol et pour qu'il n'y eût pas de vide sur les côtés.

Sa pensée, elle pouvait s'exprimer comme suit :

— Orphelin, écoute-moi ; moi aussi, j'ai été un enfant détesté. Tu as été persécuté. Moi aussi !

« Enfant de la caverne, écoute-moi. Tu as découvert un endroit où tu te sentais à ta place, et tu as appris à être heureux ? Moi aussi.

« Garçon de Mlle Kew, tu t'es perdu pendant plusieurs années avant de te retrouver enfin. Moi aussi.

« Ecoute-moi, garçon du *Gestalt*. Tu as trouvé le pouvoir, tu as trouvé la puissance en toi-même, une puissance qui dépassait les rêves les plus fous, et tu en as usé. Et tu en as été heureux ? Moi aussi.

« Ecoute-moi, Gerry. Tu as découvert que si grande qu'était ta puissance, personne ne voulait d'elle ? Et moi aussi.

« Tu désirais être désiré ? Tu voulais qu'on eût besoin de toi ? Moi aussi.

« Janie affirme que tu as besoin de moralité. La moralité, sais-tu ce que c'est ? C'est une obéissance à des règles inventées pour vous aider à vivre au milieu de ceux qui les ont inventées.

« Non ! tu n'as pas besoin de ça. Aucune règle ne peut s'appliquer à toi. Tu ne peux obéir à des règles destinées à une espèce, alors que tu n'appartiens à aucune espèce. Tu n'es pas un homme ordinaire, si bien que la morale d'un homme ordinaire ne te convient pas. Pas plus que ne te conviendrait celle d'une fourmilière.

« Tant et si bien que personne ne veut de toi et que tu es un monstre.

« Personne ne voulait de moi quand j'étais un monstre.

« Mais, écoute-moi bien, Gerry, il existe une autre sorte de code de vie qui doit te convenir. C'est un code qui exige de la foi plutôt que de l'obéissance. C'est ce que nous appellerons une éthique.

« L'éthique te donne des règles de survie. Mais il ne s'agit pas de ta survie individuelle. Il s'agit d'une survie plus grande que celle-là. C'est en réalité le respect pour ceux de qui tu viens et pour ta postérité. C'est l'étude du courant d'où tu sors et dans lequel tu vas créer quelque chose d'encore plus grand quand le temps viendra.

« Aide donc l'humanité, Gerry, car l'humanité est ta mère et ton père. Tu n'en as jamais eu auparavant. Et l'humanité viendra à ton aide puisqu'elle produira d'autres individus comme toi et qu'à ce moment tu ne seras plus seul. Aide-les donc à grandir, aide-les à aider l'humanité et récolte de nouveaux membres pour ta propre espèce. Puisque tu es immortel, Gerry, immortel ; tu es immortel, à présent.

« Et, dès que vous serez assez nombreux de votre espèce, votre éthique deviendra votre morale. Et quand leur morale ne leur suffira plus, qu'elle ne leur conviendra plus, ni à eux ni à leur espèce, toi ou un autre créateur d'éthique, vous la remplacerez par une autre, qui formera une voûte encore plus élevée au-dessus du courant, et vous serez respectés, et vous serez loués, et vous respecterez, et vous louerez, et l'on remontera, et vous remonterez, de vous à la première créature sauvage qui se montra différente des autres parce que, un jour, son cœur fit un bond, alors qu'elle regardait le ciel étoilé.

« J'ai été un monstre, moi, et j'ai trouvé cette éthique. Tu es un monstre... Tu n'as qu'à choisir. Ça dépend de toi. Ça ne dépend que de toi.

★

Gerry bougea.

Hip Barrows cessa de remuer la pointe de sa lame.

Gerry gémit, toussa faiblement. Hip rabattit la tête en arrière, la plaça au creux de sa main. Il appuya doucement la pointe du couteau sur la gorge de Gérard. Mais la lame pénétra un peu plus profondément qu'il ne l'avait désiré : c'était vraiment un si beau poignard.

Gerry gémit indistinctement.

— Tranquille, Gerry, lui fit Hip. Ecoute-moi, Gerry. C'est Hip Barrows qui parle. C'est un couteau que tu sens sur ta gorge. C'est Hip Barrows qui parle, réfléchis à ça un instant, Gérard...

— Et qu'est-ce que tu as l'intention de faire ?

— Qu'est-ce que tu ferais, toi, à ma place ?

— J'enlèverais ce machin que j'ai sur les yeux.

— Tu y vois bien assez pour ce que tu as à faire.

— Barrows, lâchez-moi, je ne vous ferai rien. Je vous le jure. Je peux faire un tas de choses pour vous. Je peux faire ce que vous voulez.

— C'est un acte moral que de tuer un monstre, dit Hip. Explique-toi, Gérard : est-il vrai que tu puisses tirer la pensée tout entière d'un homme en le regardant dans les yeux, tout simplement ?

— Détachez-moi, détachez-moi !

Le couteau sur la gorge, dans cette grande maison qui pouvait être la sienne, avec la fille qui l'attendait, avec la fille dont il sentait positivement l'angoisse, Hip Barrows prépara son *action éthique*.

Quand la cagoule s'abattit, il y eut comme de l'étonnement dans les gros yeux ronds, plus qu'assez pour en chasser la haine. Hip faisait osciller le couteau. Il organisait sa pensée. Puis il lança le couteau derrière lui, par-dessus son épaule. Le couteau, en tombant sur le parquet, fit un bruit. Les yeux de Gérard avaient suivi la trajectoire. Ils revinrent en avant. Les iris allaient tourner.

Hip se rapprocha.

— Alors, dit-il, allons-y !

★

Assez longtemps après, Gerry souleva la tête et rencontra de nouveau le regard de Hip.

— Alors ? demanda Hip.

— Fous-moi le camp d'ici, dit Gérard. Quand je pense que j'aurais pu te tuer.

Hip ne répondit pas.

— Quand je pense que je pourrais encore te tuer.

— Oui, mais tu ne le feras pas.

Hip se leva, alla chercher le couteau finlandais jeté par-dessus son épaule, tout à l'heure. Il revint près de Gérard et se mit en mesure de couper les liens qui le retenaient au fauteuil. Puis il se rassit.

Gerry reprit la parole :

— Personne jamais... Jamais personne... (Il se secoua, aspira à pleins poumons et déclara :) Voilà... J'ai honte. Et personne, jusqu'ici, ne m'avait jamais fait sentir ça : j'ai honte. Je sais un tas de choses. Je peux découvrir n'importe quoi au sujet de n'importe qui, au sujet de tout le monde... Mais ça... Jamais je ne... Comment avez-vous trouvé tout ça ?

— Je suis tombé dessus, expliqua Hip. J'ai mis le doigt dessus comme ça. Parce qu'une éthique, ce n'est pas une fin. C'est une certaine façon de penser.

— Dieu du ciel, commença Gérard, les choses que j'ai pu faire dans mon existence !...

— Et tout ce que tu peux faire ? Tu as payé un bon prix pour tout ce que tu as fait.

— Effectivement...

Hip revint à la charge :

— Des gens tout autour de toi, et toi tout seul... Est-ce que les surhommes ont des surappétits, Gérard ? Et une sursolitude ?

Gerry hocha la tête.

— C'était mieux quand j'étais gosse... Ah ! ce froid !

Hip ne devait jamais savoir de quel froid il voulait parler. Et il ne posa pas de question.

— Il faut peut-être que j'aille voir Janie. Elle doit croire que je l'ai tué.

Gérard ne dit rien jusqu'au moment où Hip eut atteint la porte :

— Peut-être que tu l'as vraiment fait ?

Hip sortit.

★

Janie se trouvait dans l'antichambre en compagnie des jumelles. Quand il entra, Janie inclina très légèrement la tête et les jumelles disparurent.

— Mais elles auraient pu entendre ce que j'ai à raconter.

— Dites-le-moi, et elles entendront.

Il s'assit à côté d'elle.

— Alors, demanda Janie. Vous ne l'avez pas tué ?

— Non !

— Je voudrais bien savoir quel effet ça me produirait s'il mourait. Mais je ne tiens pas à savoir.

— Tout ira très bien maintenant, dit Hip. Il a eu honte... Et maintenant, je m'en vais les mettre. J'ai fait ce que j'avais à faire. Je ne peux plus rien pour vous, madame... Et j'en ai des choses que je dois faire : retrouver les chèques de ma pension. Trouver du travail.

— Hip...

— Quoi, Janie ?

— Ne partez pas.

— Je ne peux pas rester.

— Et pourquoi ?

— Parce que vous faites partie de quelque chose.

Et que je ne voudrais pas de quelqu'un qui fait partie de quelque chose.

Elle leva les yeux et il put constater qu'elle souriait. Il n'en croyait pas ses yeux, si bien qu'il se remit à la regarder jusqu'à ce qu'il fût forcé de s'en faire une raison.

— Le *Gestalt*, dit-elle, a une tête, des mains, des organes et un esprit. Mais ce qu'il y a de plus humain chez quelqu'un, c'est précisément ce qu'il a gagné par l'expérience. Ce qu'il ne peut avoir dans son extrême jeunesse. Et cette expérience, il la conquiert au prix d'une longue recherche et d'une profonde conviction. Après, cela fait partie de lui pour tout le temps qu'il vivra.

— Je ne comprends pas très bien. Je veux dire que je... Non, Janie, non... (Mais le moyen d'échapper à ce sourire convaincu !) De quel instrument voulez-vous que je joue dans votre fanfare, madame ? demanda-t-il enfin.

— Le rôle du jeune homme un peu fat qui ne parvient pas à oublier les règles. Celui qui a l'intuition de ce qu'est l'éthique et qui peut traduire cette éthique en morale, c'est-à-dire en habitudes.

— La petite voix tranquille, dit-il.

— Je ne crois pas, dit-elle.

Il regarda la porte fermée, la grande pièce vitrée. Assis l'un à côté de l'autre, ils attendirent.

★

... Dans la pièce vitrée, aucun bruit.

Si ce n'est la respiration difficile de Gerry.

Soudain, même ce bruit se tut. Comme si quelque chose allait se produire. Et quelque chose *parla*. Encore une fois. « *Bienvenue !* » avait dit la voix. C'était une voix silencieuse. Et voici qu'une autre, non moins silencieuse, se faisait entendre maintenant : « *C'est le nouveau ! Bienvenue, enfant !* » Une autre encore : « *Nous avions bien cru que tu n'y arriverais jamais.* »

— C'était forcé, voyons, il n'y a pas eu de nouveau depuis si longtemps.

Les yeux de Gerry roulèrent, grossirent. Il y avait quelque chose de réconfortant, de la chaleur, et comme une envie de rire, et de la sagesse, dans tout ce qu'il éprouvait. C'étaient des présentations. A chacune des voix qu'il entendait correspondait une très discrète personnalité. Et, pourtant, les voix venaient toutes du même foyer. Toutes, elles étaient ici, ou du moins pas très loin.

C'était une communion heureuse et sans crainte ni retenue d'aucune sorte. Et Gerry y participait sans restriction. Et toujours :

— *Bienvenue !*

— *Bienvenue !*

— *Bienvenue !*

Ils étaient, tous, jeunes et nouveaux. Mais ni aussi jeunes ni aussi neufs que Gerry. La jeunesse résidait dans la résistance et dans l'audace de leur pensée. Certes, quelques-uns de ces souvenirs étaient vieux, humainement parlant. Mais tous avaient vécu, depuis peu, la vie des immortels, et tous, ils étaient des immortels.

En voici un qui avait sifflé un air de musique au père Joseph Haydn et cet autre avait présenté William Morris aux Rossetti, le frère et la sœur. Comme s'il se fût agi de ses souvenirs personnels, Gérard vit le grand Fermi à qui l'on montrait l'éclair de la fission, sur une plaque sensible. Il put admirer, en outre, une Landowska enfant qui écoutait le son d'un clavecin. Et un Ford jeune, somnolent, soudain réveillé, l'esprit illuminé par l'image de la rangée des machines vers lesquelles se dirigeait la longue file des travailleurs.

Poser une question, c'était y répondre.

— Qui êtes-vous ?

— Nous sommes l'*Homo Gestalt*.

— Moi aussi, j'en fais partie.

— Bienvenue !

— Vous ne m'avez rien dit ? Pourquoi ?

— Tu n'étais pas prêt. Tu n'avais pas terminé. Qu'était Gerry avant de rencontrer Tousseul ?

— A présent, il y a l'éthique. Est-ce cela qui m'a complété ?

— Le mot est trop simple... Mais oui... oui, quand même... Ce qui nous caractérise, c'est la multiplicité... Et ensuite, en second lieu, l'unité... De même que vos parties constitutives savent qu'elles sont vous, ainsi vous devez savoir que nous appartenons à l'humanité.

Gerry comprenait que toutes ces choses qui lui avaient fait honte, toutes et chacune étaient humaines, qu'elles étaient toutes et chacune des choses que les humains pouvaient se faire entre eux, mais que l'humanité ne pouvait pas faire.

— J'ai été puni, dit-il.

— Tu as été en quarantaine.

— Et vous... nous... sommes-nous responsables des progrès et des réussites de l'humanité ?

— Mais nous les partageons... Nous *sommes* cette humanité.

Cette humanité qui fait de son mieux pour se tuer.

(Ici une vague d'amusement et une confiance superbe, quelque chose comme de la joie.)

— Oui, ça peut paraître comme ça, cette semaine. Mais dans la perspective de l'histoire d'une race entière ? Peuh !... Une nouvelle guerre, une guerre atomique, c'est quelque chose comme une ride sur la large face de l'Amazone.

Leurs souvenirs, leurs pensées et leurs raisonnements pénétraient Gérard, affluaient en lui, jusqu'à ce qu'il connût leur nature et leur fonction. Et qu'il sût que l'éthique qu'il avait apprise était une conception trop étroite. C'était enfin, ici, la puissance qui ne peut corrompre. Car une telle intuition, une sagesse de ce genre ne peut s'utiliser à son propre profit, ou se retourner contre elle-même. C'était ainsi et pour ces raisons que l'humanité existait, avait existé, cette humanité dynamique et malade, cette humanité que sanctifiait sa propre grande destinée. C'était la main tendue de milliers de morts dont la mort avait permis à des millions d'hommes de vivre. C'était le guide et le phare pour les temps où l'homme se trouverait en danger. C'était le gardien connu de tous les hommes. Non pas une force extérieure ni une sentinelle redoutable qui habite le ciel, mais quelque chose qui riait, qui avait un cœur d'homme, et le respect de ses origines humaines, quelque chose qui sentait la sueur et qui sentait la terre fraîchement retournée plutôt que quelque chose qui aurait exhalé l'odeur fade des sanctuaires.

Et lui était un atome, et son *Gestalt* était une molécule.

Ces autres, il les voyait comme autant de cellules, et l'ensemble de ces cellules formait le dessin de ce que l'humanité deviendrait dans la joie.

Un sentiment de vénération montait en lui. Il savait que ce sentiment n'était autre que ce qu'il avait toujours été pour le reste de l'humanité, c'est-à-dire le respect de soi-même.

Il étendit les bras. Et des larmes lui emplirent les yeux. Ces étranges yeux.

— *Merci !* leur répondit-il à tous. Merci ! Merci !...

Et, en toute humilité, il se joignit à leur compagnie.

TABLE DES MATIERES

Science-fiction

Depuis 1970, cette collection est leader du genre en France. Tous les grands de la S-F sont présents : Asimov, Van Vogt, Clarke, Dick, Vance, Simak mais également de jeunes auteurs qui seront les écrivains de premier plan de demain : Tim Powers, David Brin... Elle publie aussi des titres Fantasy (Conan, Gor...), genre en plein redéploiement aux États-Unis.

HEINLEIN (suite)　　　　　　　　**Vendredi** 1782/**5**
　　　　　　　　　　　　　　　Le chat passe-muraille 2248/**6** Inédit
　　　　　　　　　　　　　　　Au-delà du crépuscule 2591/**7** Inédit

HOWARD Robert E.　　　　　　**Conan le flibustier** 1891/**3**
　　　　　　　　　　　　　　　Conan le vagabond 1935/**3**
Conan le barbare 1449/**3**　　**Conan l'aventurier** 2036/**3**
(avec Sprague de Camp)　　　　**Conan le guerrier** 2120/**3**
Conan le destructeur 1689/**2**　**Conan l'usurpateur** 2224/**3**
(avec R. Jordan)　　　　　　　**Conan le conquérant** 2468/**3**
Conan 1754/**3**　　　　　　　**Conan le vengeur** 3289/**3**
Conan le Cimmérien 1825/**3**　**Conan le boucanier** 3378/**3**

JETER K. W.　　　　　　　　**Machines infernales** 2518/**4** Inédit
　　　　　　　　　　　　　　　Horizon vertical 2798/**4** Inédit
　　　　　　　　　　　　　　　Madlands 3309/**3** Inédit
JONES Raymond F.　　　　　　**Renaissance** 957/**4**
KEYES Daniel　　　　　　　　**Des fleurs pour Algernon** 427/**3**
KING Stephen　　　　　　　　La tour sombre :
　　　　　　　　　　　　　　　- **Le pistolero** 2950/**3** Inédit
　　　　　　　　　　　　　　　- **Les trois cartes** 3037/**7** Inédit
　　　　　　　　　　　　　　　- **Terres perdues** 3243/**7** Inédit
KLEIN Gérard　　　　　　　　La saga d'Argyre :
　　　　　　　　　　　　　　　- **Les voiliers du soleil** 2247/**2**
　　　　　　　　　　　　　　　- **Le long voyage** 2324/**2**
KRESS Nancy　　　　　　　　**Le prince de l'aube** 3166/**4** Inédit
LEE Tanith　　　　　　　　　La saga d'Uasti :
　　　　　　　　　　　　　　　- **La déesse voilée** 1690/**4** Inédit
　　　　　　　　　　　　　　　- **La quête de la Sorcière Blanche** 2042/**4** Inédit
LEIGH Stephen　　　　　　　**Le cri du tyrannosaure** 3307/**4** Inédit
LEINSTER Murray　　　　　　**La planète oubliée** 1184/**2**
LEOURIER Christian　　　　　**Mille fois mille fleuves...** 2223/**2** Inédit
　　　　　　　　　　　　　　　Les racines de l'oubli 2405/**2** Inédit
　　　　　　　　　　　　　　　La loi du monde 2736/**3** Inédit
　　　　　　　　　　　　　　　Les masques du réel 2976/**3** Inédit
LEVIN Ira　　　　　　　　　**Un bonheur insoutenable** 434/**4**
　　　　　　　　　　　　　　　Les femmes de Stepford 649/**2**
LOVECRAFT Howard P.　　　　**L'affaire Charles Dexter Ward** 410/**2**
　　　　　　　　　　　　　　　Dagon 459/**5**
MAC AVOY R. A.　　　　　　**Le troisième aigle** 2835/**4** Inédit
McMASTER BUJOLD Lois　　　**Mike Vorkosigan** 3288/**5** Inédit
　　　　　　　　　　　　　　　Barrayar 3454/**5** Inédit (Mai 93)
MARTIN George R.R.　　　　　**L'agonie de la lumière** 2692/**5**
MERRITT Abraham　　　　　　**Les habitants du mirage** 557/**3**
　　　　　　　　　　　　　　　La nef d'Ishtar 574/**2**
　　　　　　　　　　　　　　　Le gouffre de la lune 618/**4**
　　　　　　　　　　　　　　　Un visage dans l'abîme 886/**4**
MOORE Catherine L.　　　　　**Shambleau** 415/**4**
MORRIS Janet E.　　　　　　**La grande Fornicatrice de Silistra** 1245/**3**
MORROW James　　　　　　　**L'arbre à rêves** 2653/**4**
　　　　　　　　　　　　　　　Notre mère qui êtes aux cieux 3131/**5** Inédit
NOLAN et JOHNSON　　　　　**L'âge de cristal** 3129/**3**

NORMAN John	*Le tarnier de Gor* 3168/**4**
	Le banni de Gor 3229/**4**
	Les prêtres-rois de Gor 3351/**5**
	Les nomades de Gor 3435/**5**
OLIVER Chad	*Les vents du temps* 1116/**3**
OTTUM Bob	*Pardon, vous n'avez pas vu ma planète ?* 568/**3**
PADGETT Lewis	*L'échiquier fabuleux* 689/**2**
PARIS Alain	*Daïren* 2484/**3**
POHL Frederik	*A travers la Grande Porte* 3332/**4** Inédit
POWERS Tim	*Les voies d'Anubis* 2011/**5**
	Sur des mers plus ignorées... 2371/**4** Inédit
	Le Palais du Déviant 2610/**4**
	Le poids de son regard 2874/**6** Inédit
RAY Jean	*Malpertuis* 1677/**2**
RAYER Francis G.	*Le lendemain de la machine* 424/**4**
ROBINSON Kim Stanley	*La Côte Dorée* 2639/**6** Inédit
	Le géomètre aveugle 2922/**4** Inédit
RODDENBERRY Gene	*Star Trek* 1071/**3**
SADOUL Jacques	*Les meilleurs récits de Weird Tales* 2556/**6**
SILVERBERG Robert	*L'homme dans le labyrinthe* 495/**4**
	Les ailes de la nuit 585/**2**
	Jeu cruel 800/**3**
	Les chants de l'été 1392/**3**
	Pavane au fil du temps 2631/**4** Inédit
	Le château de Lord Valentin 2656/**8**
	La saison des mutants 3021/**5** Inédit
	Opération Pendule 3059/**3** Inédit
	Tom O'Bedlam 3111/**5**
	Lettres de l'Atlantide 3167/**2** Inédit
	Thèbes aux cent portes 3227/**4**
SIMAK Clifford D.	*Demain les chiens* 373/**3**
	Dans le torrent des siècles 500/**4**
	Le pêcheur 609/**4**
	Chaîne autour du soleil 814/**3**
	Au carrefour des étoiles 847/**3**
	Une chasse dangereuse 903/**4**
	Les visiteurs 1194/**3**
	Projet Vatican XVII 1367/**4**
	La planète aux embuches 1588/**3**
	Au pays du mal 1781/**3**
	Le chemin de l'éternité 2432/**4** Inédit
	La Confrérie du Talisman 2760/**4** Inédit
SIMPSON Pamela	*Du sang sur la piste temporelle* 3145/**5** Inédit
SPIELBERG Steven	*Rencontres du troisième type* 947/**3**
	E.T. l'extra-terrestre 1378/**3**
	E.T. la planète verte 1980/**3**
	Gremlins 1741/**3**
STABLEFORD Brian	*Le bord du monde* 3380/**2**
STEINER Kurt	*Le disque rayé* 657/**2**

Épouvante

Depuis Edgar Poe, il a toujours existé un genre littéraire qui cherche à susciter la peur, sinon la terreur, chez le lecteur. King et Koontz en sont aujourd'hui les plus épouvantables représentants. Nombre de ces livres ont connu un immense succès au cinéma.

ANDREWS Virginia C.	*Ma douce Audrina* 1578/**4**
BLATTY William P.	*L'exorciste* 630/**4**
CAMPBELL Ramsey	*Le parasite* 2058/**4**
	La lune affamée 2390/**5**
	Images anciennes 2919/**5** Inédit
CITRO Joseph A.	*L'abomination du lac* 3382/**4**
CLEGG Douglas	*La danse du bouc* 3093/**6** Inédit
	Gestation 3333/**5** Inédit
COLLINS Nancy A.	*La volupté du sang* 3025/**4** Inédit
	Appelle-moi Tempter 3183/**4** Inédit
COYNE John	*Fury* 3245/**5** Inédit
DEVON Gary	*L'enfant du mal* 3128/**5**
HERBERT James	*Le Sombre* 2056/**4** Inédit
HODGE Brian	*La vie des ténèbres* 3437/**7** Inédit
JAMES Peter	*Possession* 2720/**5** Inédit
	Rêves mortels 3020/**6** Inédit

KING Stephen	*ÇA* 2892/**6**, 2893/**6** & 2894/**6**
	(Egalement en coffret 3 vol. FJ 6904)
Carrie 835/**3**	*Chantier* 2974/**6**
Shining 1197/**5**	*La tour sombre :*
Danse macabre 1355/**4**	*- Le pistolero* 2950/**3**
Cujo 1590/**4**	*- Les trois cartes* 3037/**7**
Christine 1866/**4**	*- Terres perdues* 3243/**7**
Peur bleue 1999/**3**	*Misery* 3112/**6**
Charlie 2089/**5**	*Marche ou crève* 3203/**5**
Simetierre 2266/**6**	*Le Fléau (Edition intégrale)* 3311/**6**
Différentes saisons 2434/**7**	3312/**6** & 3313/**6**
La peau sur les os 2435/**4**	(Egalement en coffret 3 vol. FJ 6616)
Brume - Paranoïa 2578/**4**	*Les Tommyknockers*
Brume - La Faucheuse 2579/**4**	3384/**4**, 3385/**4** & 3386/**4**
Running Man 2694/**3**	(Egalement en coffret 3 vol. FJ 6659)

KOONTZ Dean R.	*Spectres* 1963/**6** Inédit
	L'antre du tonnerre 1966/**3** Inédit
	Le rideau de ténèbres 2057/**4** Inédit
	Le visage de la peur 2166/**4** Inédit
	L'heure des chauves-souris 2263/**5**
	Chasse à mort 2877/**5**
	Les étrangers 3005/**8**
	Les yeux foudroyés 3072/**7**
	Le temps paralysé 3291/**6**
LANSDALE Joe. R.	*Le drive-in* 2951/**2** Inédit
	Les enfants du rasoir 3206/**4** Inédit

POLAR

Cette collection présente tous les genres du roman criminel : le policier classique avec des auteurs tels que Ellery Queen, Boileau-Narcejac, le roman noir avec Raymond Chandler, Mickey Spillane et les œuvres de suspense modernes illustrées par Stephen King ou TRidley Pearson. Sans oublier les auteurs français ou les grandes adaptations du cinéma.

Les Nouvelles Clés du Mieux-être

Achevé d'imprimer en Europe (France)
par Brodard et Taupin à la Flèche (Sarthe)
le 19 mars 1993. 1441H-5
Dépôt légal mars 1993. ISBN 2-277-12355-2
1er dépôt légal dans la collection : juillet 1977

Éditions J'ai lu
27, rue Cassette, 75006 Paris
Diffusion France et étranger : Flammarion

355

Ville de Montréal

Feuillet de circulation

À rendre le	
Z 19 JAN 2000	28 MAI 2002
	22 AOU '02
Z 29 FEV 2000	
Z 15 AOU 2000	
	Z 24 SEP'02
Z 30 JAN 2001	
20/o - 01	2 AOUT 2003
Z 19 AVR'01	
Z 26 AVR'01	10 SEP. 2003
Z 12 JUIN '01	
4/07/01	
Z 31 AOU 2001	
Z 29 SEP 2001	
Z 18 DEC 2001	
Z 16 MAR'02	
05 AVR'02	

06.03.375-8 (05-93)